We read the world

出品人	许知远　于威　张帆
主编	吴琦
编辑总监	罗丹妮
创意总监	彭倩媛
设计装帧	李政珂
高级编辑	刘婧　沈雨潇
编辑	何珊珊　冯琛琦　鲍德月　胡亚萍
英文编辑	Allen Young
特约编辑	阿乙　　　　　　　　Isolda Morillo
	柏琳　　　　　　　　孔亚雷
	Eric Abrahamsen　　刘盟赟
	Filip Noubel　　　　索马里
	胡赳赳
英文校译	刘漪

封面图片来自：李政珂
封底图片来自：刘涛

《五兄弟》《四楼的囚徒》《采矿业中的女性》《失踪者》《干旱与挚爱之地》
五篇文章选自 2019 年全球真实故事奖入围作品
更多信息参见网站 https://truestoryaward.org/

真东西（The Real Thing）

之前在网上请大家一起选新播客的名字，我临时加的一个选项被留言吐槽说不知所云。心里一惊，有种想出个谜语但谜面出错了的失落感。那是亨利·詹姆斯（Henry James）一个短篇小说的名字，也是你正在读的这篇文章的标题。大概两年前和陈以侃提过一嘴，他当时没有多说，但露出一个不用你说谜面就已经知道谜底的眼神。有些人的意见享受更高的权重，这么看也不算不公平。播客最后的名字还是来自亨利·詹姆斯，并且更明目张胆地抄袭了他的一个书名。《螺丝在拧紧》。因为年代久远、版本纷繁，较难确认谁是最初的译者，更早的译本还翻译成《布莱庄园的怪影》《碧庐冤孽》，想来都应该一一致谢。原创性不足，但表现力丰富——写这篇文章的时候，正好和陈思安聊天，我说这不正是我们这一代人的命运？

《真东西》这篇小说表面上是一个有点悲伤的故事。一对原本家境优渥的中年夫妻家道中落，不得不重新出来找工作，经朋友介绍找到一位插画家，想给他当模特赚钱，他们怯弱但又自信地认为，自己良好的体态和举止，理应离那些文学作品里假模假式的上等人更近。画家明显是个好心人，他的观察和小说家一样达到了细致而深刻的程度，很快发现了他们并不适合这份工作，却主要出于同情留用了他们。他在小说里说，"我正确地判断，在他们尴尬的处境中，他们密切的夫妻关系是他们主要的安慰，并且这个关系没有任何弱点。这是一种真正的婚姻，这对踌躇不决的人们是一种鼓舞，对悲观论者是一个棘手的难题"。这段短暂而几乎有些温情的合作关系最后还是走向破灭，画家以这对夫妻为模特的作品迅速受到朋友的批评，也不被雇主认可，他们在画面中的效果远不如那些粗鄙、生动的劳动人民，于是他给了他们一笔钱，从此再也没有见过。

这种忽然瞥见的沉沦和情谊，很容易打动我，更何况潜藏在故事背后还有一层关于艺术本体的讨论。上海译文出版社编的这本短篇集《黛茜·密勒》，还认真收录了亨利·詹姆斯阐述他小说理念的那篇文章《小说的艺术》。两篇都出自巫宁坤的译笔，形成了美妙的互文关系。詹姆斯在里面谈到，虚构小说如何必须反映真实事物，而又在哪些环节重塑了它，作家和画家的工作在这方面很相似，他们的技艺就像是雾气凝结成水珠那种转换过程。这解释了为什么那对拥有曼妙身姿的夫妻，未必就是最佳的模特，因为创造真实永远不等于真实本身，而创作者们"对表现的东西较之真东西有一种固有的偏爱：真东西的缺点在于缺少表现"。

亨利·詹姆斯因为这一点而受到文学史的追认，身上被贴满"现代小说"、"心理真实"、"意识流先驱"一类的标签。他把小说最广泛地定义为"一种个人的、直接的对生活的印象"。在后来人眼里，这的确是和印象派同等强度的叛逆宣言，他们是名副其实的同时代人。从那以后，创作者们获得一次解放，大胆地把"印象"用作再现活动的基本单元。这让我想到大学里曾经有一篇被自己毙掉的论文。那是在戴锦华老师的影片精读课上，我试图分析贾樟柯导演的《站台》。我当时似乎是想说，作为年轻的观众我未必能够全部理解贾樟柯镜头里的80年代青春，但通过那些影像和声音的碎片，以及经由它们创造出来的情绪、氛围和印象，也能构成历史记忆。哪怕这种记忆的强度随着代际更迭而减弱，也是不幸中的万幸。最后我还是担心这种论调是用懒惰的直觉掩盖分析的短板，于是按照更加周正的逻辑，写了一篇严丝合缝的论文交了上去。因为分数不高，我一直在想如果当时交的是第一篇作业结果会不会好一点。

这个不断碾碎人的心理空间的过程，符合自柏拉图的"模仿论"以来艺术史发展的一般轨迹。然而这只是詹姆斯文学观的一半。那篇《小说的艺术》实际上是想和贝桑爵士的一篇文章论战,针对的恰恰是那种更追求形式感、艺术性的文学观,因而不断强调小说不能脱离"真东西",就像画家/作家始终没有被那对夫妇激怒,而几乎是饶有兴致地摹写他们。

"你不会写出一部好小说,除非你具有真实感。"接下来我再引用詹姆斯的话,可能会有点篡改,因为这篇文章的初衷不是谈论他,也不是谈论文学。那不是我的专业。而在"真实感"这种事情上,人人都有点发言权。如果说19世纪小说为"真",20世纪电影为"真",那么到了21世纪,真实已经彻底丢弃了所有形式,或者说所有的形式都在僭越真实。用"后真相时代"来命名有点太过冷静了,仿佛真相的后面还会有什么别的东西等待人类去逾越。在这个意义上,真实感具有末日的意味。而我急于为"真东西"辩护的一个动机,其实就来源于那样一些落难的人不出意外是确乎存在的。留给创作者的问题不过是,你们是否能够看见并且予以体会?小说如是,非虚构写作就更不必提。

我一直记得2019年在瑞士参加真实故事奖的活动时,当地市民对中国故事的那种热情,他们在小城里穿梭,在剧场、美术馆和酒吧里等待聆听记者们采集的故事。我感到自己远道而来有天然的义务多讲一些,可是在很多事情上,我们对实际上发生了什么的确一无所知,无从谈起。

詹姆斯把经验解释成"一种无边无际的感受性，一种用最纤细的丝线织成的巨大蜘蛛网，悬挂在意识之室里面，抓住每一个从空中落到它织物里的微粒"。而今天整个世界，都不断在丧失获得信息的渠道，以及被告知的权利，第二手、第三手甚至是虚假信息反而成了最成功的遮蔽物，我们也乖乖养成了一种欲言又止、声东击西的思维惯性。这时再做什么申明都显得腐朽，只有靠近现场，与陌生人交谈，触摸皮肤、物体或海洋的表面，才能使我们免于心虚。在这种危急时刻，我们前所未有地需要粗糙的微粒、丝线和蛛网，作为认知的材料，而非艺术的目的。

因而写作变得越来越困难。为了完成这个任务，我把之前看过和没看过的亨利·詹姆斯的小说都翻了出来，摞在书桌上，它们颜色和开本各异，像一堆静静的嘛呢石，神圣而脆弱。虽然没有大师全集那样统一的庄严面貌，但它们的表现力也足够承担，人类在能力不足信心有余时所不得不借助的那类仪式、景观和符号所发挥的效用。然而它们终究不能代替我的手敲击键盘来打字，我们就是这样不得不在新世纪和机器一起上路，寻回真实的感觉。一个恋人，一道甜品，一颗子弹。据说冷战已经结束很久了。故事依然在朝最坏的那种情况发展，一个是假的，另一个还是假的。

撰文：吴琦

001	五兄弟	简·克里斯托弗·韦彻曼
033	四楼的囚徒	艾娃·沃卡诺夫斯卡-科沃杰伊
061	采矿业中的女性	艾丽奥诺拉·维欧
107	失踪者	泰娜·特沃宁
161	走来走去	刘涛
181	干旱与挚爱之地	伊芙·费尔班克斯
211	古巴的比,古巴的波普	汤姆·米勒
241	英国民间观察:附近、公共和在地的造乡	王梆
317	触碰	波比·塞拜格-蒙提费欧里
335	冲绳漫步	许知远

五兄弟

撰文　简·克里斯托弗·韦彻曼（Jan Christoph Wiechmann）
译者　魏玲

他们形影不离，直到被洪都拉斯黑帮逼到偷渡美国，再被美国打上"非法移民"的标签。这是关于在残酷无情的时代里，一个家庭绝望求生的故事。

他们是迪亚兹五兄弟（Díaz 5）。一年出生一个，亲密无间，长相都随爸爸，块头结实，体格一样，发型一样，就像五胞胎。

五兄弟不仅外表相似，连生活也过得差不多：一起在家乡波特雷里约斯（Potrerillos）的尤文图斯（Juventus）俱乐部踢球，都娶了自己青梅竹马的女友，早早当上了爸爸，在郊区盖房，又相继加入父亲的生意：一家以他们的妹妹"苏珊妮"（Susany）的名字命名的巴士公司。

他们活得谜之同步，也过上了在洪都拉斯这种地方所能获得的最和谐安稳的日子。

五年前，两样东西闯入并一点点地击碎了他们有序的人生：街头黑帮MS-13和美国移民政策。

如今，五兄弟中一个死了，一个残疾，一个在逃，一个被驱逐出境，还有一个住在被毒枭控制的地盘上。

迪亚兹一家的命运在洪都拉斯算不上特别，这儿人人都因为残暴嗜血的黑帮MS-13和18街黑帮（Barrio 18）痛失过挚爱，人人都曾送过亲人冒死逃向3000公里外的美国。

然而不寻常的，是厄运降临在他们头上的剧烈程度，还有这些兄弟们是如何为彼此牺牲的。他们是一个国家政府缺位的受害者，又成为另一个国家政府侵扰的受害者，他们身处今日世界核心问题的震中：那些为性命担忧的人们能去哪儿？谁能接纳他们？

我们历时18个月，在三个地点追踪迪亚兹兄弟的故事：从他们的家乡波特雷里约斯到得克萨斯州边境外，从新泽西州的拉美裔社区到亚拉巴马州的监狱，再到洪都拉斯毒枭的偏远地盘。

洪都拉斯

改变了他们人生的那场巨大灾难，其发生时间可以精确到具体的小时。五年前的2013年11月2日下午3点，50岁的一家之主亚历克斯·迪亚兹（Alex Díaz）被传唤到黑帮MS-13总部，领回小儿子奥斯卡（Oscar）。黑帮头目抓走了奥斯卡，声称他对他们的一名毒品运送员无礼。

MS-13与其说是个帮派，不如说是超级黑手党，一个活跃的跨国犯罪集团。它有几十个地方分会，和政府、司法系统的最高层都有来往。他们在靠近加勒比海的波特雷里约斯等地建起了一个"国中之国"，政府和警察都知道，但默许了他们的存在。这儿遵循着古老但最近重新流行的法则：势力最大、最有权和最暴力者说了算。

爸爸迪亚兹想跟黑帮头目谈谈，毕竟他在镇上也算个有影响力的人物。他是个成功的商人，世代居住此地，有六辆中巴车，他和五个儿子开着它们往返波特雷里约斯和圣彼得罗苏拉（San Pedro Sula）。他一向准时给MS-13交保护费，每月3000美元，在这个三万人口的城市，这是最高级别的缴费额。

他在克拉瓦辛（Clavasquín）山区的黑帮指挥部找到了被吓坏的儿子，24岁的奥斯卡。在一个所有居民都能看见的运动场上，黑帮头目詹卡洛（Giancarlo）随便审问了几句就做出裁决：打死。他唤来九个马雷罗（marero，这是他们对帮派分子的称呼）"处理掉"（他们的用词）迪亚兹家最小的儿子。

奥斯卡是五兄弟里最安静的。妈妈最喜欢他。一个心地柔软的大块头，同时继承了爸爸强健的体格和妈妈温柔的心肠。

"他们拿枪指着我的头,"爸爸迪亚兹回忆道,"我不得不全程眼睁睁看着,心里清楚:我要失去他了。对父母来说没有比这更可怕的了。"

马雷罗们遵照命令用刀柄和枪托连揍带踢地折磨奥斯卡。他们轮番上阵,隔三分钟换三个人。奥斯卡被要求双手背在身后,不许防卫,连把身体蜷起来都不行。有那么几分钟他无法呼吸,昏死过去。爸爸迪亚兹之后这样回忆那几分钟:"我看见了'死亡'。他们就是要让我看这个。"

奥斯卡能活下来是因为迪亚兹家的邻居——一个年纪大些的马雷罗——最后说他们该停手回去干活了。他们把半死的奥斯卡留在尘土飞扬的地上,撂下狠话,"我们会杀光你全家"。

爸爸迪亚兹拍的伤痕照片根本看不出那是个被虐待的人,更像是一堆肿胀的肉:伤口遍布身体,胸部变成了青紫色,骨头断了数根,脑袋肿到找不到眼睛。两天后奥斯卡开始咯血,这些都被警方记录在了编号0511538-2013的档案里,后来这部档案在迪亚兹五兄弟的人生中扮演了事关重大的角色。

黑帮只暗示了行凶的真正原因:爸爸迪亚兹这次没有立即支付涨价20%的保护费。近十年来,这位一家之主每周为每台车交5000伦皮拉(lempira,洪都拉斯货币单位)保护费,是他给政府纳税的10倍。

城里的所有生意都得交保护费，面包店、银行、理发店。你不交，黑帮马上杀了你，这种私刑已成了洪都拉斯的日常，目的就是为了规训其他老百姓。说白了，活在这里就得拿钱买命。

这也是当时洪都拉斯的谋杀率居全球首位背后的原因——每10万人中就有79人被谋杀，同比数字在德国是0.8人。

袭击后第二天一早，亚历克斯·迪亚兹把他的七个孩子召集到一起，宣布了一个他们早已预料到的决定：五个儿子逃难去美国。不带妻子和小孩，由他支付蛇头、交通和食物的费用。

2013年12月3日，奥斯卡刚恢复些，五兄弟就跟妻儿道别——不知道这辈子还能不能见面——开始了3000公里的亡命之旅，经由危地马拉和墨西哥前往达拉斯，他们在那儿有亲戚。

他们五个人是：

奥斯卡，24岁，迪亚兹5号（最小的），有三个孩子，重伤在身。

安吉尔（Angel），25岁，迪亚兹4号（第二小的），比兄弟们块头稍小，有四个孩子。

小亚历克斯（Alex, Jr.），26岁，迪亚兹3号，有三个孩子，家里最机灵、最有商业头脑的。

米格尔（Miguel），28岁，迪亚兹2号，有四个孩子，除了当司机，还在学平面设计。

路易斯（Luis），29岁，迪亚兹1号，有三个孩子。他其实是老亚历克斯最小的弟弟，被他当儿子带大了。

两个妹妹苏珊妮和金伯丽（Kimberly）留下。"我亲自保护她们，"这成了爸爸迪亚兹铭刻在心的信条，"我必须权衡各种可能性：留下，她们会被黑帮威胁，但逃亡，会在途中被蛇头强奸。"

逃亡

五兄弟坐大巴从波特雷里约斯出发，到危地马拉边境时已经是第三天，他们遇到了第一个阻碍：边境官要收1000美元才能放行。这类腐败很常见。移民大流动已成了一桩10亿美元的生意，交易链条上除了蛇头，还有警察、边境巡逻队和收容所。

父亲最初的话一语成谶。在边境上的一间暗室，小亚历克斯（迪亚兹3号）目睹了一个移民女性被"土狼"（蛇头，甚至可能就是人贩子）强奸。这只是女性难民面临的重重危险之一——很多人最后都会失去自由，被强迫卖淫。回忆这幕惨剧时，小亚历克斯所说的话让人心下惨然："我决定不插手。我不能拿我们的目标冒险。逃难时每个人都只能靠自己。"

五兄弟从危地马拉继续向北,经过韦拉克鲁斯(Veracruz)和坦皮科(Tampico),这是毒品、黄金和难民的运输线——我们这个时代的丝绸之路。10天后,他们在临近墨西哥湾的雷诺萨(Reynosa)到达美国边境。

在3200公里的漫长边境线上,这里是最重要的逃生通道。2017年有13.8万移民在这儿被捕。墨西哥毒枭——在本案中是洛斯·泽塔斯(Los Zetas)——向过路难民额外收取"通行费",每人1000美元。

"我们和另外30人在一间旧酒吧等了一周,"米格尔回忆,那是个"藏匿屋",也用来存放毒品和武器,"蛇头在等待穿越格兰德河(Rio Grande)的最佳时刻,美国那边的线人会提供情报。"

米格尔记得那种反常的寒冷,饥饿的小亚历克斯,还有一有情况就紧张的路易斯。因为怕咳嗽声可能引起边境官的注意,感冒的移民会被留下。在浓雾弥漫、没有月光的第7天午夜,他们划着充气橡皮艇穿越格兰德河,穿过一个红外摄像监控区,顺利地到了对岸。他们穿着迷彩服,用布包起鞋子以免留下脚印。蛇头有夜视设备和加密通信器以确保通信安全。

但最困难的部分刚刚开始。为避开通路上的边境巡逻队,他们必须在沙漠中徒步三天,每人只带5升水。这是一年中最冷的日子。

起初五兄弟能应付，连负伤的奥斯卡也行，毕竟他们是尤文图斯队的主力运动员。之后，最瘦的安吉尔开始出问题，第三个夜里他喘着粗气说，"你们走，别管我"。但兄弟们扔掉了些补给（玉米罐头和饼干），以便在一些路段背上他走。

那些得不到帮助的只能掉队，比如两名来自萨尔瓦多（El Salvador）的孕妇，五兄弟再没见过她们。这些人很可能命丧沙漠，加入边境地区年均400人的死者队伍。但这也没法证实了，因为美国国土安全部和《亮点周刊》（Stern）后来联络到的蛇头都拒绝谈这个。

"这一次，我还是没插手，"小亚历克斯后来说，"一旦开始逃亡，你就从人变成了动物。只有最强壮的能活下来。"

到了法夫里亚斯（Falfurrias）郊外，五兄弟被几辆小货车接上，藏进后座底部，载到休斯敦的一座仓库。他们交了第二笔钱。但蛇头又说，"因为成本上升了"，每人必须再交1000美元，不交就一直关在这儿，不给衣服和手机，以免他们跑掉。

"这是绑架。"米格尔说。

"随便你怎么说。"蛇头回答。

五兄弟联系爸爸，爸爸凑凑钱，又借了些，通过西联汇款转给蛇头。西联汇款是偷渡生意中获利最大的机构之一。钱到账后，五兄弟被送到了休斯敦的一个工业区。

终于，在他们踏上亡命之旅的四周后，洪都拉斯的家人收到了让人松口气的消息："我们成功了。而且我们还在一起。"

美国

在得克萨斯，和妻儿分开的前几周最难熬。兄弟们原本各有房产，现在全住在小亚历克斯的岳父母家里。九个人挤在两居室里，五兄弟挤一间。他们不懂英语，但在他们住的这个地方，人人都说西班牙语。他们带着这样的认知生活：我们失去了很多，但我们至少还活着。

兄弟们习惯了过去在洪都拉斯时每天干14个小时的苦力活，所以很快就找到专门给"非法移民"准备的、也是维系社会运转的必要工作：割草、洗车、打扫旅馆房间。这就是美国人爱说的"双赢"：新来的难民赚到在一个中美洲人眼里相当不错的6.5美元时薪，企业则得到干劲十足的临时工，还用不着给他们交社保。

经济上说，他们不是难民，是企业求之不得的大量廉价劳动力。

法律上说，他们属于"非法移民"，一种对逃命者的讽刺称呼。在入境时没申请庇护，这可能有违程序，但他们担心在边境处就直接被赶走。

政治上说，他们是21世纪人们面临的挑战。这些人的存在，就是抵抗战线形成、民族主义者集结、政府分裂、国土概念重构的原因：如今，一共有6850万这样的人流落于世界各地。

美国对"黑户"的政治立场十分明确：一旦被捕就会遭到拘留，然后驱逐出境。即使在奥巴马时代也是这样，直到他修改法案，为逃离臭名昭著的"北部三角"（洪都拉斯、危地马拉、萨尔瓦多）的未成年人提供临时保护。

在新国家过了四周之后，五兄弟做出了一个重大决定：分开。他们担心突击检查，怕被集体抓捕。米格尔奔向寒冷地区，投奔他们在新泽西的叔叔。小亚历克斯在达拉斯干理发。奥斯卡在郊区卖玉米。路易斯搬到佛罗里达打零工。安吉尔去了休斯敦。他们人生中第一次离开彼此，从此重聚无期。

安吉尔——迪亚兹4号

在安吉尔眼里，休斯敦显得不大真实——这个美国第四大城市的街道像从制图板上抠下来的，轿车跟货车那么大——但他很快安顿下来。他在洗车行和建筑工地两班倒，不到6个月就攒够了妻子苏莉亚（Suria）和三个孩子的偷渡费：寄给蛇头8000美元，另有2000美元应对途中可能发生的绑架、贿赂或勒索。

安吉尔是五兄弟里最古怪的，精瘦结实，精力充沛，代谢水平堪比青少年。他把胡子修理成一条细线状，身上文满跟战争有关的图案。

安吉尔为他在休斯敦的苦干付出了代价。因为他老在两份工作之间赶路，警察在一次道路突击检查中抓到了他：一个无证"黑户"。在多数州，他只会被罚款，因为警察无权向移民和海关执法局（ICE）报告。但这是得克萨斯，美国最保守的州，警察通知移民局并拘留了他。

安吉尔在休斯敦监狱蹲了两个月。兄弟们请了律师，花掉4000美元。安吉尔申请了政治避难，编号0511-538-2013的文件显示，他确实性命堪忧，原本必须在入境时申报才行。2015年6月，安吉尔被奥巴马政府（执政期间驱逐超过200万人，多过他之前所有总统）未经审判就遣返回洪都拉斯。

他是第一个被迫离开的迪亚兹，但不是最后一个。

在过去近两年的时间里，波特雷里约斯的局势持续恶化。现在迪亚兹家不光欠MS-13保护费，还欠Barrio 18的，迪亚兹家的巴士终点站——工业城市圣彼得罗苏拉落入了这个黑帮手中。没交钱的人运气好的话会收到警告——但下次就是子弹了。已经有12名公交司机被杀害。

像安吉尔这样在美国待过的人被看作有钱人，得交"移民保险费"，每月多加300美元。

尽管如此，最小的弟弟奥斯卡决定回来陪安吉尔。"不祥的预感笼罩着我，"他回忆，"我是我们五个逃亡的原因，现在安吉尔却独自变成了黑帮的目标。"此外，奥斯卡想亲自接妻子和三个小孩。他不放心他们单独踏上偷渡去美国的危险之旅。

安吉尔又开始为家里的生意跑车。为了赚到足够的钱回美国与妻儿团聚，他不停地工作，一周7天，每天14小时，直到7月13日，一个星期一，爸爸跟他说："今天别干了。你需要休息。"

"今天不行，"安吉尔回答，"周一上班高峰赚得多。"

当晚7时30分，安吉尔在暮色中驶过拉斯布里萨斯（Las Brisas）附近，快到终点站，准备交班。最后一个乘客下了车。三个男人走近中巴车，朝里瞥了一眼，开枪射穿了侧窗。三枪分别击中安吉尔的腹部、肩膀和脖子。

在终点站等着他的爸爸仅仅三分钟后就赶到了，爸爸先是试着唤醒他，然后把他搬到后座，开车去红十字会。奥斯卡也赶来了，"（中弹的）应该是我，他们搞混了，我们迪亚兹家的男人看着都一样。"

被遣返四周后，晚上7点45分，安吉尔死在父亲怀中，五兄弟中第一个离世的。现在只剩四兄弟了。

后来奥斯卡说:"我不得不永远带着哥哥为我而死的事实活着。这叫人怎么活下去呢?"

爸爸迪亚兹

一块抛了光的石板覆盖在坟墓上。塑料花插在可乐瓶里,十字架上用精致的字体刻着:安吉尔·亚历山大·迪亚兹·莫拉莱斯(Angel Alexander Díaz Morales),2015.7.13。

这是2018年初的一个炎热的暑天。爸爸亚历克斯弯下腰,把花理了理。"我想你,儿子。"他低声说。

他脸色阴沉,额上皱纹很深。亚历克斯·迪亚兹是个大块头,肌肉和脂肪一半一半。他话很少,工作和小孩就是他生活的全部,刚五十岁,却似乎已经命不久矣。安吉尔的周围埋着的,也都是死于谋杀和黑帮斗争的年轻人。这是洪都拉斯最常见的死因。墓地里到处都是男性,女性死于黑帮之手的很少。"女人都争着勾搭那些马雷罗,"爸爸迪亚兹厌恶地说,"他们是大人物,跟摇滚明星似的。"

他是在含沙射影地说安吉尔的遗孀苏莉亚·洛佩兹(Suria López)。丈夫遇害后,她开始跟一个马雷罗约会。"她遭到报应了,"老亚历克斯低吼,"那个马雷罗被杀了,现在她又找了下一个。"

我悄悄去见了苏莉亚。她很苗条,一头长长的黑色卷发,脸上写满恐惧。她起先编了些借口,后来承认了,"我是为了孩子。与那些掌权的人交往是最安全的。"

她顺从了一个叫人不安的逻辑:杀害她丈夫的凶手可以保障她的生活。

这是片法外之地,圣彼得罗苏拉往南30公里,全世界凶杀犯罪率最高的城市之一。波特雷里约斯被城市化糟蹋了,它在一条公路干线上,周围是甘蔗田和低薪工厂(也就是出口加工工厂)。每个商铺门口都站着武装警卫。每一栋房子,不管多破,都围着高高的栅栏。每条街都曾是犯罪现场。银行建得像堡垒。洪都拉斯的国内新闻充斥着操纵选举、谋杀环保人士之类的内容。在这个可以说是已经陷落的国家,生活就在世界末日的边缘。

爸爸迪亚兹开车来到案发现场,一条玉米地和废弃工厂间的荒路。他每天都来。他在脑海中还原犯罪现场,想象那三声枪响,好像还在努力理解发生了什么。他掏出被杀害的儿子的照片——上面是安吉尔防腐后的脸——那样子就像他久久地溺在儿子们遭受的暴力中。

你想过复仇吗?

"经常。我想过雇杀手,但马雷罗会杀光我的孩子。"

黑帮怎么没杀你?

"他们知道杀我的孩子对我更要命。"

警察调查过吗?

"他们都是一伙的。警察会传信给黑帮。所以我从没起诉过。这件事确定无疑:我只想要一份罪行记录,不会起诉。"

他没有选择。他必须沉默。这个国家的老百姓心里都有一条不成文的箴言:Mire y callese(睁大眼,闭上嘴)。

以及继续送你的儿子们,往北方去。

奥斯卡——迪亚兹5号

安吉尔遇害的第二天,奥斯卡立刻带着妻子和三个年幼的孩子离开波特雷里约斯,逃到了200公里外的一个乡下棚屋。他们计划从这里继续逃往美国。两年前那场毒打的印记还在——他的背伤没好,精神创伤也没有平复。家族决定让他带上哥哥小亚历克斯的9岁儿子史蒂文(Steven),以免男孩被征入MS-13少年组。

送六口人逃亡需要2.4万美元。父亲已经两手空空。奥斯卡卖了房子,在美国的三兄弟也汇来他们的最后一点钱。迪亚兹家在逃亡上花的钱已超过8万美元。

他们算条件好的难民了。许多家庭一到边境就没钱了,被困在墨西哥难民营。

五兄弟

2015年8月，奥斯卡和妻子茱莉亚（Julia）带着四个孩子半夜开始北上。这次他们经由墨西哥城和蒙特雷（Monterrey）去雷诺萨。但他们没有五兄弟那次的运气好。美国边境现在守备更加森严，有20,000名边防警卫，还有直升机、无人侦察机和骑马的巡逻队。刚渡过格兰德河他们就被边防官抓了。他们要求准予避难，举证了安吉尔被谋杀和奥斯卡被谋杀未遂的事实。

移民局这时采取了一个新做法，即家庭拆分。起初只是在几个地方试点，后来被特朗普政府系统性地推广，作为一种威慑手段——如司法部长杰夫·塞申斯（Jeff Sessions）所描述的。塞申斯把那些带着孩子的移民称作"贩运儿童者"，他说："如果你想把小孩贩运入境，我们会起诉你，并把小孩和你分开。"

在美国400年的移民史上，政府第一次明确采取了损害儿童福利的立场。

迪亚兹家就被政府官员拿来为新政策树立了先例。奥斯卡的妻子茱莉亚和三个孩子登记后，在避难申请审核完毕之前可以留下。但9岁的史蒂文作为"无人陪伴的未成年人"，大哭着被送进移民安置办公室（Office of Refugee Resettlement），和其他2300多个儿童一起。三天后，他被转移到3000多公里外的纽约收留所。民权人士谴责这是国家实施的绑架行为。迪亚兹一家对他的下落一无所知。

奥斯卡被登记为A208376104号非法移民，送进迈阿密监狱。他可以交15000美元保释，但迪亚兹家已经没钱了。

这次逮捕也给史蒂文的爸爸（五兄弟中排在中间的小亚历克斯）带来了大麻烦。他开车从达拉斯到纽约移民儿童收留所（这是全美100多个收留所之一），拿出文件证明自己是史蒂文的爸爸。但官员们问他要更多材料：收入证明、公寓租赁合同、良好行为证明。他们跟国土安全部交换信息，存档了小亚历克斯在达拉斯的住址，把他登记为"非法外国人"。从今往后，移民局随时可能会来敲门。

小亚历克斯从洪都拉斯死里逃生，但他在如今这个避难所里面临的新危机是：怎么从美国政府的魔爪下救出儿子？

与此同时，他的弟弟奥斯卡在移民法庭听证会前被保释出狱，但他必须佩戴电子脚铐。跟其他12500名难民一样，他的位置被实时追踪，数据记录在他的身份号码KROS-16-00015下。他得在未来两年内付清15000美元保释金，利率是15%，外加每月420美元的电子脚铐使用费。最终花费会超过2.8万美元。讽刺的是，倘若他留在洪都拉斯的话，他需要交给黑帮的钱跟这差不多。

从本案中牟得暴利的，是有200名员工、年收入3000万美元的"自由联结"（Libre by Nexus）公司，它为成千上万的移民安排债券支付。它是一堆从美国严苛的移民政策之中获利的私人公司之一，这些公司中好多是特朗普的积极支持者——税表就是明证。"西南基"（Southwest Key）公司同样，靠给那些被从父母身边带走的移民儿童开收容所，拿到了9.55亿美元的政府订单。国防企业"通用电力"和曾装备了驻伊拉克美军的安保承包商MVM也在其列。

事实日益清晰：难民的绝望是一桩十亿美元级的生意。在墨西哥那边，这个繁荣产业是蛇头和勒索者打造的；在美国这边，则由"难民猎人"和政府官员构筑。

奥斯卡和家人住在达拉斯郊外的一个开发区。毫无生气的装配式板房随意盖在草原上，周围环绕着公路干线和快餐厅，一派阴郁荒凉。现在是2018年3月，冬天，气温10℃，奥斯卡往赌场走，他在那儿当保安。

这就是2018年的美国，各种偏执和仇恨纠集的结果是：一个非法移民，带着枪和警棍，干警卫工作。

他的妻子茱莉亚在一家假日酒店干保洁，担心被突袭，下班回家不敢坐班车。奥斯卡上班也避开主街，生怕被拦下。他把电子脚铐藏在牛仔裤和高筒袜底下。他们轮流照顾孩子，整日整夜地工作，来偿还9000美元的律师费和高息债券。移民局判定他们证明了"可信的对酷刑/迫害的恐惧"，但他们的遣返程序已定于2019年进行。到他们被驱逐出境那天，美国将从他们的逃亡中赚走超过5万美元。

这是典型的美式智慧：哪儿都能制造生意，哪怕从最弱势者的困境中。

奥斯卡的三个孩子从泛黄的窗帘后望着车道。他们已经适应了这个特朗普时代。不断有人被驱逐。隔壁男孩被接走了。穿着米色或蓝色衣服的移民官挨家挨户敲门。他们检查雇主家、旅馆、家禽养殖场，还突袭加油站。

在特朗普蛊惑人心的煽动下，普通居民也开始向当局举报外国人，要不就带着武器和望远镜搜寻"唐克斯"（Tonks）——这是当时的移民局头头汤姆·霍曼（Tom Homan）贬损难民的绰号，灵感来自移民官拿手电筒敲打难民脑袋时发出的响声（"唐克"）。

更令人吃惊的是人们的排外热情。因为根据美国海关和边境保护局的数据，非法越境人数已降至历史低点。被捕人数从2000年的160万下降到2017年的30万。在这个很多人把发怒当成默认行为模式的年代，事实输给了情绪。

奥斯卡的孩子们遵从简单的规矩：不外出，不开门。不久前警察来敲门。"我们没开，"11岁的小奥斯卡用实事求是的语气解释道，"他们不能强行闯入房子。这附近没人会开门。"

小奥斯卡抓起一本教科书，和8岁的妹妹艾希礼（Ashley）练习英语。他们都在班上名列前茅。他们说英语时没有口音。用移民行话说,他们是"梦想者",是有希望获得永久居留权的移民子女。特朗普也想打碎他们的梦(因为有80万入境移民是儿童),但他还没得到国会对这项政策的支持。

他们新的家庭成员将在9月出生。这个孩子一出生就会是美国人。移民行话叫"锚宝宝",指为移民目的怀上的孩子。住在达拉斯北部小房子里的一家六口有四种身份:奥斯卡是"黑户",妻子茱莉亚是寻求庇护的避难者,孩子们属于奥巴马的"梦想计划"。腹中宝宝将是美国公民,但不被许可在没有父母陪伴的情况下留在美国。

"我在考虑继续逃跑。"奥斯卡疲惫地说。岁月消磨了他的精神,他看上去被掏空了,被威胁和官僚机构击垮了。"得州的情况越来越糟。"在那些投票给特朗普的州,在总统那些"强奸犯""入侵者""杀人犯"等煽动性言论的刺激下,移民局已经开始更猛烈地打击移民。

可是去哪儿呢?

也许去新泽西州的特伦顿(Trenton)。他最近琢磨去找哥哥米格尔,去一座不热衷于驱逐移民的"避难城市",也许留下的机会更大。

在避难所里寻找避难所。

米格尔——迪亚兹2号

"底部"（The Bottom）是南特伦顿（South Trenton）一个勉强够得上中产的拉美裔小社区。节奏强劲的萨尔萨舞曲和雷鬼音乐从木房子里传来，玉米粉蒸肉和玉米卷的香气从厨房飘出。但世界已经改变：生活在屋里，危险在门外。这是2018年，新时代来了。

对迪亚兹家的二儿子米格尔来说，特伦顿代表了美国梦的反面。他住在一个漏风的木房子里，租金很贵，要1200美元。他不得不放弃在洪都拉斯的学业，靠打零工、铲雪和清理院子赚钱。逃亡让他的生活处境变差了。但至少这儿没人想要杀他。

这是一个阴天的早上6点，预报说从五大湖吹过来的暴风雪会带来降雪，米格尔半睡半醒地开着他的四轮驱动车去上班了。零工们像妓女一样站在街角，等着被人选中。拉美裔工人们一年到头不停地为那些高级社区干活：割草、修剪树篱、喷洒除草剂。他们夏天照料花园，冬天清扫积雪。其他季节没多少活儿，除了在风暴过后打扫现场。

"我希望冬天一个劲儿下雪，夏天一个劲儿干旱。我希望有极端天气。"米格尔说，气候变化是移民的朋友。

米格尔是五兄弟中头脑最聪明的，也是唯一继续学业的。这在工人家庭挺少见。他长得像父亲（看上去一点都不比父亲年轻），100公斤重，他自嘲说，脸上的褶子都是"工作和忧愁的印痕"。

特朗普当选后世界变得太快。现在当司机要被重重夹击。"看到上面那辆车没？"米格尔说，"那是州警察，他们就爱检查拉美裔的证件，一下就抓到你。移民局探员的车上没有警徽，在我们社区有内线，他们刚抓走了我的危地马拉朋友。只剩本地警察不查我们的身份。"

美国有200个城市（几乎都由民主党执政）宣布自己是"避难城市"。他们通过拒绝协助驱逐难民来反抗共和党总统。迪亚兹家用他们自己的方式生活在两大政党的战线之间，也在社会分化的两极之间，在进步主义的沿海地区和保守的"中部腹地"之间——而在更大的全球尺度下，他们生活在全球化和民族主义之间，在开放包容的自由主义文化和坚持孤立的新民族主义之间。

一年前，米格尔把妻子杰西卡（Jessica）和两个孩子接来了。当时全家面临一个沉重选择：杰西卡只能带走四个孩子中的两个，不然旅途就太贵也太危险了。

"我们决定带年龄最小和最大的孩子。"他说。

为什么？

"最小的，因为她最需要我们。最大的，因为她的年龄：她13岁了，有被黑帮强奸的风险。"

另外两个呢？

"他们留下，跟亲戚在一起。那以后我们再没见过他们。"

这个决定让夫妻俩饱受煎熬。从两人的沉默中能感受到。那天晚些时候，他们膝上放着餐盘，沉默地坐在客厅。全家福挂在墙上。冷风呼啸着从墙缝往屋里钻。

"特朗普成功了。"米格尔冷不丁地说。"现在所有人都害怕，包括在这住了40年的移民。你在家害怕，工作害怕，买东西害怕。去哪儿都害怕。"

2018年5月，特朗普不顾600名宗教领袖的反对，把洪都拉斯从保护名单中撤掉。人道组织将此举解释为"判处死刑"。有约9万洪都拉斯人曾因在国内遭受威胁，获准留在美国。

在米格尔看来，五年来他从未停止逃亡，无论在洪都拉斯还是美国。

如果当局把他们扫地出门怎么办？

"那我们就消失，搬去另一个州。"

如果被驱逐出境呢？

"那我们就再回来。"

如果特朗普在边境筑了那堵墙呢？

"如果'矮子'[1]能建造长隧道,你最好相信我们也能。在洪都拉斯等着我们的是死神。"

停顿了一下,米格尔又说:"我更担心路易斯。他要被驱逐出境了。"

路易斯——迪亚兹1号

2018年初的这个时候,他的哥哥路易斯被关在1500公里外的阿拉巴马监狱,和每年约22万移民一样,等待被驱逐。他和别的移民还有罪犯关在一个牢房,那些罪犯里甚至有MS-13成员。

这是个吊诡的安排:在洪都拉斯时,马雷罗是他的死敌。现在他们就在他隔壁的囚室。他逃了3000公里,反而离他们更近了。

路易斯在迈阿密和南卡罗来纳州工作,当保镖、建筑工人、保安和屋顶工。是他和他的兄弟们在全球金融危机后重建了美国。是他们"使美国再次伟大"。

从佛罗里达开车去得克萨斯时,他在阿拉巴马碰上常规路检,警察在路易斯的车里发现了他一个同事的毒品。

---

[1] El Chapo,墨西哥著名毒枭,在美墨边境地下修建了多条有照明、通风、液压电梯和铁轨运输系统的贩毒隧道。——译者注

但他们不相信路易斯,将他以涉嫌贩毒罪名登记在案。于是他变成了特朗普口中的"动物"[1]。特朗普经常把移民等同于罪犯,尽管统计显示,移民的犯罪率低于美国公民。

路易斯被关了20个月。兄弟们付了律师费,但作为亚拉巴马州(美国最保守的州之一)的无证移民,他没希望留下。在纽约这样的州,60%的庇护申请会被通过,而像阿拉巴马这样的州,只有5%。他举证了家人经历的死亡威胁。但有人问他,是否像联合国1951年标准说的那样,"有充分理由恐惧因种族、宗教、国籍或政见被迫害"——对于2018年全球数百万难民的实际情况来说,这些标准已经过时——他的回答是"不,我面临的是死亡威胁,黑帮就是这么说的。这是恐怖统治"。

又被羁押了几周后,路易斯最终被驱逐出境。他和其他200名洪都拉斯人,被送上飞往圣彼得罗苏拉的飞机。每周三次,这些载满人的美国空军机器,会降落在这个洪都拉斯的第二大城市。它们送回那些失败者,更确切地说,是那些重又面临生命危险的人。

爸爸迪亚兹和路易斯的儿子来机场接他。这是2018年

---

[1] 2018年5月,特朗普在加州立法者和警察出席的会议上重申对移民的极端立场,"有很多人正在进入我们国家或准备进来……你们不敢相信这些人有多坏……这些不是人,而是动物"。——译者注

1月的一个酷热的日子,热带风暴来临前夕的空气潮湿闷热。三人都流了眼泪,因为相见的喜悦,也因为失望和担心。路易斯看起来精疲力竭,这个大块头的皮肤已经很久没晒过太阳了。必须加快动作。爸爸迪亚兹领着他穿过入境大厅,从侧门出去上车,这样可以不被人看见。黑帮在机场安排了侦察分子,辨识敌人和从美国回来的人,后者将变成勒索对象。

爸爸迪亚兹给了大儿子一份日薪500伦皮拉(约合20美元)的驾驶工作。条件是路易斯必须尽量藏起来,只在天黑后出门,不能去酒吧和其他公共场所。"我们得存够钱让你赶紧回去。去更安全的地方,比如加利福尼亚。"

洪都拉斯的路边小贩开始兜售8500美元的偷渡服务。路易斯也可以自己越境,但有报道说,蛇头会杀掉独自越境者以威慑其他偷渡者。

用合法途径返美对这个家庭来说毫无可能。作为5月新规"零容忍政策"(Zero Tolerance Policy)的一部分,司法部长杰夫·塞申斯发布了3929号临时决定,里面说,黑帮带来的暴力和强奸威胁不再作为庇护依据。此外,特朗普还向边境部署了数千名国民警卫兵,把移民官派往墨西哥警告企图寻求庇护的人:"美国没你的位置"。此举同时违反了美国法律和国际法。

2018年8月我们再次拜访了路易斯。如今他和一个女人合租了一套郊区公寓。他是五兄弟里性格最冲动的，和其他兄弟一样，这个壮实的男人因为干重活后背很宽。他沉默寡言（除非时间长了才能放松下来），对生人充满警觉，这些举止也都跟另外几个兄弟一样。

你现在能在城里自由活动吗？

"我不能关禁闭，"他说，"我是个自由人。这是我的城市。我不会再向犯罪团伙低头了。"

父亲坐在他旁边。他们喝苏打水，吃女人们端上来的猪排。

"你疯了。你现在有生命危险。"爸爸迪亚兹说。

"人人都这么说。"

"说错一个字，你就死了。"

路易斯环顾四周。他正坐在一间黑乎乎的房子里，这房子成了他的监狱。"我不能这么活着，"他说，"我才30多岁，人不能一辈子活在恐惧中。"

第二天，路易斯又开始开公交车。周五是交保护费的日子，他在圣彼得罗苏拉的终点站把钱交给Barrio 18的两名青少年成员，又在波特雷里约斯的终点站把钱交给MS-13。消息传开了：一个迪亚兹回来了。简直像路易斯把自己送上门的。

"我不能强迫他。他是大人了。"他父亲绝望地说。

"我想过正常的生活，"路易斯说，"要死，我也要堂堂正正地死。"

说完他出门找酒喝了。他准备喝一整夜。

小亚历克斯——迪亚兹3号

如果说五兄弟里有谁找到出路了,那就得是排在中间的小亚历克斯。他最会平衡,脑子也最灵活。

想找他,你得驾车开出波特雷里约斯,蜿蜒进山,等柏油路变成布满车辙的泥路(被如注的暴雨和运货的大卡车弄的)。咖啡树和香蕉树长在山坡上,种植园一望无际,从这里再开三小时才能到圣路易斯——这座小山城只有三条路。这是咖啡种植者的领域。

小亚历克斯和家人住在仿照美国南部风格建的房子里:平顶、美式厨房、美式冰箱,安乐椅摆在电视前。

三个月前他们回到洪都拉斯,因为在美国东躲西藏的非法移民生活快把他们逼疯了。"我从纽约接回了儿子史蒂文,"小亚历克斯说,"但那时他已经得了抑郁症。我们也一直害怕移民局上门,他们抓走我,然后孩子们又会被丢下。"

所以事实归结一下就是:他们既是特朗普的牺牲品,也是他的胜利果实。

小亚历克斯像所有迪亚兹一样胡须整齐,戴着棒球帽。

他目光警觉，外表有点像时髦的城里人，尽管他是住得离城市最远的一个。他在圣路易斯开理发店，每剪一次发收50伦皮拉（2美元），都归自己。他是全家唯一不用给黑帮交保护费的人。

坐在他腿上的是儿子贾斯汀（Justin），出生在美国，刚满三岁。"他会有美好未来，"小亚历克斯说，"所有女孩都会想跟着他，因为他有美国国籍。没有比这更好的条件了。"

坐在他旁边的是大儿子史蒂文，一个瘦骨嶙峋的、害羞的男孩，经历了一次创伤（逃亡）又一次创伤（和家人分离），之后还有第三次创伤（被驱逐出境）。你很难开口跟史蒂文聊这些。美国政府的家庭拆散计划对他来说就是绑架，从家人的保护中强行拔出，再残忍地丢去3000公里外的收留所。"纽约的看护人员挺好，但我感觉自己像个罪犯。"

但现在，他说，情况比以往每一次都危险。他长到了黑帮可以强行招募并训练他去杀戮的年龄。这是许多青少年逃亡的首要原因。除了合作并杀人，他没有选择。除非再次逃亡。"我只想活下去。"他说。

在圣路易斯，他们的处境相对安全。这里是贩毒集团在洪都拉斯中部为他们自己开辟的理想国"纳尔科兰"（Narcoland，即"鸦片国度"），集团成员在这儿洗钱、投资小机场、咖啡种植园和房地产。他们不是那种人格扭曲的暴徒：他们是要员、律师，是总统和部长的儿子。他们有私人军队，武装得比黑帮和政府加起来都好。

黑帮试图入侵他们的领地，但被他们俘虏并杀害。这跟国与国之间的战争没差别：看谁武力更强。

小亚历克斯说，"至少纳尔科兰的人不会杀我们这样的人，也不勒索保护费。他们只想太太平平地做生意。"他认为他们比黑帮坏的程度轻。他们赚毒品贩卖和美国瘾君子的钱，黑帮却靠恐吓老百姓赚钱。小亚历克斯说，"你可能会批评毒品交易，但道德是洪都拉斯人负担不起的奢侈品"。

这能成为洪都拉斯问题的解决方案吗？就算只是一个样板？国家置身事外，反而是贩毒集团赶走了嗜血的黑帮？听着简直像反乌托邦电影里的情节。

2018年8月，爸爸迪亚兹来访。美国对洪都拉斯永久关闭了边境。他的儿子奥斯卡比预期更早被传唤到移民法庭。老迪亚兹比18个月前我们第一次见面时更愁了。他又开始为全家寻找避难所。他想，能不能让路易斯来亚历克斯这儿？等米格尔和奥斯卡被美国驱逐后也能加入吗？他幸存的四个儿子是不是都可以来？

他觉得，说不好这是迪亚兹家一条暂时的活路，是悲剧中闪烁的微弱希望：

流亡到纳尔科兰。

发自洪都拉斯
原载于《亮点》周刊（Stern），德国

四楼的囚徒

撰　文　艾娃·沃卡诺夫斯卡-科沃杰伊（Ewa Wołkanowska-Kołodziej）
波译英　莫妮卡·扎拉斯卡（Monika Zaleska）
英译中　韩见

他们已经多年没离开过家了。

她的厨房里，大多数马克杯都没了把手。她常常忘记自己手上还拿着东西，接着杯子就掉了，摔坏了。想喝茶的时候，她会拿一个空杯摆在咖啡桌上。接着返回厨房，往保温瓶里倒上热水，把瓶子挂在助行器手柄上，然后再返回客厅。做完这些之后，她就连坐下来打开《无论好坏》[1]（*For Better and For Worse*）的力气都没有了。

"我知道怎么回事。上一次我把水壶摔了。水已经凉了，但如果它是滚的，我就会烫伤自己。所以我现在不用水壶了。有时候我觉得一切都令人筋疲力尽，我坐下来读书，差不多只能读三行，眼皮就开始打架。"她身旁放着奥

---

[1] 波兰主流电视频道TVP2播出的医疗题材连续剧。——译者注

古斯丁的《忏悔录》(*The Confession*)和《星期天》[1]杂志(*Niedziela*)。

达努塔（Danuta）75岁。她有一双纤瘦的手，指甲是半透明的，白发向上挽成一个芭蕾舞者髻。她太小只了，坐在桌子旁边，桌子突然就显得适合一个巨人。与她相比，周围的一切都是巨大的，除了一幅《最后的晚餐》图片，它过于迷你，以至于很难从众门徒中辨认出基督。在白墙的衬托下，公寓中的每一点色彩都跳了出来。达努塔的淡紫色毛衣突然变得很耀眼，阳台上剥落的油漆呈现出一种浓烈的蓝色，小天使雕像红绿相间的长袍也在争夺着注意力。这座雕像是邻居在美国的阿姨给的，邻居把它送给了达努塔。本着与接受衰老同样的精神，她接受了这个二手的礼物。

"你不能把自己变成受害者。向世界索求是没用的。"她说。她上一次自己离开这个房子是什么时候？五年前？即便在那时，她也已经无法确定当自己拖着脚步下楼时，楼梯和骨头，究竟哪个发出的吱嘎声更响。毕竟二者也差不多岁数了。

底楼的看门人以前会帮她保管助行器。它有个座椅，重37公斤。她会用双手抓住它，推着到最近的商店去。有

---

[1] 波兰和中欧地区最大的天主教周刊，1926年创刊。——译者注

时候，有人会问她是否需要帮助。但是话音未落，他们就已经加速走远了，这让她怎么开口接受帮助呢？从她位于助行器后方的角度看去，他们都是那样的。她会买好东西然后走回家。提着牛奶和杂货爬楼，对她来说无异于一个健康的人登顶卡斯普罗维峰[1]。达努塔家的墙上挂着一张褪色的海报，上面是白雪皑皑的山顶和斯堪的纳维亚的峡湾。海报旁边是她祖母在喀尔巴阡山脉（Carpathians）旅行时，穿着胡图尔（Hutsul）民族服饰拍的照片。达努塔喜欢山，可她现在不再出门了。像她这样的人被称为"四楼的囚徒"。他们被困在没有电梯的公寓和房子里，从不向他人提起自己有任何权利，因为他们不认为自己拥有它们。和他们最熟的人是国家社工，社工会接到他们的电话：

"我再也没法出门去商店了。我住得太高，而下面太远了。"

达努塔也寻求了帮助。她告诉他们，自己患有子宫癌、骨质疏松，最近还被诊断出肌肉萎缩，她知道这个病将来只会越来越严重。接到电话后，社工来看她。拜访的目的很明确：制订一个看护计划，让她尽可能独立生活得久一

---

[1] Kasprowy Wierch，海拔1987米，位于西塔特拉山脉，是波兰的滑雪胜地之一，也是波兰和斯洛伐克的界峰。——译者注

点。会有一位护工每星期来看望达努塔三次，替她收信件、买东西、除尘、洗衣服，在必要的时候，给她洗头、喂饭、换衣服。护工的最初的几个任务之一是去诊所递交文件，证明她的状况。

诊所接待员：她得自己来。

护工：她无法离开家。

诊所接待员：那么让她的家人来。

护工：她没有家人。

诊所接待员（震惊地）：你说她没有家人是什么意思？！

"这真的那么奇怪吗？"达努塔立刻捍卫起自己独居的权利，并合理化自己的处境。"我没结婚，没有孩子，我的远房亲戚生活在波兰各地。全世界可不只有我是这样。"

她生于1944年，华沙起义的两年前。她老家的宅子没能幸免于难。直到20世纪70年代，她都和父母以及祖母住在华沙郊外。家里没有燃气，甚至连卫生间都没有。冷水是他们唯一的奢侈品。后来她父亲去世了，祖母需要更多照顾，因此她和母亲带着祖母住进了现在的公寓。

她曾在一家生产通信设备的工厂工作，后来在瓦梅尔电器厂（Wamel Electrical Application Factory），再后来在政府税务办公室和波兰储蓄银行（PKO）。她失去了很多：先是母亲和祖母，再是工作。后来，她的腿开始失去知觉。

2000年前后,走路开始成了问题。自那以后事情就变得越来越糟。她本来等着进行髋骨手术,但最终骨科医生认为没必要了。现在,除了麻痹痛感,已经没什么其他能做的了。

她病了,而且孤身一人。她可以在阳台上呼吸新鲜空气,但指望不上任何人带她下四楼,去公园。为了一个进疗养院的名额,她等了两年,但轮到她时,健康状况已经不允许她去那儿,她放弃了这个名额。不久前,她的助行器在厨房里卡住了,她推了一次、两次,轮子突然不受控制地转了起来,车子向前滑去,她摔倒在地上。她爬到客厅,够着了电话,却没人可以求助,于是她花了两小时才把自己挪动到沙发上。

一个月前,她决定搬出这个囚室。她正在努力习惯这个想法,把它想成一个长假。当你要去一个地方待一两个月,你会打包一些东西,但不会带走全部。这次旅行有所不同。她会带走那个深色木饰面的五斗柜,还有旧椅子。吊灯就不要了。她不会再回来了。她在辅助生活社区申请了一个位置。

"每个人都会衰老,这不可避免,所以你得习惯它。我是个信徒,我知道生活不只是为了快乐,还有更多。所有这些其他的东西也是生而为人的一部分。"她说。

木制的楼梯和浅绿色的扶手。三楼挂着画有猫和番红花的油画，二楼的招贴上写着："我们等待着自由"。达努塔最后一次离开家时，或许会注意到它。

华沙正在变老：每10个常住人口中就有一个超过70岁。有18家社会福利中心为老人们提供服务。当人们不再能够独立生活时，有14家辅助生活社区可供申请（其中7家面向患有慢性疾病的老人）。

2017年8月末，华沙的援助与社会项目（Assistance and Social Projects）办公室的一个为期两年的项目"扶养"（Z@opiekowani）完成了招募。这个项目为那些从未享受过看护服务的老人提供帮助，包括远程看护服务。他们每人都收到了一个能够检测体温、心率，甚至在发生紧急情况时发出警报的装置，只需要按一下按钮，救援就在路上了。这个项目将花费977,000兹罗提（约合170万人民币）。

在波兹南（Poznan），已有超过250位老人受益于远程看护，而这项服务的目标是覆盖550位独居的患病人士。"扶养"项目只能惠及40位老人，而在华沙，70岁以上的人口已经超过23万。

伊雷娜（Irena）从事社会服务工作已有二十一年（她要求不透露她的真名）。她把我介绍给了艾丽西亚（Alicia），一位在公寓楼二楼住了五十九年的老人。今年（2018），艾丽西亚将与1918年重新赢得独立的波兰一起，庆祝百岁生日。

艾丽西亚戴着银质耳环和宝石戒指,脖子上系着的丝巾有着夏天的青草色。她坐在桌边,高贵得像一位女皇。

"我不出门又怎么样?成千上万的人都不出门。我的邻居已经过世了,但他们之前也不出门,他们比我还年轻呢。从什么时候开始的?我不记得了。六年前,护工试着带我下楼,但没成功,她又把我拽回去了。所以我就这么待着了。在此期间,我中风了两次:一次轻度的,一次重度的。急救员把我送去了医院,我本来也可以住得久一些,但说实话,我想尽快回家。我整天都在做什么?4点半起床,洗漱,铺床,祈祷,做填字游戏,读《评论》[1](*Przegląd*)、《广场》[2](*Angora*)和《新闻周刊》[3](*Newsweek*)。我的护工巴西娅(Basia)小姐会过来。除此之外,我就看着窗外。窗外有网球场和公园。椴树和茉莉开花时,我能从这儿闻到。以前外面还有野兔,树上还有黑松鸡,现在都没有了。有时候我会站起来,走到楼梯井,去看另一扇窗。鸟儿从我面前飞过,山雀,有时是啄木鸟。我把葵花籽扔给它们。我儿媳会过来,或者儿子会来电话。"

"她的处境已经是相当不错了。她有家人。"伊雷娜悄

---

[1] 每周出版的左翼新闻评论杂志,创刊于1990年。——译者注
[2] 左翼评论周报,创刊于1990年,在芝加哥、多伦多和纽约也有发行。——译者注
[3] 自由派新闻杂志,创刊于2001年。——译者注

悄对我说。

梳妆台上有几张带相框的照片，母亲的，留着小胡子的父亲的，儿子的，儿媳的。正中是唯一一张彩色的：她孙子的婚礼。

"我孙子已经是个大人了。婚礼我没去，但他女儿很快就要出生了。他在华沙城外有房子，所以不怎么进城。我当然想去看看他们的房子，我只见过照片。我不能要求他们来接我。是的，他们有车，实际上有两辆。他们从来没有意识到我可能想去做客。巴西娅小姐总是唠叨我：'你应该下命令，提要求。你孙子是个大个子，他可以抱你下去。'但我怎么能要求别人抱我出去？！这像什么样子，这是强人所难！"艾丽西亚争辩道。

"我当然会和家人一起过节。我们23号庆祝圣诞前夜，提前一天过复活节。你问为什么、是什么意思？因为第二天他们有自己的计划啊！"对此，伊雷娜表示无奈。"我是可以住在儿子那里，但太尴尬了。前阵子我得了严重腹泻，我得洗澡，自己清理干净。我宁愿在这儿，在他们的房子里我会是个外人。但愿我能平静地死去，不打扰任何人……明知成了多余的人却还在这儿，这感觉太糟了。你永远无法知道躺下之后还能不能再起来，那是我最担心的。我有血栓，随时都可能，好吧……"

相信我吧，没人关心老人。

艾娃·沃卡诺夫斯卡-科沃杰伊
Ewa Wołkanowska-Kołodziej

我们说了再见。

"看到了吧,她是如何认命的?"伊雷娜在楼梯井跟我说。"这很典型。老人们认为一切就该是这样。话说回来,她的问题能跟谁说呢?听的人又能做什么?她会把这间公寓留给孙子,他应该来照顾她、带她出门,或者应该帮她换到底楼,这样她就能自己出去。她只考虑她的孙子,从不考虑自己。相信我吧,没人关心老人。"

我们坐在公园的长凳上,这儿每个6月都能闻到茉莉花香。伊雷娜向我抱怨那些为社会福利办公室照看老人的私人企业。除了要求(护工)接受过小学教育,他们对这些提供看护服务的企业,并没有明确的资质限定。企业参加竞标时,最重要的评判标准是预算。社会福利事业机构为每小时的看护工作支付18个兹罗提,其中三分之二进了公司口袋。一年前,援助与社会项目办公室的主管托马斯·帕克特瓦(Tomasz Pactwa)在接受《选举报》[1](*Gazeta Wyborcza*)采访时公开承认,"看护服务是整个社会福利系统中最薄弱的环节"。2017年5月,市政府设立了社会服务中心"社会华沙"(Społeczna Warszawa)来制定有关老人看护工作的统一标准,并监督它们的实施。这些标准会在2018年2月开始施行。从那以后,每位护工都必须参加

---

[1] 1989年创刊,总部位于华沙,是东欧剧变后波兰第一家完全独立的报纸。——译者注

由该中心组织的专业辅助培训课程，并遵守它制定的伦理守则，以礼貌、尊重的态度对待老人。这样他们才能拿到工作合同。

"我们常常与护工产生不愉快，"伊雷娜解释说，"比如，我知道某位护工8点到10点应该在一位老太太家里。我9点过去，她却不在。老太太说，'她来过了。一切都好。'我再去下一家，还是一样的情况，'她来过了，带来了食物和杂货，那就够了'。再下一家，'她已经走了'。老人们包庇她们，因为害怕。毕竟护工往往是唯一会去看他们的人。当然，也有具备奉献精神的、可靠的护工，但那是例外。从事这项工作的人多数是偶然入行的。他们在生活中有自己的麻烦。有时候我问，'你接受过培训吗？'答案总是相同的，'不，没有'。家庭、劳动与社会政策部需要了解，护工是老人看护服务中最重要的部分，这些人必须是有资质的、得到足够报酬的人。我们的社会福利中心已经存在二十七年了，这么久以来，没人有兴趣了解这些服务究竟运转得如何。远程看护会是解决方案吗？任何紧急按钮都无法取代一个合格的、积极响应的护工和行之有效的医疗。我们真的负担不起我们那些最年长的居民吗？他们正在四壁之中死去。"

在援助与社会项目办公室，我浏览了几期《老年之声》(*Seniors' Voice*)。它由一项致力于"老年人社会参与"（2014—2020）的政府项目出资，旨在通过促进社会参与和体育锻炼来改善老年人的生活质量。这就是《老年之声》所做的：鼓励他们去过充实的生活。一些常设专栏包括"时尚老人"和"老年园艺"，也有一些关于如何保持健康的知识，这样你的孙子辈有一天就能宣布，"我的祖父母度过了积极、长寿的一生"。我读了一篇对DJ Wika的采访，她1938年出生，本名弗吉尼亚·施密特（Wirginia Szmyt），是波兰最早的DJ和活跃老年生活的榜样。当被问及如何才能不陷入抑郁时，她说，保持活跃是最重要的事，"有些时候，我会不想做任何事，更乐意待在家里，但我也清楚，只要我连着在家待上两三天，我就会永远不出家门了。因此我强迫自己活跃起来，离开家——我进城，去看电影，去老年人俱乐部。"

劳动和社会研究协会（一家公营研究机构）2012年的一份关于波兰老年人的报告指出，将对衰老的积极态度与身体的健康状态联系起来，可能会忽视那些有疾病、无法独立生活的老人群体："专注于让人如何在衰老的过程中保持活跃……会制造出虚假或过于乐观的老龄化模型。不被疾病困扰，根本上与中年阶段保持活跃没有差别，这对许多老人来说是无法实现的。"《老年之声》没有触及那些被困在四楼的人。

过去的十三年来，乔安娜·米埃扎莱克（Joanna

Mielczarek）一直在研究老龄化。每周五，她义务去看望90岁的老人玛丽（Marie），陪伴她，她还运营着"助人小兄弟"机构（Little Brothers of Those in Need，活跃于华沙、卢布林和波兹南）。2013年，他们为老人们开设了一条电话求助专线，一周运行12个小时。电话整天响个不停，在办公室空无一人的夜间也是如此。老人们的留言会在早上回放。他们很孤独，想要朋友，想要有人一起去散步。机构会派志愿协调员向老人提问，问他们如何看待志愿者们。但是他们也会问志愿者（每周约有20个志愿者在这里工作），怎么看待这些老人。

"很多人回答时都描绘了一种盛行的、波兰式的刻板形象：一位友善温暖的老太太，坐在扶手椅上，穿着拖鞋，身旁依偎着猫。然而你面对的是一个真实的人，有血有肉，经历过不错的时候，也有过糟糕的日子。"乔安娜说。这个机构想要在老人和志愿者之间触发真正的联结，一种可以维持多年的关系。

就像她和玛丽的关系。玛丽住在六楼，楼里有电梯，但它会停在底层上面一个垫高了的平台上。在乔安娜的帮助下，她可以四处转转，但她的视力仍然是个问题。此前，她曾一点一点地失去视力，现在已经完全失明了。乔安娜训练她，在电梯里该按哪个按钮，扶手在哪里，台阶从哪里开始、在哪里结束，以及如何走到商店，但是玛丽似乎无法克服走楼梯的障碍。它们折磨着她。她总担心有人走在后面,而自己挡了他们的路,哪怕她无法确定是否真有人在那儿。她宁愿完全不出去,因为出去就会让邻居们心烦。她等着周五,等乔安娜来。

她夸大了自己关于邻居的担忧吗?有些受"助人小兄弟"照料的老人,住在华沙郊区没有电梯的五层楼房里。楼梯已经磨损到让人打滑的危险程度,但还是有人会设法下楼——尽管很困难。

几年前,"助人小兄弟"开始征求邻居的意见,问他们是否同意在楼层之间的平台上摆放椅子,这样老人们就能坐一下,喘口气再继续往下走。他们争取到了半数居民楼住户的同意。

邻居会说:"我们不需要椅子。"

志愿者回答:"贝娅塔(Beata)女士已经在这儿住了六十年了。"

邻居:"所以呢?她的护工负责采购。她不需要出去。"

志愿者:"放几把椅子又有什么坏处?"

邻居:"不美观。"

或者是:"这样人们就会知道有病人住在这里了。"

或者有时是:"有人会偷走它们的。"

因此玛丽只能等乔安娜来。

"这不仅仅是买土豆的事,"乔安娜解释说,"由护工做这事也毫无困难。但是买土豆事关尊严。我会抽空和玛丽一起去商店,我们查看所有的商品。她用手掂一掂西红柿的分量,摸一摸所有苹果,再自己决定买什么。"

然后她们会一起喝茶、读信、做下周的计划。乔安娜总是回到同样的问题:在给玛丽念完护工职责之后,她问,本周所有该完成的事情是否都完成了。玛丽总是惊讶于还有多少没完成的。

"玛丽的护工不熨衣服因为她不喜欢。她不给蔬菜去皮因为她不想。她不做饭因为她不会。如果知道我要来,她就会替玛丽预约医生,也会用吸尘器清洁地板。"乔安娜说。"我们注意到,如果护工知道有志愿者——一个关心他们,并能提醒他们行使自己权利的人——去看望这位老人,他们就会更好地履行职责。我一直让玛丽去问她的护工,什么时候才能开始干她该干的活。但玛丽担心惹恼她会让事情变得更糟。这位护工告诉过玛丽,在一位老人试图投诉她之后,她就再也不去她家了。"

四楼综合征侵袭的不只是华沙的老人。社会工作者表示,小城市也是如此,尤其是那些在共产主义时代完成工业化之后,农村人口迁移至城市中心的地方。快速建成的住宅区中,人们在狭小的一居室或两居室里安家。现在,这些人年过七旬了。孩子们搬了出去,这里只剩下他们自己。华沙国际分子和细胞生物学研究所(International

Institute of Molecular and Cell Biology）2012年的一份报告指出，有三分之一的老人抱怨，建筑方面存在的障碍让离开家变得麻烦。最普遍的障碍是没有电梯。但是尽管如此，他们也不想搬家。专家总结道，"波兰老人的看法仍然深受那条古老谚语的影响，'老树不挪窝'"。

在华沙的布拉格（Praga）区，有一个被称为"无家可归的爱人"（Homeless Lovers）的住宅区。1956年，以建成一个开发区为目标，首都14家工厂（华沙摩托车厂［Warsaw Motorcycle Factory］、华沙汽车厂［Warsaw Auto Factory］和罗莎·卢森堡电灯制造厂［Rosa Luxembourg Electric Lamp Manufacturing Plant］都在其中）的工人共同成立了波兰最大的住房供给合作社。那时，面向年轻人的宣传语（Sztandar Młodych）这样写道："每一个诚实、善良的人都会被'给所爱之人一个家'的想法所感动，需要一个属于孩子的角落、一个为父母遮风挡雨的坚实的屋檐。"合作社的文件显示，有四分之一的职工没有体面的住房。"无家可归的爱人"这个名字被认为不够庄重，因此"青年开发区"（The Young People's Development）取而代之。共28栋住宅（9栋是五层的，其余的是三层）安置了当时的年轻人，他们大多数还没有孩子，或者孩子还很小，就跟院子里刚种下的幼苗一般大。

树长高了，爱人们老了，腰弯背驼。现在这里五分之一的居民超过80岁，包括斯特芬·切哈诺维奇（Stefan Ciechanowicz），这个住宅开发区的建筑设计师之一，他仍住在那里。

"我们的出发点不仅仅是设计公寓，而是设计一种生活。你搬进来，住在这儿，直到死亡来临。"他解释说。

他说，在最初的方案里，开发区会有一个诊所，周围是老人友好型住宅。

"想法很简单：配备了特殊设施的房间，老人们从他们的公寓里搬出去之后，可以搬进这里。他们可以留在熟悉的地方生活，同时有护士和医生照顾。你还能要求更多吗？"斯特芬问。这个计划从未实现。合作社的管理者换人了，年轻人对此不感兴趣。他们想不到自己也会变老。

电梯的问题，不如说电梯缺乏的问题，是当下吵得热闹的"爱人口角"的根源。三层的楼房装不了电梯，但五层的可以。行政部门进行了调查：装一部电梯需要花费30万兹罗提，这意味着每户居民每月将额外支出15兹罗提。可是住在三层楼里的人反对为高楼住户的奢侈享受付费。64位居民向开发区的行政部门提交了一份声明，表示"我不同意动用装修基金，这是全员基金，电梯却只在某几栋高楼里……"所以这个想法就暂时搁置了。

在开发区，关于电梯项目的谣言传开了。

一位身穿白色无袖上衣、50岁左右、住在三层的住宅楼里的女士说："是谁告诉你这险恶的谣言的？你觉得我不想让四楼的邻居用上电梯？胡说八道！"她愤怒地说。"行政部门承诺给老住户装电梯，是为了确保代表大会选举的选票。但结果是，没人提前确认这是否可行。他们让这件事走上歪路。"

一位83岁、推着滚轮式购物车的女士说："我在这儿住了五十七年。选房子的时候我很明智地选了底楼。当时我怀孕了，很快就要生。如果有人是后来才买的房子，或者是从他们的祖母那里继承的，为什么我要为他们的电梯付钱？"

一位牵着腊肠犬的七旬老人说，没错，他曾摔断了腿，有超过一年的时间都得一瘸一拐地爬上三楼，但他还是开着玩笑说："总的来说，这样或那样我都不在乎，我已经是一个没有感情的混蛋了……"

一对年轻夫妇从他们雅致的宝马车里下来，车的保险杠上贴着二战时期波兰地下抵抗组织的锚状标志，上面写着"我们铭记"。她说："是的，没错。居民们在代表大会上没同意装电梯，因为花费太大。多大？我不知道。"

"那么这些老人出不了门要怎么办？"我问。

"在这片住宅区里，我还没听说任何人仅仅因为没有电梯就出不了门。我觉得这里没人遇到这个难题。"

有。

薇罗尼卡（Weronika）是第一批发起争取电梯运动的人之一，她在三楼有间工作室。首先，她向邻居们征集医生的证明文件，把它们整理起来，装到一个很厚的信封里，带去行政部门，自己保留了复印件。其中一张写着："玛丽安娜（Marianna），1912年生：严重的关节疾病，无法独立行动"。另一个："罗穆亚尔德（Romuald），1935年生：严重行走困难……"另一个："博泽纳（Bozena），1935年生：类风湿关节炎，平衡、视力、行走困难……"每个后面都加了备注："不能出门"。有些写着："需要电梯"。

薇罗尼卡的公寓满是盆栽植物、装饰性的盘子和小雕塑。她翻新过的浴室是粉色的，极其洁净，没有一丝灰尘。桌上的书是《健康的关节，更好的人生》（*Healthy Joints, For A Better Life*）。

"我还记得搬进这间公寓的第一天。我们有一只凳子，一台小小的捷克产电视机以及一个折叠沙发。我和丈夫坐在沙发上，哭了半小时，我们太高兴了。那时我会想到有一天自己变老了，连出门都困难吗？"薇罗尼卡一边说着，一边抹了抹眼泪。她很快恢复了平静，扬起脸来坚定地说："我以前打排球、跳舞，所有男孩都追求我。我现在77岁，体型保持得很不错，仍然有点活力。楼上的索西娅（Zosia）看到我，便会拥抱我并问起电梯的事。但我能做的很少。"她又开始哭了，但只哭了一小会儿。"我们现在去索西娅那里吧,"她宣布,"你会看到的。"

四楼。两位老人,索西娅和罗穆亚尔德。罗穆亚尔德已经四年没出门了。"他跌倒了,浑身都是瘀伤。他太想出门了。我有一个助行器,但那有什么用?我再也没法带他出去了。"索西娅的声音在颤抖。"我们以前住在工人宿舍里,9平方米大的地方住了四个人。当时我们会接受任何房子,但现在……"她向我展示她女儿们的照片,挂在小侧室的墙上。"这是我的孩子们。多么可爱的女孩啊,永远在笑。上帝把她们带走了,一个接着一个。现在我丈夫也病了。"索西娅哭了起来。

薇罗尼卡也在哭,她对我耳语:"你看,她竭尽所能在做能做的事。屋子收拾得那么干净!她重物搬得太多了,得了子宫脱垂,他们想让她住院,可是没有她,罗穆亚尔德活不下去。"

"医生说做手术已经太迟了,我都88岁了。我得休息。我要去商店时,就跟丈夫说,'别离开椅子。如果你乖乖的,我就奖励你咖啡或巧克力'。"

我们往下走了一层。一位眼神疲惫的82岁女士开了门。"给我们看看你的手。"薇罗尼卡说。她拿着一颗土豆,手扭曲粗糙得像是老树的树根。"我有类风湿关节炎和脊柱骨折。"她解释说。

薇罗尼卡继续下楼。到了二楼。

"生活在没有电梯的楼里就是这样。"她说。

一个光线昏暗的房间,三位老人坐在电视机前。坐在扶手椅上的是玛丽亚(Maria,105岁),沙发上是女儿哈莉娜(Halina)和丈夫塔德乌什(Tadeusz)(都已年过70)。

塔德乌什:"悲惨的生活。这房子成了间老人院。"

哈莉娜:"妈妈会用助行器去洗手间,然后回来,没别的了。五年前她还能和我们一起待在园子里。但后来她跌倒了,髋骨做了一次手术。从那以后她就不出去了。我已经数不清她说了多少遍:'我真想能和你一起去药店啊……'。"

塔德乌什:"年轻的时候,是我们建造了窗外的这条道路。然而现在我们已经是古老的历史了。"

我们又下了一层。

"住在7号房的女人不会应门的,她刚又做了背部手术。"薇罗尼卡说着,按下旁边一户的门铃。很长时间都没人答应。最终,一位老太太开了门。她抚平裙子、整理衬衣的样子,看起来局促不安。对她来说,站直都有难度。

"我走动起来很困难。"她抱歉地说。

薇罗尼卡表示我们该走了:"看着我们你会想哭,是不是?比如我,我有坐骨神经痛和腰椎间盘突出。医生说我不能提超过2公斤的东西。我带着滚轮式推车去购物,再一个台阶一个台阶地拖着它上楼。走到门口时我已经浑身是汗。这就是我们的生活。可悲。"

但事情本不必如此。华沙有这样一间公寓,老人在这里可以生活得很好。它在一栋有电梯的楼房的五楼,带一个私人的封闭式花园,花园里有修剪整齐的草坪和几丛绣球花。建筑师夫妇扬(Jan)和阿格涅斯卡·切西拉(Agnieszka Cieśla)为年长的父母买下并装修了这个地方,他们喜欢海。公寓漆成了蓝色和白色,墙上挂着他们在海滨度假的照片。不过目前他们的父母一切都好,还没想要搬进来住。

"我们犯了营销错误,告诉他们这是为他们老了之后准备的。"扬·切西拉俏皮地说。所以公寓暂时空置着。不过你可以预约参观:

首先是扶手轮椅(建筑师夫妇称它为"世界指挥中心")。只要用脚踢一下,它就会启动。或者按下按钮,它会像阳光下的沙滩椅一样降下椅背。

沙发。通常年轻人是坐上去,老人则会陷进去。但这张沙发不会在他们身下塌掉,因此坐下时感觉很不一样,人很容易再站起来。

浴室。没有浴缸,门口也没有台阶,只有一个花洒和装在花洒下方墙上的椅子。浴帘有一定的重量,不会贴在被淋湿的皮肤上,而且有地暖和快干功能,防止打滑跌倒。

万——条腿不听使唤了,浴帘还可以起到类似汽车ABS系统的作用,你抓住它时挂钩会一个个地脱落,减缓人倒地的速度。

马桶。跟扶手椅一样舒服,除了无法后仰。扶手上有按钮,先冲水,然后开始温水清洗,最后是烘干,也能除臭。

厨房。需要的话,操作台可以降低,按一下按钮橱柜就打开了。

门厅。足够大,即便坐着轮椅也有足够的空间迎接客人。

前门。摄像头和显示屏取代了猫眼。

卧室。有体温调节床垫,有自带手机无线充电器的床头柜,还有天亮时会自动升起的百叶窗。照明设备根据一天的时间自动调整亮度:夜晚到来时亮起,睡觉时间则变暗。

有开发商来参观这间公寓,也有退休人员和社工。他们看看、摸摸,然后问:"可是这要花多少钱?"坐在上面就能掌控世界的扶手椅:8900兹罗提。床和床垫:7600。淋浴椅:4000。

"你不需要一次性引进所有改良设施。但我们想表明,最健康的变老方式是独立生活得尽可能久一些。"扬·切西拉解释说。

"在这样的公寓里,这是有可能的。看起来太昂贵了?可华沙的退休之家每月也要花费约5000兹罗提。"

他补充说,65岁之后被迫搬家,对人可能会是一个打击。这就是为什么他所说的"老年公寓样板房"的目标客户,是那些比较年轻的老人,或者那些已经意识到晚年转眼就会到的人们。

"应该设计这样的公寓,让我们尽可能长久地独立生活,也能让我们的尊严免受威胁。一旦我们开始依赖他人的照顾,情况就会急转直下。当然,我们还是必须帮助已经陷入困境的人,比如那些四楼的囚徒。"切西拉说。

86岁的哈莉娜(Halina,与上文的哈莉娜并非同一人),从未听说过老年公寓样板房。她半辈子都在华沙理工大学(Warsaw University of Technology)的图书馆工作,退休后仍常常和以前的同事见面。但是近两年,他们无法来拜访她了,因为她住得太高了,在四楼。因此哈莉娜转而与丈夫争吵,尽管他二十八年前就去世了。

"当我们拿到这套房子时,我问他,'约泽克(Józek),我们老了怎么办?'他说,'你担心什么?我们快退休的时候,就搬家。'但他死了,我的痛苦再也不关他的事了。有时候我看着他的照片,想象自己对他说话:'你倒是安静地躺着了,而我却挣扎着想出去!'"她说得很小声,但怒气腾腾。"华沙起义之后,这座城市成了座巨大的坟墓,只留下一些断壁残垣。人们跑到街上痛哭,住在只有水和一点点光线的地下室里。而这里,有燃气、中央供暖和浴室。真是难以置信。"

她的手发抖,来回走动对她来说很困难,但她在桌上铺了红白相间图案的餐巾,放上盘子,整了整眼镜。她非常仔细地摆好蛋糕,说:"小小甜品叉,迷你茶匙。"听着她说话,我突然间对温柔的小词充满渴求。我想用小小衣领和迷你纽扣来描绘她的白色毛衣。

丈夫去世后,她决定认真为自己的晚年做准备,就像"老年公寓样板房"的打造者们建议的那样。她换掉了陶器(改用一些更易清洁的器皿)、窗户(装上了塑料的,这样更容易打开)和浴缸(换成了矮一点的)。

"没想到我的背会疼得那么厉害……"她哭着说。然后她努力地讲了个笑话:"二战结束后,我因为没有澡盆而无法洗澡。现在我有浴缸,但我还是不能洗澡,因为我进不去。"她很乐意进一步装修,但装修期间她没地方可住。

"为什么你不找一间底楼的房子?"我问。

哈莉娜沉默了很久。

"我没想到丈夫去世后,我还会活这么久。我当时太伤心了,觉得自己还不如跟他走了。但我没有,现在就没那么容易了。我能去问谁换房子呢?没人想住在四楼。"她说。

她拿出记录了自己问诊的笔记本。每月有六到七次。她把它们都写下来了,每个月写在单独的一页上。她做了手部手术和乳腺切除手术,被背疼折磨。过去五年里,她一直通过阻塞神经的疗法来暂时减轻痛苦。

谈起自己无法乘坐公共交通工具,而出租车的花费又无比高昂时,她开始哭泣。但她立刻表示了歉意。

"即便最严重的疾病也无法和战争时期的苦难相比。"她说。她有过八个兄弟,三个姐妹。现在他们都不在了。她是最小的。"如果一切都没什么问题,你也感觉良好,你会想要活上一千年。几乎只有当一切都变得糟糕,一个人才会不想活。"

以下是2017年9月"华沙老年时光"(Warsaw's Senior Days,为期10天,在华沙将近150个地点举办了超过360场活动)的活动清单。

日本书法工作坊

揭秘智能手机——为您定制的技术课堂

老年舞蹈之夜。免费入场!!!

激励自我(M for Motivations)——实现您的目标工作坊。

"有时候,志愿者比他们的服务对象还老。""助人小兄弟"的乔安娜·米埃扎莱克说。"有活力的、健康的老人们在照顾那些需要帮助的同伴,因为对于孤独和丧失意义感带给老年人的影响，他们有切身的体会。许多老人都处于抑郁状态，但永远不会去看心理医生。"

根据波兰中央统计局的数据，2016年，有646名70岁及以上的老人自杀。

发自波兰

原载于《写作，观点杂志》(*Pismo. Magazyn opinii*)，波兰

采矿业中的女性

撰文　艾丽奥诺拉·维欧（Eleonora Vio）
译者　赵洋

　　战争、"血矿"、疾病、性暴力——在多数公众舆论里，这就是关于刚果民主共和国（DRC）的全部。但如今，在这个国土面积和整个西欧一样大的中非国家，一些东部省份正发生着意想不到的变化。这里是世界上地下资源最丰富的地区之一，人均国民生产总值却排名倒数，而被鄙夷和歧视了数个世纪的女性正在领导一场革命，这不仅有助于改善国家形象，也利于提升手工采矿业（artisanal mining sector，AMS）的形象。迄今为止，手工采矿业众所周知的，仅仅是以其名义大量涌现的腐败和暴行，它们被隐藏起来，之后被逐渐淡忘。然而，自2006年起，女性开始在协会中团结起来，十年后，她们又成立了一个紧密协作的网络，"全国矿业妇女网络"（National Network of Women in Mining），它的法语首字母缩写是RENAFEM。在这个网络的成员中，有一些雄心勃勃、某些时候享有特权的女性，因从事矿产生意，她们的经济和社会地位已与精英男性持平，例如安吉丽卡·尼拉萨法里（Angelique Nyirasafari）、伊薇特·姆万扎（Yvette Mwanza）和艾米莉安·英通娃（Emilienne Intongwa）。其他初始阶段处于相对劣势地位的女性也逐渐追赶上来，像穆雷卡特·比阿特丽斯（Murekatete Beatrice）和姆瓦米尼·玛卡尼卡（Mwamini Makanyaka），如今，面对男性的歧视她们不再退缩。还有一些人终于认识到，女性矿工的斗争与自己息息相关，并且意义重大，尽管她们起初与这个世界毫无瓜葛，如今却不惜抛弃一切，投身这一事业，这些人包括维维安·塞巴赫（Viviane Sebahire）和维罗尼克·米延果（Veronique Miyengo）。专注于AMS可以为女性提供哪些机会，并不意味着忽视这一事实，也即她们常常仍是男性霸权体系下脆弱的受害者，比如像塔瓦盖斯妈妈（mama twangaises）这样的女性。但是，女性的抗争不完全是外界的经济、政治和社会环境使然，她们更发自内心地感到有必要为自身争取权益，逃离以男性为主宰的框架，改变一种长期的、失灵的平衡。刚果妇女在AMS中争取全面解放的道路还很长，而且远没有结束。事实证明，RENAFEM是一个强大的网络，它帮助成千上万的女性实现自主选择，摆脱成见和误解。为了使她们的社会地位与经济地位保持同步提高，并且让所有女性矿工的生活水平得到切实改善，社会机构必须加强干预。

女性领导人之一的安吉丽卡·尼拉萨法里直言："刚果就像一个丛林,这里有罪不罚、管理不善和不公正现象非常普遍。正义成了交易的一部分,如果你没有钱,你的声音就不会被听见。"只要最顶层的社会体系不改变,女性又将成为最大的受害者。

安吉丽卡·尼拉萨法里(Angelique Nyirasafari)

在戈马(Goma),有两条铺得平整的公路。一条通向国际机场,另一条沿海而修,海岸边是外国居民的豪华住宅区。其他包括安吉丽卡·尼拉萨法里的住所在内的所有地方,都只有崎岖不平的小路相通,道路还常常因坠落的巨石被阻断。以尼拉萨法里家为例,从外面唯一能看到的是一道很小的金属门,穿过这道门,呈现在眼前的不再是这座城市特有的深色火山土壤,而是一栋被异域植被环抱的宏伟别墅。尼拉萨法里是一位杰出的矿产交易商,也是马西西手工矿工合作社(COOPERAMMA)[1]的成员。COOPERAMMA成立于2011年,它是北基伍省(North Kivu)马西西区的第一家采矿合作社,这里盛产锡石(锡)

---

[1] COOPERAMMA,法语全称Coopérative des Exploitants Artisanaux Minier de Masisi,马西西手工矿工合作社。

采矿业中的女性

和钶钽铁矿石（钽）。

在这里有三类矿产商人。一类与采矿工合作，他们付钱给采矿工，然后把矿物卖给大型公司或是冶炼工厂。第二类商人直接在矿井里购买矿物，然后出售。第三类商人拥有自己的矿井，他们在那里工作，一旦找到矿产便将其出售给大公司或冶炼公司。这里的商人通常属于第二类或第三类，但我三类都符合。（安吉丽卡·尼拉萨法里）

尼拉萨法里在家里的八个孩子中排行第二——她的父亲是名大农场主，有三个妻子，尼拉萨法里的母亲是第二个。尼拉萨法里说："我父亲完全有能力供我们上学，但受当地文化的影响，我的姐妹们只关心生育和结婚。而我是个例外，我不想在完成学业前就结婚，父亲也很支持我。"尽管尼拉萨法里的条件相对优越，但与大多数刚果人一样，她也曾经历过非常艰难的时期。1996年，由于两年前的卢旺达大屠杀事件，第一次刚果战争爆发[1]。尼拉萨法里家族属于刚果民主共和国中富裕的胡图族，在这场战争中，尼

---

[1] 卢旺达大屠杀发生在位于东非的卢旺达，是胡图族人对图西族人进行的大屠杀，从1994年4月6日至7月中旬的100天里，卢旺达700多万人口中约有50万到100万人被杀。译者注。

拉萨法里失去了哥哥和嫂子。图西族组织了狂热的复仇行动，力图消灭从卢旺达逃向刚果避难的胡图族压迫者，而实际上，那些有胡图族血统却未施过暴行的人成了替罪羔羊。"即使有人告诉我们那些被绑架的人后来遭到杀害，我们也不能百分百确定，"尼拉萨法里说，"我们从未见过他们的尸体。"自从尼拉萨法里的哥哥失踪以来，他的孩子们一直与她同住。

在2015年之前，尼拉萨法里一直从事人道主义援助工作，但因为希望花更多时间在家陪孩子，于是她决定辞职。尼拉萨法里拿出之前的积蓄，起初从小商贩那里购买矿物再在戈马出售，后来便直接与采矿场的矿工交易。尽管在刚果，矿产行业由男性主导，但这仍然是女性提高经济和社会地位的最快途径。虽然尼拉萨法里最近才涉猎这一领域，但实际上女性从1982年起就已经开始进入采矿行业（主要集中在手工采矿业），而在1996年，由于战争开始时国家矿业公司SOMINKI倒闭，成千上万的男性矿工失业，大量女性得以涌入该领域。进入采矿业后，尼拉萨法里就决心将提高矿工同事的工作水平定为职业生涯的目标。2015年，在世界银行（the World Bank）和刚果政府的支持下，全国采矿业妇女大会（National Conference of Women in the Mining Sector）在南基伍省的首府布卡沃（Bukavo）举行，而这次大会成为尼拉萨法里事业的转折点。这次大会为两年后成立的"全国矿业妇女网络"奠定了基础。会议结束后,尼拉萨法里决定成立采矿业妇女动态协会(FEDEM),与COOPERAMMA一样,该协会的宗旨也是保护马西西地区的女性。尼拉萨法里明言:"在刚果,'身为女性'是她们面临的最大挑战。很多时候,是女人自己觉得她们不如男人,而男人则把这种虚幻的优越感视为理所当然。"正因如此,对许多女性而言,加入协会成了她们摆脱持续的社会压力的唯一出路。

2016年,我们受邀参加了在布卡沃举办的国际会议,主题为布卡沃采矿业中的女性。这次会议后,我们意识到是时候介入并保护矿业中的女性了。这就是我们创建FEDEM的动因。我意识到,作为同在采矿部门工作的女性,我们必须相互支持,因为如果不这样做,还在遭受虐待的女性将永远无法发声。倘若我们团结在一起,沟通将变得更加轻松和有效。(安吉丽卡·尼拉萨法里)

如今,尼拉萨法里也开始参与刚果民主共和国的政治事务,不久将以全国代表的身份参加参议院竞选,为权利遭到践踏的马西西女性发声。"在COOPERAMMA,我是唯一拥有文凭的女性,"她有些失望地说道,"我所在地区的女性只关注婚嫁,如果这种情况继续下去,很快马西西将不再有女性识字。"由于当地矿工对像姆旺加丘参议员（Senator Mwangachuchu）这样拥有特权的外来人员感到不满，他们经常参加武装团体以宣泄对不公平待遇的不满。这样一来，女性的负担就更沉重了。

技术表

（1）历史回顾。刚果的矿产开采历史悠久，可以追溯到殖民时代。锡石（锡）和钶钽铁矿石（钽）于1910年首次在基伍被发现，从那时起，锡业便成为比利时公司的专有财产。20世纪四五十年代工业开发领域的投资增加，这导致了生产产量在五六十年代急剧上升。1960年，刚果脱离比利时独立，但这并没有对比利时矿业公司产生直接影响，它们依然保持着对该行业的控制权。三十五年后，形势急转直下，全球经济危机和刚果政府的失败直接导致了暂停对"3T"矿产——锡，钨，和钽[1]——的工业开发。刚果前总统蒙博托（Mobutu）的世袭政府对国民经济造成了灾难性的影响，危机愈演愈烈，以至于一些比利时投资者被迫重新考虑其采矿活动。这种情形之下，基伍矿业工业公司（SOMINKI）成立，该公司由股东混合所有，刚

1　锡，钨，和钽英语名称分别为tin, tungsten和tantalum，因而简称"3T"矿产。

果民主共和国保留28%的股份。受蒙博托于1982年推行的采矿业自由化的影响,以及,更重要的是受自1997年SOMINKI破产的影响,工业部门逐渐衰落,与此同时,手工采矿业则保持稳定增长。20世纪90年代初,随着两次刚果战争愈演愈烈,手工采矿业已完全取代了正规形式的开采。尽管由于缺乏文献记录,很难勾勒女性在AMS中的角色演变历程,但根据有文献记载的、分别发生于1982年和1996年的两次女工涌入该行业的浪潮,分析家们认为,经济困难以及农业等传统部门越来越无法提供良好的就业机会,共同促使女性参与到AMS中。贫困似乎一直是女性最终决定加入AMS的原动力,特别是当男性失业或抛弃家庭加入武装民兵时。这样看来,如果说AMS经常为各种冲突提供资金和资助(由此还产生了"冲突矿产"这一流行语),也并非所有参加手工采矿的社区都积极参与了国内的暴力活动。AMS精良的组织结构及其紧密的社会关系网,证明了它具有诱发犯罪与制造混乱的天然属性(尽管并非总是如此)。

(2)采矿合作社。在2002年的采矿法和2003年的采矿规程中,手工采矿获得了法律认可,这是刚果民主共和国向前迈进的重要一步。但与此同时,正如玛雅·卡勒(Maya Kale)在报告中所解释的,法律施加的种种限制也同时削减了男性和女性矿工的利益。采矿合作社的成立,源于政府希望加强对手工采矿者的控制。第二次世界大战结束以来，非正式工人开始团结起来，并申请勘探许可证或（和）开采许可证。成立合作社所需的文件往往很久才能审批下来，费用高昂，并且经常是无效的。而在文件有效的情况下，合作社的采矿工和场地经理被要求将矿物和宝石出售给经过授权的商人，并且必须严格遵守政府制定的环境、安全和健康标准。此外，法律还划定了一些仅用于手工采矿的区域，但鉴于该领域涉及大量人员（人数在50万至200万之间），以及规划区常常位于一些无法进入的地方等限制性因素，尽管有重罚的风险，许多矿工还是会选择在理论上非法的地区工作。

COOPERAMMA是鲁巴亚（Rubaya）手工采矿者在马西西地区北基伍省建立的第一家合作社——安吉丽卡·尼拉萨法里是其最杰出的成员之一。COOPERAMMA的成立，起因是政府于2006年决定将25平方公里的土地分配给MIII矿业公司（Mwangachuchu Hizi International）用于工业开采。MHI矿业公司属于非本地参议员爱德华·姆旺阿楚楚（Edouard Mwangachuchu），自2001年姆旺阿楚楚被授予比巴塔玛（Bibatama）矿场的控制权以来，COOPERAMMA和MHI——也就是后来的比森佐矿业公司SMB（Societe Minerarie of Bisonzo）——某个意义上可谓关系紧张。这可能是由于胡图族精英被当地数量占上风的图西族人恐吓,而姆旺阿楚楚与这些胡图族人关系紧密。去年(2018年)8月,双方本来要发生的冲突最终得以避免,10月,30多名来自COOPERAMMA的手工采矿者被残酷杀害,但也未爆发激烈冲突。12月局势恶化,到了人们预计会爆发新的内战的程度。

有时,女性在采矿合作社的领导下与她们的丈夫并肩作战。但也有特例,比如,格梅恩·本布(Germaine Bumbu)——她是南基伍省沙本达(Shabunda)的一个合作社总裁,兼任整个合作社网络的法律顾问。

我拥有法律学位,后来在南基伍省宣誓成为一名律师。我对采矿业产生兴趣,起初是因为在我的家乡沙本达,矿产虽然丰富,人民的生活却不富足。因此对我来说,进入这个行业能帮助人们发现矿产行业提供的机会,并帮助他们建立有效的组织。我一直希望家乡的人们能够充分利用这一领域,但是我们面临许多困难,因为合作社建成后,国家将同一地区的特许权授予了一家采矿公司。如今,我们之间如何合作存在很多问题。他们声称拥有牌照,可以完全控制该地区的开采,而我们的手工采矿者无法在该地区继续经营。这阻止我们展望未来并制定计划。(格梅恩·本布)

本布指出了合作社制度存在的一个基本问题:"一方

面,政府创建了合作社,另一方面,又将最好的采矿场所交给了矿业公司。他们不在乎站点的合作社是否获得收益,因为他们还有其他的利益考量。大多数情况下,合作社在需要购买土地前,甚至都没有机会检查土地是否含有矿产。"

(3) RENAFEM。2012至2014年间,世界银行和哈佛大学共同开展一项研究,调查手工和小规模采矿(AMS)对北基伍和南基伍省人们的影响。这个项目致力于研究数十年的冲突如何使AMS中女性的生活条件恶化,权利被削减,并阐明女矿工遭受侵害的不同程度。此外,它试图从中寻找女性没有被打倒的正面案例。基于这项研究的成果,世界银行与刚果民主共和国矿业部一起召开了首届全国矿业妇女大会。这次大会着重介绍了有关采矿领域女性议题的一些关键发现和数据,并就如何继续加强在采矿部门业已展开的运动,进行了广泛讨论。此次热烈讨论聚集了来自九个省的165名参与者——其中大部分是女性,他们在这次会议上首次提出了创建RENAFEM的想法。世界银行能源与开采工业全球业务高级总监里卡多·普利提(Riccardo Puliti)解释道:"这项倡议的魅力在于女性已经形成了自发组织,我们所做的就是借助全国性网络,提升她们的地位,并让更多人关注她们的问题。"RENAFEM诞生伊始,并没有统一的女性声音。"与她们交流后我们发现,已经有350多个协会和合作社投入到采矿业中的女性问题中来,"普利提继续说道,"这个数字仅基于九省中的五个省份,这意味着实际数字比现在更高。"其他像尼拉萨法里所在的协会,最初的创立也是受这次第一届会议的直接推动。里卡多·普利提特别强调了"网络"的价值:"我们的经验表明,即使在小型贸易和农业等部门,刚果女性的自我组织能力也往往是推动国家发展的关键力量。女性的自我组织,再加上世界银行对她们的帮助,形成了完美的组合。"世界银行目前已投入了大约895,000英镑用于开展各项会议、报告和研究,以及维持"领航员"计划。但是普利提提出,刚果民主共和国许多女性矿工的处境仍然十分危急。"改善采矿业中女性的机会是许多人共同的工作,世界银行不能独自完成。目前为止,世界银行仍然是活跃于这一领域的唯一技术合作伙伴,但我们仍然坚信,今后将有更多人参与其中。"

伊薇特·姆万扎(Yvette Mwanza)

伊薇特·姆万扎坚持要求,在她没有官方任务需要紧急处理时,我们的会面地点既不选在她家,也不要在她经营的矿物转化与销售公司里。因此,我们驶过混乱的戈马市中心,抵达了距卢旺达边境仅几公里的一栋安静迷人的小屋。沿着通往基伍湖岸的露台向前走,我们看见一个身材匀称的女人,身穿绿色的真丝连衣裙,上面搭配的闪亮珠宝引人注目。她是伊薇特·姆万扎:刚果民主共和国商会采矿运营公司副总裁,兼北基伍分部的总裁。姆万扎还是大多数刚果女性,尤其是采矿业女性的榜样。

在委员会中,我是北基伍省的唯一一名(女性)代表,如果我们将(北基伍省)与其他省份进行比较就会发现,南基伍省的总裁是男性,马涅马省(Maniema)的总裁也是男性……我想在女性中,也许只有我一个人做到了这个职位,担任全省采矿运营委员会的总裁。我大概是唯一一个。(伊薇特·姆万扎)

商会和姆万扎共同的任务是查明采矿业内部存在的风险,以便规范在发生过冲突的地区的矿产销售和出口。那些地区(如北基伍省)仍然非常不稳定,并且存在大量武装民兵。"尽管面临阻碍,我仍要确保用于出口的矿物供应来自负责任的正规渠道,至少在'3T'矿物的供应方面,国际的可追溯标准应当被贯彻实施。"姆万扎解释道,这是针对像锡(锡石)、钽(钶钽铁矿石)和钨(硅铁矿)等,这些正在蓬勃发展的电子工业所必需的基本矿物而言。"由于黄金和宝石都不再受官方市场管控,并且经常遭到非法贩运和走私，我也主张当局建立证券交易所。"姆万扎清醒地预见到采矿业应选择的发展道路，以使资源丰富的北基伍省在世界范围内具有竞争力。她提出："要想改善当前仍然低下的生产水平，首要任务就是促使矿工组建合作社，这反过来又有赖于国家的物质支持，推动实现机械化，从而在短期内开发利用更大片的土地。这样，人们才可以赚取更多利润。"女性也将从中获益，即便她们通常只担当可被机器取代的边缘角色。姆万扎指出："采矿机械化会导致没有文化的妇女失业，这种观点是不正确的。"

她们必须正规化，并且成立文件齐全的合作社。此外，她们需要提升管理能力，因为要想从银行或其他机构获得资助，她们必须证明这个组织拥有良好的管理水平。现在，新颁布的采矿法让我们取得了一定优势，在它的帮助下，矿工合作社更容易、也有更多机会获得采矿权和出口许可证。（伊薇特·姆万扎）

自2015年RENAFEM网络正式建成以来，女性问题便成为其关键议题。姆万扎说："在布卡沃和卢本巴希（Lubumbashi）举办的两次会议我都参加了。一段时间以来，世界银行一直试图将我作为成功案例，鼓励其他在采矿行业的女性相信自己、不要放弃在这个行业中得到晋升的希望。"然而，姆万扎第一个承认了自己与其他女人的处境不同。她说："如果我留在父亲的故乡开赛地区的小村庄里，也许我就不会是现在的我。是我成长的环境塑造了我。"姆万扎在家里的十一个孩子中排行老大，她的母亲是最高法院的著名法官。刚果法律规定，为避免利益冲突，法官必须每两年更换一次驻地，这也是姆万扎对童年记忆模糊的原因。但是，鉴于父母的社会地位显赫，她的家庭成员没必要放弃事业来组建家庭，反之亦然。"在当地人看来，成为女人是一种不幸。但我的父母则不同。"她坦率地说。

我们女性必须参与其中，并成为解决方案的一部分。我们不会永远是受害者，但我们必须向前看，设法找到性别、治理和安全问题的解决方案。我们必须成为解决方案的一部分。（伊薇特·姆万扎）

像其他女性一样，姆万扎也深受战争影响。她说："我担心我们的生命安全，但我也担心如果留在刚果，我将不得不妥协。很多人为我提供了前途光明的职业，但是我不想为被外国势力控制的叛军工作。"

姆万扎和丈夫一起从布卡沃搬到卢旺达，在那里他们居住了十年。直到2006年，姆万扎回到刚果，参加四十六年来首次进行的自由多党选举投票。2007年,她获得了她如今这家公司的经营管理权,并永久移居刚果。她的管理技能一得到认可,她也就被要求担任更具挑战性的角色。如今,她希望打破另一个纪录,成为北基伍省第一位不仅拥有出口许可证而且拥有切割和销售自己设计的成品珠宝许可证的女性。

技术表

(1)可追溯性。菲德尔·巴菲姆巴(Fidel Bafilemba)是自然资源管理可溯性与透明性支持平台GATT-RN(Platform of Support for the Traceability and Transparency of the Management of the Natural Resources)的协调员。他说道:"大屠杀,暴行,万人坑……在过去二十年间,刚果历史上发生的每一次悲剧事件中,矿物都扮演着中心角色。自2011年以来,我们一直都在强调这一点。"GATT-RN是由刚果民间协会的十二个组织组成的联盟,该协会致力于将东部地区蕴藏的大量矿产财富转变成本国人民可用的丰硕资源。本世纪初,禁止开采"冲突钻石"的运动获得成功后,2001年他们又首次开展了反对血腥矿产贸易运动,最先涉及的就是关于钶钽铁矿石的贸易。"在卡比拉父亲的领导下,蒙博托的自由化进程得以继续,并以更快的速度进行，"巴菲姆巴继续说道，"随着2001年钶钽铁矿石开采行业的繁荣（一公斤钶钽铁矿石的价格从16英镑上涨到277英镑），越来越多的人涌入采矿业，冲突也开始重演。"也是在那个时期，人们开始就那些自2006年起更加完善的倡议展开讨论。与此同时，电子行业真正开始兴起，因此，对钽（钶钽铁矿石）、锡（锡石）和钨（钨铁矿）等行业发展所必需的核心矿物的管控也大大加强了。此后，一些人也对黄金开采产生兴趣，但时至今日，黄金仍属于不稳定矿物，故而大多数管控对这一领域鞭长莫及。现在，已执行的举措包括促进采矿业的透明度和可追溯性，以及禁止与冲突有关的资源进口。具体而言，可追溯性是指通过监视其监管链来跟踪矿物的供应链条。尽管这种做法无疑会带来一些好处，但巴菲姆巴仍对此仍持怀疑态度。他声称："哪怕只是提及可追溯性这个概念也会让人感到耻辱，因为这最早起源于《多德·弗兰克法案》（Dodd Frank Act）第1502节以及欧洲的法律法规。《多德·弗兰克法案》2010年通过了保密协议立法，规定美国商业公司不能使用与刚果国内武装冲突相关的矿物原材料，而且必须追踪其供应链。倘若刚果那时拥有绝对的领土主权，关于可追溯性的规定就不会出现。"巴菲姆巴还说道："刚果有自己关于采矿的法律法规，如果它们得以有效实施，根本无须可追溯性。"巴菲姆巴表示，可追溯性只是在部分刚果社会精英的默许下，西方试图控制刚果民主共和国矿产资源的无数次尝试中的一次。"应该由采矿业，而非生产国，来决定矿物价格以及购买数量，"巴菲姆巴说道，"刚果的矿业开采是某种形式的奴役：一名米自鲁巴亚（Rubaya）的矿工梦想着自己赚钱购买手机或送孩子上学，而他一天的收入不足8英镑……GATT-RN坚持可追溯性，因为这是刚果进入全球贸易网络的唯一途径。但是，倘若西方不采取人性化举措，非法贩运者不受任何制裁，矿物并不会成为刚果矿工的稳定收入来源。"

（2）宝石交易所。戈马证券交易所是预计将在2019年对手工采矿行业（AMS）产生深远影响的最伟大的创新之一。"我们之所以需要它，是因为我们在黄金和宝石方面存在重大问题，"致力于矿产贸易风险评估的伊薇特·姆万扎说，"追踪它们相当困难，因为大部分开采都不在官方市场进行。少数能解决走私问题的方案之一，就是创建一个在刚果法律框架下的证券交易所。"应逐步帮助手工采矿者从目前朝不保夕的不稳定状态中解脱出来，并成为AMS可持续发展的主要参与者。手工部门背后更大的问题是在全国范围内盛行的财政欺诈，它剥夺了财政部和刚果中央银行对资源的最终控制权，而这些资源本应用于振兴国民经济。而且，这往往是刚果东部局势不稳定的主要原因之一。倘若还有其他因素，那就是这些东部省份还受到刚果邻国的经济状况影响。姆万扎说:"如果依照官方记录,我们每年向国外出口1000吨钶钽铁矿石和1500吨锡石,那么在手工开采预计将生产出的20吨黄金中,采矿当局能控制的最终数量不足300公斤。如果是宝石,缺口就更大了。"2017年8月,证券交易所正式由构想转变为具体行动。第一步,是尽力查明在省内的宝石数量,确定它们经由市场流通给国民收入造成的缺口有多大。BCC在所有有关宝石和矿产的交易中,承担着监管者的角色。因为根据采矿法第128条,不允许建立专门用于买卖黄金、钻石、矿产和宝石的证券交易所。此外,BCC的任务是为采矿法第266—268条中采矿方面的相关规定提供机构支持。证券交易所的管理,将由BCC和北基伍省的代表组成的联合委员会共同负责。在2018年夏季,他们针对以下问题开展了调查:矿产认证,供应链的负责情况,金矿开采的财务报表以及欺诈和走私等问题的解决。12月,委员会开始吸引首批采矿公司,并与其他国家的类似机构建立起互利关系。

(3)矿业法。人们很容易认为,刚果的手工采矿部门不处在任何形式的监管之下。但第一部采矿法已于2002年起草,随后《采矿法规》也在2003年出台。然而,对大多数不识字的采矿工人而言,这些用法语书写的、上百页的法规他们根本无法理解,自然也谈不上遵守了。该法规这样定义采矿活动:"采矿活动是指拥有刚果国籍的公民,利用传统工具、方法和程序,在深度不超过三十米的有限区域,从事的矿产资源挖掘或采集活动。"2018年3月9日,总统约瑟夫·卡比拉(Joseph Kabila)颁布了一项新的采矿法规,新法规并未取代旧法规,而是在其基础上进行了修改。与旧法规相比,新法规包括了以下采矿权利:针对所有矿物的标准化勘探许可证,有效期为五年,每年可更新一次;有效期为二十五年的采矿许可证,每十五年可以续签一次。许可证只能授予法人实体,不能授予自然人。"新法规促进了合作社的建立,并且不必迫使政府或外国公司在财务上向矿工提供帮助,这可能是一件好事。但请告诉我,对一个贫困的矿工而言,他该如何独自应对?"GATT-RN的协调员菲德尔·巴菲姆巴质疑道。"在北基伍省的54家合作社中,我认为只有不超过10家得以免遭政客或军人控制。"采矿政策只针对挖掘者、工地管理者和商人,而从未提及由妇女所扮演的中间角色,这充分体现了这项政策的歧视性。此外,旧法规规定"孕妇不能从事劳动量过大的工作",而新版本则直接阻止她们进入矿井。这项规定很容易被设法绕过,因为在怀孕的前六个月,很难判断一个女人是否怀有身孕。

新法规的主要创新之处还在于,开采使用费和税收的增加。例如,发明了针对"战略物质"的新税种,而"战略物质"被定义为"根据政府对周边经济环境的看法,由

只要最顶层的社会体系不改变，

艾丽奥诺拉·维欧
Eleonora Vio

女性又将成为最大的受害者。

于其关键性质和地缘战略背景而引起关注的矿物"。即使没有提及任何特定矿物,政府后来也建议将钴、钶钽铁矿石、锂和锗包括在内。这并不出人意料,因为刚果民主共和国是全球电子行业最大的原材料生产商。为了表达政府向当地社区提供更多机会的意愿,10%的开采使用费将被用于为子孙后代设立的专项基金。"如果开采使用费能帮助阻止外国投资,我就谢天谢地了,"巴菲姆巴开玩笑说,"我们的人民从未从刚果采矿业的繁荣中受益。长久以来,只有政府才能从这一行业中获利。我们缺少道路、电力、自来水、学校……基本上,所有的配套服务。我赞成矿产禁运,如果这意味着让政府对之前的所作所为负责。"倘若从现在起承包商和采矿公司成员中的刚果国民人数迅速增加,这并不意味着这项政策将为男性或女性矿工带来更好或更直接的机会,实际情况可能刚好相反。

维维安·塞巴赫(Viviane Sebahire)

有时,一个人的命运从他出生的那天起就已经注定——维维安·塞巴赫就是如此。塞巴赫是专门研究性传播疾病和生殖问题的医生,她还是妇女团结共进会SOFEDI(Women's Solidarity for the Integral Development)的协调员,致力于保护瓦隆古(Walungu)的女性矿工权利。在小学毕业考试中，塞巴赫就已经从同学中脱颖而出。她的毕业论文题为《1990年至1994年间艾滋病的流行》，这篇论文非常优秀，以机智而直接的方式阐明了一个非常复杂的问题。塞巴赫的论文引起了一名刚巧从金沙萨（Kinshasa）赶来布卡沃查找资料的医生的注意，这名医生想要开展一个科研项目，研究如何遏制艾滋病在南基伍省的传播。医生拿到这个年轻女孩的手写论文飞往比利时，在那里他获得了项目经费。于是，15岁的塞巴赫就进入了南基伍省第一个专门研究生殖问题的研究团队。在此期间，她继续学习，结婚并生了孩子。"不仅在那个时代，即使在今天看来，我的母亲都非常进步开明。我当时已经生了一个男孩和一个女孩，但我的母亲敦促我回去上大学，说她会照顾孩子。"塞巴赫解释道。"她坚持要我服用避孕药，鼓励我把接下来的四年时间全部奉献给我的研究和事业。没有母亲，就没有我的今天。"

性别暴力和系统性强奸始于20世纪90年代，在第二次刚果战争（2003年正式结束）中达到顶峰，而在2006年至2007年间演变为常态。塞巴赫现在提起这些时还不禁会颤抖："那时，我还在无国界医生组织（Doctor Without Borders）工作，我呼吁当局，为旨在减缓病毒传播的抗艾滋病病毒疗法提供项目资助。另一位参加该计划的是领导叛乱的卢旺达指挥官，他本人就染上了艾滋病毒。但我不知道他的参与是一场闹剧。"实际上,有一天晚上,指挥官派人劫走塞巴赫,可能想要虐待她。她的丈夫设法把她藏起来并帮她成功逃跑。"看到如此多女性被战争摧残,并且意识到我可能也会成为其中一员,我更加努力投身自己的工作,"塞巴赫声称,"但我对这个领域产生兴趣,是在这一切发生之前。"自2006年以来,塞巴赫还向女矿工发放避孕工具,以限制矿井中的因性行为导致的感染和疾病传播。第一次亲自来到现场时,她才意识到女性是如此频繁地遭受着身体虐待,并决心创办一个维护女性权利的项目。

我们发现很多女性被禁止进入矿场,因为她们没有探望证。在这个语境下,探望证意味着对女性进行定期检查以确保她们没有性传播疾病,也不是艾滋病毒携带者或患有艾滋病。但有人不这样做,而是开始在黑市上出售未经授权的探望证,上面只写有名字、性别、艾滋病阳性或阴性。我们注意到,这个程序会使女性遭受歧视,因为只有女性才需要出示和购买探望证,而男性则不需要。(维维安·塞巴赫)

塞巴赫设法彻底纠正种种错误的做法,但与此同时,又不断涌现出新的问题。例如,曾有一段时间女性被要求支付15,000刚果法郎(约合8英镑),否则现场管理人员将不允许她们进入采矿场。贸易商、拣选人员、清洗人员……每个女性都遭受同样的对待。而像往常一样，男性则不必担心要与任何人分享自己的收益。"最好的状况下，女矿工一天的收入也只有2.70英镑，而她们还要支付入场费？"塞巴赫张大眼睛质问，"这完全是歧视。我们将女性分成几组，每组中选择并培训一名代表。此后，在法律顾问的帮助下，我们召集了当地首脑、警察和矿场经理，指着法律条款证明征税行为是错误的，必须停止。现在，我们的活动每三个月仍会进行一次。"该地区女矿工的处境一直在稳步改善，她们还会进一步提高权利意识，更有效地应对男性的挑衅，直至践踏女性权利的行为完全停止。塞巴赫选择将瓦隆古作为第一个实施干预的地区，实属偶然。塞巴赫解释说："现场经理因为担心艾滋病传染联系到我们，我们到现场后，又注意到了其他问题。"

女矿工的处境艰难，在各个层面都遭受男性的种种歧视。例如，有些女性被迫以性行为作为交易筹码，以获得进入采矿场的机会。不止塞巴赫一人持这样的观点："如果从医学角度看，我们必须保护女性矿工，那么这意味着在社会层面，她们比其他女性更容易受到伤害。"

像其他活动一样，性行为是采矿活动的一部分。我们有两个负责人在瓦隆古，她们举办提高思想意识和促进交流的相关活动，以促进行为上的改变。活动中，我们会分发免费的避孕套,并为想要接受艾滋病毒检测的女性提供私密空间。我们认为这可以作为某种预防措施。如果有人经过检测,发现自己是艾滋病毒阴性,他或她将更好地照顾自己的健康,并且保持使用避孕套的习惯。顺便说一下,避孕套免费发放。(维维安·塞巴赫)

技术表

(1)女性矿工的主要挑战。女性占AMS所有劳动力的40%,但仍然受到强烈歧视。维罗尼克·米延果(Veronique Miyengo)是RIO(位于布卡沃,由基督教会资助的组织创新网络)的研究人员,她解释道,女性矿工在采矿业中所面临的问题具有三重性。实际上,它们同时涉及女性的工作条件、经济以及健康状况。米延果说:"女性既不受法律保护,也不受社会保护,因此,她们的工作条件恶劣。为了养家糊口,女性必须努力工作,但却没有合适的工具来有效开展工作。"如果说男人配备了头盔和防护服,那么女人什么都没有。例如,塔瓦盖斯妈妈(mama twangaises)只能手持巨大、沉重而危险的锤子将石头砸碎,而女性运输工人需要背着重达25公斤的麻袋,在漫长的未铺砌的湿滑路面上赤脚行走。"女性没有经济权力,她们一无所有。因此,她们完全依靠男性。"米延果继续说道。"在 AMS，男人可以租赁土地来寻找矿物，而女人甚至不能在地下挖矿——尽管法律只禁止孕妇下矿井——因为在我们的文化中人们相信，只要女人一出现，矿物就消失。"

此外，女矿工的收入与其工作量不成比例。矿物运输的路程很长，但她们每走一趟的收益不会超过1.20英镑。这意味着，为了维持家人每天约2.70英镑的日常花费，女性必须至少每天这样运送矿物三趟。更不用说塔瓦盖斯妈妈了，只有当站点管理者从她们开凿的石块中发现黄金时，她们才能得到报酬。抑或是比扎鲁妈妈（mama bizalu），她们购买已经被过滤过的沙子，并不知道里面是否还有宝贵的矿物碎片。通常，为了购买沙子她们负债累累，最终不得不将房产交给债权人。最后一点，是女性的健康。负责碎石的女矿工可能吸入了石英释放的有毒气体，最终患上肺结核。而比扎鲁妈妈长时间在脏水中、烈日下或倾盆大雨里工作，她们被尘土包围，经常患病或感染传染病。最重要的是，"许多女矿工的收入根本养活不了自己的家人，最终不得不靠卖淫赚钱。"米延果解释道。

女性没有任何经济权力，这是她们遭受种种歧视的根源。在此之上，我们还应该添加一个社会因素。长期以来，我们的文化和传统一直歧视女性。例如，在许多采矿场所男

人不允许女人进入矿坑,因为他们相信一旦女人出现,矿物便会消失。(维罗尼克·米延果)

(2)交易性性行为。由于性交易行为在整个撒哈拉以南非洲,尤其是在刚果民主共和国变得极为常见,"交易性性行为"逐渐拥有了新的定义,颠覆了"商业性行为"和"卖淫"等名称的污名化特征。

专家马克·亨特(Mark Hunter)说,在目前被定义为"交易性性行为"的活动中,"参与者看起来像一对非正式夫妇,而对性行为的回报,将会包含一系列(也是非正式的)义务,而不一定涉及最终的金钱支付。"与卖淫不同,在基于交易性性行为的日常关系中,"交易不一定包括直接的金钱交易,并且性行为并非以职业的方式进行。"这同样适用于AMS。就像在其他部门一样,在AMS的交易性性行为源于男性在经济和社会层面上的特权地位。著名研究员玛丽·罗斯·巴什维拉(Marie Rose Bashwira)解释道:"当矿工看到妇女出现在矿场上时,一方面,他们沿袭家长式作风,将她们当作妻子或姐妹对待,但另一方面,他们也意识到这些女性背负着沉重的家庭负担。于是,男性利用女性的弱势地位,完全凭心情决定是否允许她们进入采矿场。至于女性,她们经常被迫通过实施性行为来获取进入矿井的机会。"这既是文化问题,又是法律问题。"法律没有规定女性不能在采矿部门工作,但也没有明确定义她们拥有什么权利和义务。倘若怎样解释法律都行得通,女性就有被边缘化的危险,并被迫不断重新商议自己的地位。"

特别是像南基伍省这样性虐待、性交易和性传播疾病非常普遍的地方,许多协会都投入了一整套项目专门研究这些问题。"如果女性仍然只获得很少的收入,虐待和性交易就不会停止。"Asyak前主席费德里·姆博克(Fideline Mubukyo)说道。Asyak是伞状结构的组织团体,它将瓦隆古所有的女性采矿协会都网罗其下。

我们处理所有与性别相关的问题,但主要集中在性剥削以及女性的自我保护方面。以前,女性只将性行为作为赚钱的工具,而现在,她们也开始考虑自身利益和身体健康。(费德里·姆博克)

尽管大多数女性是为了摆脱极度贫困的处境,才选择用性交易来赚钱或换取工作机会,但女性也不仅仅是该体系下被动的受害者。相反,由于她们对待性行为的方式与对待其他普通的采矿活动差别不大,因此,她们挑战甚至某种意义上推翻了现有的父权制框架。

艾米莉安·英通娃（Emilienne Intongwa）

雨季本应很早就过去了，但大雨还在继续，而道路基础设施已经被冲毁。每次当我们的四驱车停止颠簸，陷进悬垂路面上泥泞的流沙里时，我们的肌肉都会一阵疼痛。如果我们的车子奇迹般逃脱了危险，没有沦为散落路旁的那些锈蚀了的铁架之一，那么我们可以在一天之内，结束这段通常几个小时就可以完成的180公里的旅程。卡米图加（Kamituga）是南基伍省的第三大城市，但这里的山路只有寥寥几条。沿着主干道挤满了数百个棚屋，出售油炸小吃以及该地区经济支柱——黄金的提取、处理和销售——所需的基本劳动工具。

在路口中间，老吉普车、摩托车和行人通常相互竞争，看谁先到达附近的采矿场。突然，出现了两名身穿传统服饰的老太太。她们都指向路对面的木制标志ALEFEM——采矿业妇女和儿童反剥削协会（Association against the Exploitation of Women and Children in the Mining Sector），并招手示意我们跟随她们。ALEFEM由法兰西斯·布兰博（Francoise Bulambo）和艾米莉安·英通娃（Emilienne Intongwa）于2006年创建，那时，让卡米图加（Kamituga）遭受沉重打击的第二次刚果战争刚结束不久。

如凤凰浴火重生一般，英通娃重新详细说明了悲惨的过去,并将自己描绘为其中的领导角色。"我们背井离乡寻求庇护时,迈迈(Mai-Mai)武装民兵绑架了我的丈夫。从那天起,我再也没有收到过他的消息。我一直在逃亡,但他们抢走了我的一切,"英通娃说,"当我回到卡米图加时,我一无所有。因为在那之前,我一直工作的领域转移到民兵的控制之下,每个试图夺回财产的女性都遭到他们的杀害或强奸。于是,我决定转到另一个行业去。"

我之所以选择现在这份工作,是因为在过去除了采矿并没有其他选择。此外,唯一为人们提供工作的社团SOMINKI,也在战争期间被空袭的炸弹摧毁。另一个原因是我的丈夫遭到民兵绑架,留下了我和七个孩子,我必须找到一份工作,抚养他们长大成人。唯一的答案是加入AMS。(艾米莉安·英通娃)

英通娃从贸易商那里获得了一笔贷款以开发自己的采矿场,但作为交换她被迫将房屋抵押出去。"如果你找到了矿物,那个贸易商将独占与你的交易权;如果没找到,你要么偿还贷款,要么将财产交给他。"英通娃解释道。"就我而言,我找到了矿物,但遇到了一个更大的问题。这是男人们第一次看到一个女人在管理矿坑,他们开始散布我是女巫的谣言。为了自己的人身安全,我不得不承担更多的债务，付钱给当地首领让他们来保护我。"那时，被指控行巫术意味着被活埋。同样，事实证明在采矿场工作也并非易事。英通娃说："对我来说，最大的挑战是与那么多男人一起工作。在我与手下的一些工人建立了牢固的关系之前，我的许多挖掘工具都被偷走，而我不得不支付额外的钱来找人寻找它们的下落。"而且，当男人和女人开始并肩工作时，其他问题出现了。英通娃抱怨道："我之所以参与创建了ALEFEM，就是因为看到许多女性矿工几个月后就怀孕了。因此，我决定建立一个网络，以保障她们的生育权利。"

英通娃的采矿场位于卡米图加矿区南部，那里手工采矿蓬勃发展，尽管有工业开采权，却有悖于采矿法规。男性从事矿物开采工作，而女性则负责处理此外所有其他事务。她们长时间超负荷工作，疲惫不堪。英通娃身处的工业微环境，就是卡米图加这个复杂的巨型社会机器的缩影。在这一点上，英通娃还有补充。

我的矿井的工作环境与其他地方不同。一个巨大的区别是，我会与女性交谈，并试图向她们解释她们拥有什么权利，以及必须要求获得男性怎样的对待。而在其他采矿场他们并不这样做，女性受到更多歧视。（艾米莉安·英通娃）

采矿业中的女性

除了亲自下矿井，英通娃还是为数不多的让卡米图加为之骄傲的女企业家之一。她知道，为了扩大规模并获得稳固的经济地位，她需要组建合作社。"男人不想与我们分享他们从矿物销售中获得的收入，他们会竭尽所能阻止我们进入合作社。因此，我想建立一个只接纳女性的类似组织。"英通娃解释说。"可悲的是，为了获得授权并维持该合作社的运行，我们需要资金。而很多女矿工的收入甚至都无法维持基本的日常生活，因此很难获得她们的支持。"尽管遇到了种种困难，英通娃感到她仍然要感谢采矿业。"即使这里的人首先指控我为女巫，我也要感谢上帝给我这个机会。"她总结道，眼眶开始湿润。

技术表

（1）卡米图加。卡米图加是南基伍省的第三大城市，拥有28万居民，其经济很大程度上依赖采矿活动。尼克·斯托普（Nick Stoop）在2012年进行的研究发现，这里有超过13,000名得到正式认可的手工采矿者。如果在淘金者之外，还算上在开采链中承担边缘角色的工人（例如运输工、洗涤工等），那么总人数还会增加。

卡米图加坐落于盛产黄金的地带，这条黄金带一直延伸到毗邻的马涅马省（Maniema）腹地。这些金矿是在

1920年被发现的,但直到30年代,比利时的非洲大湖区采矿公司MGL（Mini è redes Grands Lacs Africains）才开始进行商业开采。渐渐地,MGL的员工不再单纯依靠微薄的工资收入,而是通过非正式渠道出售黄金,逃避公司的控制。经济危机爆发后,MGL与时任刚果总统蒙博托（Mobutu）一并面临更严峻的挑战。就是在那时,矿业公司被迫重新组织自己的活动,MGL也与SOMINKI合并。SOMINKI在卡米图加投入了巨额资金,它雇用了大约3,000名工人,并提供基本的社会服务。尽管做出了种种努力,但1982年采矿部门的自由化引发了第一批农村人口涌向采矿行业的浪潮,非正规贸易活动大幅增加。在刚果战争期间,工业生产停滞,于是寻求新的经济机会的人数再次攀升。"战争爆发前,卡米图加是一个毫无生机的小镇,城镇居民仅仅由SOMINKI的工人及其家属构成,"ALEFEM创始人法兰西斯·布兰博说道,"而在那之后,周围村庄的许多人涌进了我们的小镇,给当地的社区带来了死亡和暴力。"在那段动荡的时代,卡米图加被武装民兵占领,这种状况一直延续到今天。他们继续掠夺当地大量的地下资源。1997年SOMINKI被清算时,十三张勘探许可证被卖给了加拿大班罗（Banro）矿业公司,但刚果民主共和国前总统劳伦·卡比拉（Laurent Kabila）并未遵守这一协议。直到劳伦去世后,他的儿子、现任总统约瑟夫·卡比拉（Joseph Kabila

Kabange）才决定遵守这一承诺。如今，卡米图加的手工采矿属于工业特许经营，这与最近修订的采矿法相违背。

（2）ALEFEM。ALEFEM——采矿业妇女和儿童反剥削协会于2006年在卡米图加成立，致力于保障采矿业中的妇女和儿童权利。与其他类似案例一样，创建该协会（目前有613个成员）的直接原因，是为了应对自1982年以来由过多人口涌入手工采矿业所带来的诸多问题，而1996年以后涌入的人口数量甚至还在增长。就卡米图加而言，吸引这些人的是黄金的开采和销售。具体来说，农业产量下降和随后的长年饥荒，以及较高的文盲率、早婚、各种疾病传播，都对属于弱势群体的妇女和儿童产生了严重影响。

我们的首要目标是保护女性权利。由于我们无法直接去改变具体发生的事情本身，因此我们主要是向女性普及法律知识。在我们国家，许多女性没有受过教育。由于我们的法律是用法语起草的，因此当政客在电视上谈论法律问题时，大多数女性毫无头绪。我们在采矿场、教堂、城市等各个地方向女性普法，提高她们的权利意识，以便她们能够保护自己。（法兰西斯·布兰博）

ALEFEM了解什么措施能够改善其受益人的境况，例如塔瓦盖斯妈妈、比扎鲁妈妈、卡松巴（kasomba）妈妈等。ALEFEM只是缺少资金，以及最重要的是缺少政府支持。例如，为了使女性矿工在AMS中不断成长，应采取的必要措施包括为女性提供技术培训、机械和配套的设备，以及改善她们的工作环境。还应通过提供小额贷款提高她们的教育水平，并促进其经济积累。这些问题尚未解决，而布兰博只能尽最大努力为女性提供帮助。

除了在协会的工作外，布兰博每周两次到当地广播电台录制节目，在那里她解答女矿工们的疑惑。女矿工们或以自己的真实身份，或化名向布兰博咨询如何应对各种形式的虐待和歧视。长期以来，布兰博一直坚信："AMS中的女性状况不会变得比现在更好了。如果她们想过上更好的生活，就必须换工作。或许，在采矿场经营小餐馆的女性可以设法略微扩张自己的生意，但从事碎石或采石的女矿工需要机器，而我们没钱购买。"如果，一方面，我们中的有些人迫不及待地希望女性离开采矿业，而另一方面，却有一个全新的潮流支持女性矿工解放。在布兰博心中，这两个对立的念头争斗着。"我们的梦想是建立一个只有女性的合作社，在它的帮助下，我们能为运输女工建立储藏室，为塔瓦盖斯妈妈制造磨石机，"布兰博表示，"但要想实现这个理想，我们需要ALEFEM的所有成员每月至少贡献出1.5英镑的费用。到目前为止，我们只有五个人还始终在坚持。"

塔瓦盖斯妈妈

即使手工采矿部门为女性提供了新的机会,但在今天,绝大多数女矿工仍然遭受着身体和心理的双重虐待。在卡米图加的金矿开采区,沿着陡峭的斜坡走进矿坑之前,你会路过一个平坦的区域,那里曾经搭建着几个临时的金属棚,从里面不断传来锤击声。在棚子内部,一群筋疲力尽的妇女赤脚坐在地上,用沉重的锤子的金属端击打石英石碎片。场地经理穿着大号雨鞋,居高临下地打着手势,向女矿工发号施令。这些女性就是塔瓦盖斯妈妈:在刚果,这个词通常指代所有女性矿工,但在卡米图加,它仅指开采链最底层的女性矿工,例如这些从事碎石工作的人。ALEFEM的创始人法兰西斯·布兰博说:"强迫女性从事这项工作是无数歧视形式中的一种。就像在大多数家庭中那样,男人盯着女人做所有的家务活,这里的男人不想弄脏自己的双手,就算女人们累折了腰他们也无动于衷。"这并不是委婉语。"我每天早上六点醒来,要走两个小时才能来到这里。"27岁的尼玛·慕颜阁(Neema Muyengo)说。她的额头上满是汗水,看起来比她的实际年龄至少大十岁。"我每天唯一的工作就是碎石,但我别无选择:我必须照顾家人。很多时候我甚至都拿不到报酬,这份工作变得毫无用处。"如果女性将石英石砸成粉末后,发现一丝黄金的痕迹，她们将获得0.90英镑；否则，她们将一无所获。"哪怕数量很少，男性在矿井中总能找到矿物。而女性可能一整天都在砸石头，却什么也赚不到。"带着三个孩子的单身妈妈瓦比萨·马索格（Wabisa Masoga）证实道。"我必须付出其他女人三倍的努力，因为是离了婚的女人，所以我经常受男人的虐待。哪怕我弄丢一块小石头，而里面可能含有金子，男人们就会指责我是小偷，侮辱我，或是殴打我。有时候我确实会偷窃，但只是生计所迫。"塔瓦盖斯妈妈经常以身体作为交换条件，就其工作位置和进入矿区的许可进行谈判。即使这样，她们也不能保证自己的收入，因为获得多少钱总是取决于找到的黄金数量。而石英石的毒性让她们的工作环境更加恶劣，工作的时间越长，吸入的石英粉末就越多，而这将导致肺结核病。慕颜阁说："我的许多朋友病了，还有的已经死了。如果现在去医院看看，你会发现许多女性因为吸入石英粉尘而生命垂危。"

尽管像ALEFEM这样的协会努力让塔瓦盖斯妈妈参加他们的活动，从而促使她们勇敢抵制每天都在发生的虐待行为，但到目前为止，只有少数人加入了该协会。马索格说："当你赚到了钱，你就把钱都用在孩子身上，第二天回来时，一切又要从头开始。即使我们愿意，也无法攒下钱去做其他事情。"尽管协会的月费很低（约4.50英镑），但对于每天都在挣扎维生的女性来说还是太高了。就像猫咬自己的尾巴一样,如果协会运转良好,"只要它是由女性矿工自己创建的",研究员玛丽·罗斯·巴什维拉(Marie Rose Bashwira)说,塔瓦盖斯妈妈们批评这些协会,是因为在她们看来,协会并不代表她们的利益,也永远无法理解她们面临的真正问题。

技术表

谁是玛丽·罗斯·巴什维拉·涅耶兹(Marie Rose Bashwira Nyenyezi)?她是布卡沃大学(the University of Bukavo)的助理教授,鹿特丹社会学国际研究所(ISS)博士后研究员,也是RENAFEM的成员。现在,涅耶兹还将获得第二个博士学位,研究课题是刚果民主共和国矿业部门中女性的作用。涅耶兹解释说:"当我在2012至2017年间攻读第一个博士学位时,很难找到关于这个课题的相关研究,而且我几乎想放弃,因为我发现的大多数研究都把女性描述为脆弱的受害者。而当我开始实地研究时人们真的很惊讶,因为他们都忽视了除了妓女以外,还有其他在矿区工作的妇女。"

自2002年起对矿业部门产生影响的改革,有助于改变决策者对女性矿工的印象。涅耶兹解释说:"起初,他们只是希望妇女离开采矿业,因为她们在那里遭受了种种虐待和歧视。但从2014年起，他们改变了做法，认为妇女也是成年人，应该由自己做出决定。"最重要的是，他们理解了"迫不得已从事采矿业的女性与追求更佳经济机会的女性之间的差异。这种新的意识促使许多人改变实地策略"。

涅耶兹强调不同的女性矿工有不同的诉求，要想帮助她们，了解针对的是哪些特定的女性群体非常关键。女性不仅在采矿链中承担不同的工作，而且还与其他女性和机构维持着不同的关系。涅耶兹说："其中有些人的确属于弱势群体，她们无论多么拼命地工作，也总是在维持温饱的水平挣扎；另一些人在丈夫施加的压力下进入该行业，但如果条件允许，她们会马上离开。最后，还有些人决定借此提高经济与社会地位，她们可以依靠亲戚和朋友之间非常强大的关系网络。"

对于属于弱势群体的女性而言，贫穷和没有文化是她们加入AMS的强烈动机。但是，"矿场的机械化程度越高，她们在整个系统中就越无用，因为她们通常做的工作都可以被机器取代"。涅耶兹十分关注这一现状：现有的法律法规在各地的具体执行有所不同，这也影响到女性。在卡米图加，矿工们知道他们不能成立合作社，因为他们是在工业特许区内经营的，而且他们获得的金子也不具备可追溯性。显然，中间人的数量巨大，这些人包括在整个开采链中承担边缘角色的女性，而她们完全被采矿法忽略。据涅耶兹所言，决策者清楚建立一个只属于女性的合作社的重要性，但直到现在，财政上还没有任何意向和行动为女性提供支持。关于协会，涅耶兹说道："我认为它们对于女性的社会解放有非常重大的作用，因为女性可以认识经验更丰富的同伴并向她们学习，但前提是女性必须自发组织起来。但是，即便是妓女都会说，真正让采矿业区别于其他行业的是它有一个目标。如果没有目标，你将一无所获。"

女矿工

两次刚果战争刚结束时，加入手工采矿部门（AMS）的女性人数都大大增加。这主要基于两个原因：席卷东部各省份的经济衰退，以及农业等传统部门为农村社区提供的机会减少。而女性涌入AMS相对容易，因为这并不需要任何特定资本和（或）特定技能与教育背景。事实上，考虑到仍然存在的种种困难和问题，AMS为女性提供的机会是绝无仅有的。妇女在矿区完成的主要任务可以用"流水"一词来概括，这包括不同活动，例如碎石、挑选和洗涤矿物，将矿物筛分成粉尘，废物处理和矿物销售等。从矿坑中开掘出矿物后，负责不同步骤的女性都有各自的名字。

"运输工"（或称卡松巴妈妈）从采矿坑中搬运出25公

斤一袋的沙石，交由其他女矿工（塔瓦盖斯妈妈）或采矿机器将它们碾碎。每搬运一次，她们可以获得1.20英镑的报酬。"液压工"负责取水以使压力机保持低温；"洗涤工"过滤并洗净灰尘；"比扎鲁"收集废弃的沙子；"后勤保障工"负责提供燃料、作业工具和矿工伙食等辅助资源。最后，"谈判代表"负责矿物和宝石的买卖。所有这些活动都取决于每日的供求关系，而供求关系每天都在变化。除了上述女性，我们还要在这个列表里加上小餐馆经营者和妓女。女矿工的收入可低至0.45英镑，除了从事贩售的女性，大多数人每天的收入不超过8英镑。

每个工作日结束时，瓦隆古的女矿工们会联合起来唱诵歌谣，她们的歌声透露出许多，关于她们的日常生活、她们的艰辛和成就。

技术表

电气石（Tourmaline）。自2000年初，宝石爱好者就开始对电气石感兴趣。实际上，大约在本世纪初，专家们在分析了一些来自基伍的样本后就注意到，刚果除了拥有那些广为人知的矿藏，也可能具有电气石储备。令人遗憾的是，由于缺乏用于宝石购买与出口的官方贸易部门，加上这个领域整体上对规范性的忽视，宝石贸易仅在非正规渠道发展。在这里，大多数矿物开采都是非法的。产品被非法运离刚果，在卢旺达和坦桑尼亚等邻国出售。通过这些渠道，刚果的矿石进入了国际市场。

最近，由于刚果东部的电气石开采和贸易显著增加，决策者和研究人员开始意识到为这些宝石建立更负责任的供应链的益处。2015年底，矿物保护行动（SaveActMine，简称SAM）与IPIS联合启动了一项研究项目，以进一步探索该领域。如果说北基伍省最著名的电气石产地是恩贡古（Ngungu），那么在南部边界附近的马西西地区，基伍两省之间的大部分内部贸易则始于努比（Numbi）而止于戈马。研究报告指出："通常情况下，将矿物从北基伍运到南基伍是被禁止的。但电气石却可以运输，因为在南基伍没有得到授权的实体负责电气石出口。"在努比，电气石的贸易非常本地化。实际上，有一整条路，上面到处都是电气石的专门交易点。傍晚，矿工沿街出售他们白天挖出的石头，这些石头既可以在商人之间被进一步交易，也可以运到其他地方，主要运往戈马。如果电气石没有被交给其他贸易商，它们从那里就将被贩售到国外。自2012年以来，电气石的价格急剧上升。这意味着，更好地监管这种宝石的开采将创造更多的就业机会，并将促进经济发展，改善矿工和贸易商的生活水平，以及防止欺诈、腐败和洗钱行为。即将建成的戈马证券交易所将致力于这项事业。

如果您想获得对整个工作更全面的了解,请参见:

http://womeninmining.it/EN#wim-focus-preview-11

发自刚果

原载于 womeninmining.it,意大利

失踪者

撰　文　泰娜·特沃宁（Taina Tervonen）
意译英　露丝·克拉克（Ruth Clarke）
英译中　大婧

2015年4月18日，一艘超载的渔船在利比亚海岸附近沉没，船上800名移民遇难。辨认遗体身份、寻找家属的漫长工作随即展开，而编号PM390047便是这诸多遗体中的一员。从意大利到西非，当欧盟将搜索范围扩大至整个地中海沿岸，《每日》也加入搜寻这些无名遇难者的队伍。

一　PM390047，一名葬身地中海的难民

2015年4月18日，800名移民葬身大海。《每日》追溯了这些无名乘客的旅程。

西西里岛，特派记者

明黄色的诺基亚手机，颜色亮得几乎发光，它的外壳已经损坏，电池上的黑漆已经剥落，SIM卡边缘已然生锈，

但键盘仍旧完整,品牌标志也清晰可辨。这是一款简单的型号,可以打电话、发短信,和人保持联系。现在它碎成了三段,被封在密封袋里,和它在一起的还有一个小小的塑料袋,原本是用来防止某人的全部财物在横渡时被海水腐蚀的,如今袋子表面因氧化形成的橘色斑点而变硬。

这些就是一位遇难者的所有遗物了。现在它们有了一个统一的编号"PM390047"——"PM"代表"post mortem"(死后)——这个编号用黑色的记号笔写在密封袋上,也写在了存放密封袋的盒子上。在意大利米兰大学病理系的地下室中,每例案件被装进鞋盒大小的盒子,塞在拉巴诺夫(Labanof)[1]法医机构太平间的架子上。小小的太平间里,100多个盒子一个叠一个地堆满了这个和天花板齐高的架子。编号PM390052:两张面值10第纳尔(dinar,利比亚货币单位)的利比亚纸币,一张SIM卡,一个Votrex 50(一种在北非售卖的止痛药)的空盒,以及一张作业本上撕下的方形纸片,上面写着一个电话号码。PM390016:两枚小小的护身符,装有离开家乡前带上的一小撮土;塞在美国传奇牌(American Legend)香烟盒里的一张撕下来的红色硬纸板,上面用蓝色墨水写着五个电话号码,号码最后的几个数字"7"被反复描摹,以防认错。PM390010:两

---

[1] 机构名称缩写,全称为"Laboratorio Antropologia e Odontologia Forense"。

张20欧元纸币。PM390037：一把牙刷。PM390017：一条黑色的橡胶手环。

这些盒子中也装有属于死者的其他物品：骨骼样本，一份颌骨的倒模，或许还有一颗牙齿、一些头发。每个细节都是对明黄色诺基亚机主PM390047的一个珍贵注解，表明其性别、年龄或族裔。但这些仍不能回答一个最重要的问题：谁是PM390047？这个问题只能留待他们的亲属联系拉巴诺夫机构时回答一二：关于他们曾受过的骨伤，曾有过的文身，体格如何，笑起来是什么样子，头发如何或是鞋码多少。那些盒子堆满了地下室红墙前的一排排架子，而目前，关于PM390047，以及其他盒子的主人，除了他们共同逝去的日子——2015年4月18日，我们一无所知。

2015年4月18日是一个星期六。黎明时分，PM390047在塞卜拉泰（Sabratha）8公里之外的利比亚海岸登船。那是一只老旧的渔船，长21米，已经不适于经受海上的风浪了，早该被报废处理。这种船是"蛇头"们的最爱，多付给船主一点儿钱，就能做成一笔单程航向意大利海岸的偷渡生意。这次的赚头应是比平日更多，因为拖网渔船的容积更大，能载上更多的乘客。

PM390047是和许许多多的人一起乘橡皮艇抵达这艘挤得满满当当的小船的。橡皮艇来回摆渡了好几趟，才终于把800名乘客运上了这艘原本最大载客量只有30人的小渔船。要想在甲板上占个位子得花上800美元，挤在内舱则要300美元。这趟偷渡之行能为蛇头带来25到50万美元的收入，只消扣除购买船只的钱，剩下的就全进他们的腰包。27岁的突尼斯人穆罕默德·阿里·马列克（Mohamed Ali Malek）被雇来掌舵，他的副手是25岁的叙利亚人马哈茂德·比基特（Mahmud Bikhit）。蛇头给了这两人一部卫星电话，以及意大利海上救援的电话号码。

PM390047可能买了一张"甲板票"，毕竟那里更安全，也没那么挤。他们把诺基亚手机装在小小的塑料袋里，塞在衣服口袋中（后来，手机就是在口袋中被发现的）。

2015年4月18日，19时35分，罗马的海上救援协调中心接到了第一通求救电话。拖网渔船被人发现于利比亚救援区域中——在海事用语中，他们称之为"SAR（搜索和救援，search and rescue）区域"。根据国际海事法规定，在紧急情况下，距离最近的船只应予以救援。当夜，最近的船是插着葡萄牙国旗的"国王雅各布"号（King Jacob），一艘150米长的货船。21时，菲律宾籍船长阿卜杜拉·安布鲁阿希·安杰利斯（Abdullah Ambrousi Angeles）接到意大利当局的卫星电话指示，便更改航道向渔船驶去，与此同时，另一艘意大利军舰"格雷戈雷蒂"号（Gregoretti）也出发巡逻。

据"国王雅各布"号的船长对意大利调查人员所做的

陈述，两个小时后，"海上能见度几乎为零，雷达显示六海里外有一艘小型船只，极有可能是一艘拖网渔船"。"国王雅各布号"便向着雷达图上闪烁的光点驶去。"在距离拖网渔船约三海里远的地方，"阿卜杜拉·安布鲁阿希·安杰利斯解释道，"我们看见海中间有一个微弱的光点。我下令打开货船右舷的远光灯，但仍然无法定位光的来源。驶到离雷达显示位置约一海里远的地方，我才发现原来光源来自一艘挤满了人的小船，所以决定更改航向，以避免两船相撞。"8分钟内，他调整了四次方向，但每次调整后，拖网渔船都会随之转头，继续驶向"国王雅各布"号。23时20分，他下令停止货船发动机运行，并召集所有船员来到甲板上准备实施救援。就在那时，离他们只有几百米远的拖网渔船突然左转加速，直直地撞上了"国王雅各布"号。撞击后果惨烈，21米长的小船自然不是大货船的对手，巨大的冲击力加之船上乘客的拥挤攒动，使得渔船高高抬起，继而向右侧翻倒，不出5分钟便沉没了。

船上的800名乘客之中，仅28人得救，其中包括穆罕默德·阿里·马列克和马哈茂德·比基特。PM390047和他的黄色诺基亚手机则被地中海吞噬。

卡塔尼亚市（Catania）法院是一座宏伟壮观的建筑，矗立在这座位于西西里岛东海岸的城市中心，法院的内部楼梯结构错综复杂，走廊两侧排列着塞满文档的书柜和一间间办公室。安德里亚·博诺莫（Andrea Bonomo）的办公室就在法院翼楼的国家检察官专属区域内，门口由一名警察把守。在他职业生涯的大部分时间里，这位副检察官负责的都是反黑手党案件，其他时间则是人口私运案件。当有偷渡船在海上被拦截，有乘客在他的辖区内登陆时，他的工作就是找出对该案件负责的人，讯问2015年4月18日的那些海难幸存者自然也是他的工作。

而这一次，调查工作很简单，在卡塔尼亚港口接受讯问的28名幸存者中，有26名作证说撞击发生时掌舵的正是船长穆罕默德·阿里·马列克，马哈茂德·比基特在旁协助。目击者大都买的是甲板票，离驾驶舱较近。而那些在内舱中渡海的人已无法发声，渔船倾覆时，他们连逃出舱的机会都没有。船难发生三天后，穆罕默德·阿里·马列克以过失杀人、非故意船舶失事及非法监禁等多项罪名被提起公诉，马哈茂德·比基特则被诉协助非法移民。

我与安德里亚·博诺莫的第一次见面是在2016年7月，当时他正准备为穆罕默德·阿里·马列克和马哈茂德·比基特分别提请十八年和十年的有期徒刑。2016年12月13日，两人分别被判处十八年和五年有期徒刑。那他们到底是不是人贩子呢？在卡塔尼亚法院大楼的办公室里，安德里亚·博诺莫叹了口气。就意大利法律而言，答案是肯定的。人口私运船只的掌舵者被视为人口私运犯，并被依法判决。

但现实通常要复杂得多。"一般而言，船长多是和乘客一样的偷渡者，只是付不起偷渡的票钱，所以他们会以掌舵来换取船上的一席之地。"而这也正是穆罕默德·阿里·马列克和马哈茂德·比基特在审判中用于辩护的说辞。目击者们则表示两人可在船上随意活动，下达命令。哈桑·卡桑（Hasan Kasan）是一名来自孟加拉的幸存者，他解释说船长配备了一部卫星电话，"用于与利比亚方面的人保持联系"，并且还有手枪和棍子，"来维持船上秩序，确保每个人都坐好了，有时他还会用武器威胁乘客。"

安德里亚·博诺莫知道，这两人无论如何都不会是这笔人口贩运交易的获利者，但在没有更适合的起诉对象的情况下，只能起诉他们。"我们经常能查到指向蛇头身份的证据，"他解释道，"录像、电话录音、手机号码之类的。这行里除了利比亚人，还有不少其他国家的人，尤其是厄立特里亚人（Eritrean）。"在此次渔船海难事件中，熟悉的犯罪者姓名再次出现。据幸存者所言，他们在前往海滩登船前，曾被关在加斯尔加拉布里（Gasr Garabulli）、祖瓦拉（Zouara）和塔朱拉（Tadjourah）等城镇附近的农场里长达数小时，甚至数月，受到武装男子的监禁和殴打。对于这样的故事，安德里亚·博诺莫再熟悉不过了。"但你让我联系利比亚的谁呢？利比亚哪有有效的政府或司法系统？我该和谁合作才能展开调查或是申请引渡？"不管是他还是我都无法回答这些问题。而问题就在那儿，高悬在令人窒息的夏日热气之中。

船难发生后的第二天，2015年4月19日星期日，时任意大利总理的马泰奥·伦齐（Matteo Renzi）召开了一场新闻发布会，并呼吁就此次事件召开一次欧盟特别峰会。在那个春天，经由地中海进入欧洲的难民总数并未下降[1]。通常而言，春季地中海的海况不佳，船舶会因此减少出航，但2015年的情形并非如此。根据国际移民组织（IOM）的统计，2015年3月，经由地中海进入欧洲的非法移民人数达8,866人，而在4月，该数字翻了三倍，达到了27,936人。由意大利全额出资并领导的海上搜救行动"我们的海洋"（Mare Nostrum）于2015年初宣告结束，之后便被由欧洲边境和海岸警卫局（Frontex）[2]主导的"海神"（Triton）行动所取代。但后者的预算（每个月900万欧元）仅为前者的1/3，巡逻范围也远不及前者，它更多的是一种监视行动而非救援。相应地，非法移民的死亡率也急速攀升。仅2015年4月，IOM统计的失踪移民人数便达1,222人。希腊

---

[1] 数据参考：https://missingmigrants.iom.int/sites/default/files/Mediterranean_Update_8_March_2016.pdf

[2] "欧盟外部边境管理局"于2016年10月更名为"欧洲边境和海岸警卫局"，英文名称"Frontex"保持不变，并继续协调申根区（指履行1985年卢森堡申根镇《申根协议》26个欧洲签约国组成的区域）欧盟成员国的边境和海防管理。

和意大利再次敲响警钟。这两个国家本是欧洲在地中海的"门户",如今却成了有来无去的死胡同。根据《都柏林公约》[1],避难申请必须由申请者登记入境的第一个签约国受理。这条规定成了其他成员国的绝佳托词,用以指责希腊和意大利未能履行协定,任由新的移民不经登记就非法入境欧盟。

令PM390047葬身大海的那场船难发生几周之后,联合国难民事务高级专员[2]安东尼奥·古特雷斯(Antonio Gutierrez)发声提醒欧盟,已有390万叙利亚难民逃离故乡。当时欧盟各国内政部长曾提及设置难民接收中心一事,只是并非在自家国土上,而是设置在如尼日尔、埃及、土耳其或黎巴嫩之类的中转国内。自2001年起,欧盟试图"外部化"其边界的意图就已初见端倪,而在2015年11月,与非洲国家召开的瓦莱塔(Valetta)峰会上,欧盟在边界政策的实施上又进了一步,2016年3月,欧盟就此与土耳其达成了新协议。随后,欧盟表示其对外经济援助中的一部分必须用于提高打击非法移民的力度。法国开启了与尼日尔的谈判,试图在中转国内处理避难申请。

---

[1] 根据《都柏林第三公约》,申请者的避难申请必须由其第一次提交指纹登记的签约国受理。
[2] 联合国难民署(UNHCR)每年发布全球流离失所者的人口数据。

正是在2015年的这个春天,政治家们谈起了"移民危机",各媒体也迅速跟进。但真正的危机究竟是什么?是不断增长的难民入境数,还是欧盟各国关于该如何处理难民问题的争吵?

4月19日的新闻发布会上,马泰奥·伦齐看起来憔悴不堪。这场船难恐怕是意大利迄今为止遇见过的类似事故中最严重的一起。他反复强调欧盟应团结一心,共同打击人口贩运,并将其与奴隶制类比。他在发言中几次提及人类尊严,像是仔细斟酌了一番词句之后,最终说道:"我们不能将这些遇难者视为数字,他们都是活生生的人。"随后,他宣布意大利将尽一切努力打捞遇难者的遗体,"出于对亡者的敬意","我们希望能给他们一场体面的葬礼"。这是第一次,一个欧盟国家试图恢复地中海遇难移民的人类属性,逼迫公众直视他们的存在,一个、一个地数清他们。

而对我而言,这也是第一次。在这个春天(2018年),我写下了数篇关于这场船难的报道,只写出了遇难者的大约人数,就是那种2015年你几乎每天都能看到的新闻报道。我书写移民这个话题十五年了,但直到今年,这些数字才开始变得令我难以忘怀。为什么这些逝去的人从来都没有名字,而活着的人只要一入境就必须立刻登记,指纹被录入共享数据库,供所有的欧盟警方读取?

对于那些逝者而言,欧洲就是一场空。被冲上海岸的尸骸颇为棘手，需要人去将他们带回来，验尸，然后下葬，每个人都尽力做好这一切工作。西西里岛上一个小村庄的村长告诉我，有一天他必须要找到地方安置从渔船内舱中找到的45具尸体，但太平间里只能容纳8具尸体了，所以他联系了镇上的鲜花商，向他们借了冷藏货车。指挥那一天行动的消防员告诉我，任务完成之后，他感觉自己就像是守护者，守护着这些年轻逝者的记忆。

在那个夏天，在西西里岛，我学着清点死亡人数。我知道"一"已是太多，当数到"三"时，你就想停下了，而"四十五"更是难以名状的悲伤。我仍然无法数到"八百"。

我不知道PM390047来自何处。据幸存者所说，那艘拖网渔船上的许多遇难者都来自西非国家。我决定逆向追溯他们的这段旅程。

二 法医与无名尸

失事船的残骸已从地中海底打捞了上来。在意大利，克里斯蒂娜·卡塔内奥（Cristina Cattaneo）的任务是鉴定出675具移民尸体的身份。

意大利，特派记者

白色大帆布之下，蓝色的拖网渔船被搁在架子上，周身透着一股搁浅在陆地上的船只的颓废气息。炙热的阳光直射人头顶，从海面徐徐吹来的微风几乎像是烤炉散出的热气。废船背后是地中海耀眼的海面。时间是2016年7月。意大利履行了承诺。在长达一年的海上搜寻作业后，沉没于2015年4月18日、曾承载800名移民的渔船的残骸被运至此处，一个位于西西里岛梅利利（Melilli）的北约军事基地。为打捞残骸，意大利首先得定位沉船位置，最终在距离利比亚海岸85海里、水下370米的公海水域中找到了沉船。意大利海军于2015年7月至12月间先后五次前往沉船所在位置展开作业，在"飞马"（Pegasus）机器人的帮助下，寻回了沉船残骸附近的169具尸体。PM390047便是其中之一，这位遇难者的诺基亚手机此后便一直封存在米兰太平间的盒子里。

2016年4月18日，恰值船难发生一周年，五艘意大利海军舰艇开启了打捞沉船的作业。沉船上所有开口均被封闭，以防止在船体上升过程中内舱的尸体掉落。工作人员将一座专为此次作业打造的支架置于海床，并将沉船固定其上，起重船可借此对沉船施加150吨的拉力。海上作业要求严苛，因涨潮和天气不佳等原因推迟了好几次。两个月后，重见天日的沉船才终于被运抵位于梅利利的北约军事基地。此次作业由意大利政府全额出资，耗费近900万欧元。

置于帆布之上的沉船看起来几乎完好无损,只是左侧有两个大窟窿:其中之一边缘破碎,露出扭曲变形的金属,另一个则呈方形,切口整齐。后者便是消防队员搬运尸体的出入口。整整两周时间,他们从头到脚身裹防护服,顶着西西里灼热的太阳进出渔船内舱,搬出了458只裹尸袋。2016年7月14日,他们终于完成了作业。

在军事基地的食堂中,餐桌被推至后方,椅子排列整齐,供媒体人员落座。房间前方的长桌后,坐着来自锡拉库萨辖区(Syracuse Prefecture)、民防部、海军、红十字会以及消防队的代表。消防总长朱塞佩·罗曼诺(Giuseppe Romano)开始播放幻灯片并演讲。罗曼诺是在岸上指挥行动的负责人,他的队伍完全由来自西西里岛各地的志愿消防队员组成。在沉船内舱的作业与这些队员曾经历过的任何任务都不同。队伍中大多是20岁出头的年轻小伙子——与他们从沉船残骸中搬出的大多数遇难者年龄相仿。防护服的闷热与尸体的腐臭让人不堪承受,在内舱里持续待上20分钟便是极限了。

罗曼诺为媒体展示了一张沉船的图表,记录了从拖网渔船各个部分搜寻到的尸体——"是裹尸袋",他澄清道——的数量。"这里,我们计算了每平方米内的人员密度。所以我们知道在引擎室内,每平方米约有1.35人,而在内舱内,每平方米有5.11人,"他暂停了一下,接着说道,"由此可得,内舱45平方米的空间内曾挤入203人。我不知道这到底是怎么做到的。"从消防总长的脸色就能看出,这场解说对他而言并不容易。他的同事拿着一张折起的图纸上前,消防总长缓缓打开。"这张纸的面积就是一平方米的,曾有五个人站在上面,"他再次重复道,"五个人站在那儿,拥挤程度就相当于高峰期的地铁,要是这五个人都坐下,其中一个人就得坐在其他人身上。"

坐在这条长桌的另一端听着的是克里斯蒂娜·卡塔内奥。她是法医,也是拉巴诺夫机构的主管。她金色的卷发上架着墨镜,她是在场唯一一位面对媒体镜头的女性。消防队的工作业已完成,但她的工作才刚刚开始。意大利政府决定,不仅要寻回尸体,还要试图辨认出他们的身份。"我们不能将这些遇难者视为数字,他们都是活生生的人。"时任意大利总理的马泰奥·伦齐曾这样呼吁过。卡塔内奥将在接下来的数月中,在军事基地内领导一支由来自意大利13所大学的人类学家和法医病理学家组成的志愿者队伍。这些学者也都在媒体会现场,他们身着绿色的手术袍,站在食堂的一面墙壁之前。

他们的工作将包括打开每一只裹尸袋,详细检视其中的内容,确定裹尸袋内的残骸来源于一名还是多名遇难者。接下来,他们将进行尸检,对头骨做X射线三维成像,提取DNA样本,核查并拍摄尸体衣物以及衣物口袋中发现的随身物品。对于每一位遇难者的每一个微小的细节，他们都必须记录下来，最终形成一份长达数页的表格。报告越是详尽，包含的信息就越多，也就更容易辨认出遇难者的身份。一份简单的DNA报告是不够的。文身、残缺的牙齿、伤疤和旧骨伤的痕迹等，也都同样重要。法医和人类学家完成现场工作后，DNA样本和死者的随身物品会立即被送往米兰的拉巴诺夫机构。在那里，这些证物将与船难当天寻回的48具尸体，以及从海底打捞出的169具尸体存放在一处——卡塔内奥及其领导的队伍将拥有总共675份"档案"。DNA分析预计将花费20万至30万欧元，所有的成本将由大学承担。

而现在，意大利红十字会的巨型冷藏车还停靠在军事基地的一个大厅中，那些裹尸袋储存在车里，等着被开启。到处都是死亡的气味。卡塔内奥和她的队伍已在军事基地中住了几天，他们的帐篷就搭在基地的中央，离沉船残骸不远的地方。他们的工作从早上8点开始，一直到晚上7点才结束，一周工作六天。他们不知道这项任务要多久才能完成。卡塔内奥预计三个月，但也只是预计。

一个月后，8月的某一天。我来到了米兰的拉巴诺夫机构。克里斯蒂娜·卡塔内奥的办公室就在储藏着属于PM390047和其他沉入地中海海底的船难遇难者的物品盒的那个太平间楼上。梅利利基地的任务暂停了几周，为了给大家一些喘息的时间。因此，在官方的意义上，拉巴诺夫的主管正在休假，这意味着她可以在和其他两位同事共享的办公室中和我见面。书籍和文件夹高高地摞在办公室的桌子上。在她的桌上，有一只笔筒，上面写着"The Boss"（老大）。

卡塔内奥从业已有二十年，这些年来她一直在人类灵魂最黑暗幽秘之处探索。她是谋杀、儿童虐待和儿童色情案件方面的法庭专家，同时也为遭受过虐待的避难申请者出具伤情鉴定。"每一个案子都有自己的故事。所有这些故事堆积起来，像是一层层的沉积岩，压在我心上。"卡塔内奥的声音和眼神中含着真切的悲伤。她给我看她在"沉淀了十年之后"于2006年写作的《无名亡者》(Morti senza nome)一书。在书中，她讲述了这样一些故事：从葬身火海的保加利亚移民，到2001年连尼治机场（Linate Airport）空难的遇难者。

卡塔内奥已处理梅利利船骸的相关作业一年之久。她参与了海上的搜寻任务，招募了12到20人的法医病理学家和人类学家，组成了一支可长期在基地中工作的志愿团队。也是她事先告知消防队员他们在内舱中可能见到的惨状，毕竟他们中大多数人从未接触过溺死的遇难者。"我的工作从来都没有什么圆满结局。年轻的同事总是坚信自己在做的工作意义非凡，他们当然是对的。但是在工作了二十年之后，我知道这份工作对人的伤害有多大。"她年纪越大，就越发难以面对打开受害者口袋中的钱包，直视里面珍重收藏着的那张——边缘被海水侵蚀得模糊了的——孩子的照片。

如今，卡塔内奥想要救下船骸，使其免于意大利政府原定的销毁计划，并把它改造成一间博物馆。"你只要向里面看一下，想象一下曾窝在里面的人们。那些孩子的口袋里还揣着成绩单。"对于她而言，这一艘废船的残骸象征着所有那些没有这么出名的船难，那些没有人斥900万欧元巨资寻回尸体的船难。"许多人以为没人会去寻找遇难移民的尸体，但事实并非如此。"

2012年，红十字国际委员会（ICRC）联系了意大利政府。通常，ICRC负责对因冲突或自然灾害而失踪的人口展开搜救行动，近年来他们越来越多地收到地中海失踪人口家属的求助。曾计划于某月某日离开利比亚的哥哥，再也没有给家里打过电话。妻子带着孩子准备登船，却从此杳无音讯。

2013年10月，蓝佩杜萨岛（Lampedusa）附近的海域发生了两起船难事故，相距不过几日。搜救人员寻回了387具尸体，其中192具的身份经幸存者辨认得以确定，剩下195具的真实身份无人知晓。对于负责处理船难的小岛而言，公诉人资源有限，无名尸的数字远超当局验尸能力的范围。于是ICRC联系了卡塔内奥,她曾与全球多个国际组织协作,参与工作组,处理失踪人口相关事宜。她飞往蓝佩杜萨岛,并联系了罗马的失踪人口委员会(Missing Persons Unit)。该公共机构隶属于意大利内政部,主要调查意大利公民失踪和无名尸案件,在地中海船难事件前从未接手过移民案件。"我请求他们试一下。"

当时,特派专员维托里奥·皮希泰利(Vittorio Piscitelli)刚被任命为失踪人口委员会的主管。他和卡塔内奥共同制定了新流程,试图为遇难死者找回姓名和出生日期。首先,将尸检中获取的所有信息录入一个共享数据库。然后,必须找到死者的家属,因为只有他们才能描述失踪者身上的文身或伤疤,提供有失踪者露齿笑容的照片,或是知晓失踪者此前是否有过骨伤等。如果家属提供的信息与数据库中的尸检信息相符,则需要亲属提供唾液、头发或血液样本进行DNA比对,以此确认死者身份。

但如果连遇难者出身何地都不知,要如何才能找到他们的家属呢?如果遇难者来自像厄立特里亚这样的独裁政府国家,试图移民在那里是一种犯罪,要如何联系他的亲属呢?而且,怎样才能扩展目前仅限于意大利范围的数据库,使其覆盖其他国家呢?"一场船难的遇难者可能被海水冲至多个不同国家的领土上。如果没有一份统一的欧盟文件,工作将变得非常复杂。而亲属无论身处何地,都应该能够提供信息和DNA样本。欧盟必须参与进来。"卡塔内奥解释道。接着她又叹了口气:"但欧盟对此置若罔闻。有时我甚至觉得他们都不知道地中海发生了什么。"

目前,卡塔内奥和皮希泰利通过各种协会、领事馆和社交网络寻找遇难者家属。2013年10月的蓝佩杜萨岛船难后,仅有70多人联系了皮希泰利的委员会,提供了关于61名遇难者的信息。委员会借此确认了20具尸体的身份。比起蓝佩杜萨岛两起船难中仍待确认的175具尸体,这个数字还很小,更别提那艘蓝色拖网渔船中的几百名遇难者了。但对于确认了身份的21名遇难者的家属而言,确认亲人的死亡和葬身之地关系重大。"对他们而言,知道发生了什么才能好好哀悼。但身份辨认也有其行政上的意义。"卡塔内奥指出。死者身份确认后,亲属们会收到政府官方出具的死亡证明,表明他们的丧夫、丧妻或孤儿身份。若没有这一纸证明,许多人就不能享受到出生地或居住地提供的相应福利。比如在欧盟辖区,一个孩子只要还有在世亲属,就不能以孤儿身份寻找收养家庭。

位于西西里岛东海岸卡塔尼亚的公墓占地广阔,仿佛一个城中城,墓园内道路纵横宽阔,可以驾车在里面行驶。公墓的一位工作人员跳上他的小摩托,带我去看那些他简单地统称为"移民们"的墓。他带我去的是一块约有十米宽的墓地,匿于几座小教堂后。铁杆上的小标牌指示着53座墓的所在。为节约空间,大多数墓中都葬有三名遇难者。PM390047就葬在27号墓中,与其一同长眠的还有PM390022和PM390024。国际移民组织(IOM)的统计数据显示,在PM390047遭遇船难丧命的2015年,共有3,673人葬身地中海。其中绝大多数遇难者,都死于通往意大利的"中部路线",共计2,794人。IOM表示,欧洲如今已成为全球最危险的移民目的地。这些命丧地中海的遇难者的遗体大多被海浪吞噬,无处可寻。而那些被寻回的遗体,也只能安葬于无名之墓中。在西西里岛上的公墓里,长眠着数百名这样的遇难者,而在希腊、土耳其、西班牙、利比亚和突尼斯也是如此。没人知道确切的死亡人数。2016年6月,在卡塔尼亚的公墓中,只有一块标牌上有姓名:"Muyasar Bashtawi. Syria 3.9.1954. Dead 30.6.2015.(穆亚萨尔·巴什塔维,1954年9月3日生于叙利亚,死于2015年6月30日。)"

三 失踪者之地

到达塞内加尔(Senegal),许多命丧地中海的移民遇难者都来自这里。

雅拉克(Yarakh),特派记者

塞内加尔达喀尔（Dakar）市郊的一个小村庄里，一条黄绿相间的巨大独木舟用木桩架在雅拉克海滩的细沙上，十几个人围着船忙忙碌碌。要把这条船拖出水面20米，这些人可不嫌多。一米，又一米，船随着他们给自己鼓劲的口号声在沙滩上有节奏地前行。蒂迪亚内·恩迪亚耶（Tidiane Ndiaye）站在沙滩上，指给我看那条独木舟式样的船。"我去加那利群岛（Canaries）时坐的就是那样的独木舟。当时船上有77人，船上撑起了一块防水帆布，为我们遮挡阳光和海浪。船总共航行了七天。我害怕极了。"那是2006年6月，九年之后，PM390047从非洲大陆另一侧的利比亚海岸出发前往意大利，而他所登上的小小的蓝色拖网渔船，不比雅拉克的渔民拖上海岸的这条独木舟的长度长上多少。那时，人们就已频频消失于海路之上。

2015年4月18日船难发生，PM390047命丧大海，几天之后，塞内加尔和马里（Mali）的媒体就确认了两国各有200名——也有消息来源称两国共有300名公民——葬身大海。塞内加尔当局随后为遇难者的家庭开设了危机干预中心，并否认了这个数据。红十字国际委员会（ICRC）接到了70多份与船难相关的塞内加尔家庭求助档案。

我一边听着蒂迪亚内的话，一边凝视着这片陪伴我度过了整个童年[1]的大海，就在这里，在塞内加尔的海滩上。我曾目送渔民们的独木舟驶向广阔的大海，想象世界其他地方是什么模样，双眼始终望向水天相接的地平线尽头。滚烫的沙粒在脚趾间划过，我熟知那种滋味，一如那些正向我们奔来的孩子，他们露出调皮的笑容，猜着谁会第一个和外国人讲话，而我如今已是他们眼中的外国人。

几十年来，塞内加尔人一直在移民国外。第一批离乡者去往其他西非国家，而当20世纪60年代法国汽车行业招募廉价劳动力时，人们便纷纷去往欧洲。

就官方而言，法国自1974年起就不再接受移民入境了，但塞内加尔人并没有就此止步。随着时间的推移和边境管制的收紧，移民之路变得越来越艰难，以至于那些想要移民的人必须冒着生命危险越境。"Barça walla barsakh（要么去巴塞罗那，要么去死）"，这一说法自蒂迪亚内出海时起开始流传，也是从那时起，人们开始失踪，被大西洋所吞噬。

"人们从这片海滩出发。大独木舟会停泊在更远的地方，我们先乘小船登上独木舟，就像那些小船。"蒂迪亚内边解释，边指向那些小独木舟。小船整齐地排列在沙滩上，等待着渔民的下一次出航。2006年时，塞内加尔人还没有

---

[1] 作为传教士的孩子，我15岁前在非洲生活，在塞内加尔住了九年。

开启从利比亚出发的线路。那时的航线始于大西洋海岸，从塞内加尔或是更北边的毛里塔尼亚（Mauritania）出发。受欧洲捕鱼船的影响，这片海域的鱼群逐渐减少，雅拉克与当地的渔民不得不驶向大海更远处。事先设置好GPS定位系统后，渔民们便在导航的指引下驾着独木舟，一路驶向1700公里之外的欧洲门户——加那利群岛。第一艘安全抵达港口的船开启了这条"移民线路"。渔民成了船长，有时会自己组织移民偷渡。

蒂迪亚内·恩迪亚耶是乘着童年好友的包船出海的。开车载着我们穿越村庄的也是这位朋友。他也来自雅拉克，但不想透露姓名，"我现在已经不干那些了。"现在的他是公共工程的承建商，但仍为自己曾带人们前往欧洲感到骄傲。"那时，我开了一间网吧。我偶然听见一个顾客的谈话，他来自圣路易，到这儿来安顿乘客，我意识到我们可以自己为这里的人们安排一切。渡一次海，一个人收40万西非法郎（约合600欧元），一艘大型独木舟至少可以载80名乘客。有了这笔钱，我们尽可以买下一艘船，两台发动机，200升汽油，两三个GPS定位设备，以及航行约一周所需的米粮。我收了一些乘客的钱，还让这一带想离开的30个年轻人免费登了船。我想要帮助别人。"

在那之后的一年内，陆续有数百名年轻人离开了这个村庄。蒂迪亚内一开始没想过要离开。他在十年前已去过一次欧洲，去参加足球锦标赛和意大利圣雷莫足球俱乐部（Unione Sanremo）的试训。当时他坐的是飞机。所以在他看来，乘独木舟去欧洲简直就是疯了。但当他成为职业足球运动员的梦想破灭，很难找到工作时，当身边的人不断离开时，蒂迪亚内最后还是上了船。"每个人都在谈论同一件事：坐独木舟跑路。我那时为塔塔巴士[1]工作，一开始做调度员，后来做售票员。但是我拿不到全额薪水，总是这边给一点，那边给一点的。有一次，开斋节快到了，我不得不去讨工资，老板就把他口袋里所有的钱都给我了。那时候我就想：为什么不像其他人一样试一试呢？"

蒂迪亚内给自己打气说，从雅拉克出发的船还没发生过一次海难呢。佳罗伊（Thiaroye）、圣路易（Saint-Louis）、毛里塔尼亚（Mauritania）的努瓦迪布（Nouadhibou）都死过人——但这儿没有，雅拉克没有。"在这儿，我们有在欧洲大型船舶上干过的人，经验丰富的老海员。"但等他们一进入公海，就只剩下恐惧了，那是一段蒂迪亚内不愿回想的"恐怖经历"，一谈起就摇头。"你无论干什么都在船上，睡觉、吃饭、洗漱。每个人都在向真主祈祷，我们都在恳求安拉。那就是我们唯一能做的：祈祷。他们说，如果你的父母爱你，为你祷告，你就会平

---

[1] 塔塔汽车公司，塞内加尔最大的巴士供应商之一，印度公司。

或许内心深处我们也知道,我们需要重新回到与自然融为一体、而不是凌驾于自然的人类状态。

——
伊芙·费尔班克斯
Eve Fairbanks

安无事。"蒂迪亚内无父无母，但他在国内有一个年轻的未婚妻。他曾确信自己只会出去两年，找到工作，攒下钱，然后就回去。

但最终，蒂迪亚内没能踏上欧洲大陆。他平安到达了加那利群岛之一的特内里费岛（Tenerife），在一个收容中心里待了一个月，之后就和一百名同胞一起，被遣送回塞内加尔了。偷渡失败了。现在聊起来，他将那次遣返称为"他的幸运"，但他也知道自己这种想法在雅拉克只是少数。在那之后，一些和他一样曾偷渡失败的朋友最终还是设法到达了欧洲。他们现在做着保安、机械技师，或是务农，"哪里有工作"就去哪里。蒂迪亚内从没想过要再试一次。他结了婚，生了孩子，"我拥有现在这些就已经够幸运的了"。他七岁的儿子现在是一间古兰经学校的寄宿生。"我想让他离开这里，给他好的宗教教育。"在蒂迪亚内的家中，他们夫妻二人的房间里，他给我看了一张照片，照片上儿子站在母亲身旁，手里拿着一张证书，两个人都穿得挺隆重。"那是幼儿园年终聚会上拍的。"他说着又拿出一张照片：他自己身穿足球运动员行头的照片。墙上还挂着一张他妻子的照片，"她年轻时候拍的"，他微笑着说。

电视上，Canal+付费频道正在播放足球赛，球场上的喧闹飘进昏暗的房间，似有若无。从羊圈中被拉出来洗澡的绵羊发出咩咩声,还有洗衣盆里水的泼溅声,孩子们的叫闹声。今天是周日,每个人都在家:蒂迪亚内的两个兄弟,他们各自的妻子和孩子,以及从乡下来达喀尔(Dakar)工作的几个年轻女性亲戚。这一大家子总共有25张嘴等着吃饭。全家人一起分担饭钱,家里的四个女人轮流做饭。屋顶上,男人们正在为了建造第二层楼砌砖,因为房子越来越挤了。"我的兄弟是一个建筑工,他帮了我们大忙。什么时候只要有了钱,我们就一点一点地造起来。"但是钱来之不易。蒂迪亚内在一间私立学校当体育老师,每周工作六小时,时薪是1,300西非法郎。如果一个月内没有节假日,也没有发生罢工,那他可以拿到大约3.1万西非法郎(约合47欧元)。他还在乡村卫生所的药房上夜班补贴家用,这样一来他每个月总计能赚5万到6万西非法郎(约合75至90欧元)。

蒂迪亚内把隔壁一幢几层楼高的房子指给我看:"那幢房子的主人现在在西班牙。"在雅拉克遍布沙尘的狭窄街道两旁,有许多这样的房子。在这里,移民仍然代表着成功和更好的生活,即使对那些已经离开的人而言不是,对那些留下的人也仍旧是。所以年轻人依然在不断离开。现在,他们会搭飞机、独木舟或巴士去摩洛哥,然后再试着从那儿坐船登陆西班牙。几个月前,一群雅拉克的年轻人在渡海途中失踪。偷渡船翻了,他们的遗体至今仍未找到。

我和蒂迪亚内以及那位前蛇头朋友一起走过村庄街道，他们带我看了那些现已身在西班牙的人的家，还有那些失踪者的家。我遇见了一位老人，他的儿子在那场船难中死去。我握了握他的手，觉得异常难受。沿着偷渡者来时的道路一路追溯，直到找到这些活着、并且还在为遇难逝者哭泣的人，正是我这场调查的目的，而此时这个目的却突然显得如此卑劣。

第二天，我的追溯之行将我带到了塞内加尔东部的坦巴昆达（Tambacounda）。多年来，从这一地区去欧洲的人尤其多，所以我希望能在这里找到2015年4月18日船难事件的失踪者家属。在为这趟旅行做准备的时候，我偶然在当地新闻中看到了几个村镇的名字：马卡科里邦当（Makacolibantang）、密西拉（Missira）、古迪里（Goudiry）。这些名字原本对我毫无意义，只不过是地图上的一些小点，有些甚至连谷歌地图都查不到。在我出发的一周前，我与坦巴昆达区议会的秘书长通了一次电话。于贝尔·恩德耶（Hubert Ndèye）对船难记忆犹新，也很熟悉那些深受这场船难打击的当地社群。他答应会为我与几个地方的村长牵线搭桥，他们或许可以指引我找到遇难者的家属。几天后，我给坦巴昆达的一位年轻人打了电话，他是一个朋友的朋友的弟弟，他也记得那场船难。他告诉了我另一个也在为之服丧的村庄。他将带我去那里，并担当翻译。在开往坦巴昆达的路上,我的头发被涌进车窗的热风拂乱,我想掉头回去了。有时,跨越千里不难,难的是终点前的最后一步。

四 马马杜·赛杜(Mamadou Seydou),家属志愿者

在塞内加尔的科蒂里(Kothiary),我们的记者拜访了地中海遇难移民的亲属。

科蒂里,特派记者

科蒂里村位于塞内加尔的东南部,距离坦巴昆达仅20公里,但通往小村的路上到处坑坑洼洼,司机不得不小心驾驶。一辆辆驶往马里的油罐车从路边的红土带超车,扬起一片红色的尘土,迷了我们的眼。从达喀尔到坦巴昆达长达460公里的旅途中,我们再一次驶上了一号国道,发现地区首府之外的路段都严重缺乏维护,仿佛资源突然耗尽了,现出一幅废弃地区的景象。

到达科蒂里,村长阿卜杜拉耶·坎特(Abdoulaye Kanté)正在等我们。他已经列出了六个名字:都是村中受到地中海移民失踪事件影响的家庭。其中一些人的亲人就丧生于2015年4月18日的船难。这份名单包括了村中伊玛

目[1]的家属，就连村长的一位同辈女性亲属也在其中。"这个家庭对这个问题格外敏感，"他指着名单上的第六个名字说道，"家属们还没有接受孩子失踪这件事。最好不要去问他们问题，这会让他们很痛苦。"

我回想起西西里岛上的那些消防队员，那些肩负着从渔船内舱搬出尸体重任的人们，他们教会了我清点死亡人数意味着什么。接下来的几天中，我要亲自计数死者。村长跟我说："我的工作人员会跟你一起去。他认识那些家属。"伊萨加·西塞（Issaga Cissé）二十出头的年纪，穿着当地治安官员的制服。他对所有失踪人员的情况了如指掌。科蒂里只有3000居民，每个人都相互认识。

马马杜·赛杜·巴（Mamadou Seydou Bâ）失踪时年仅18岁。他是家中第二小的孩子，一个正当青春的活泼少年。2015年春天，他的家人决定送他离开。"我们发现有一条从利比亚去欧洲的线路，村里的许多人都去了，那时我们决定送他走。是我们为他做的选择，他同意了。"他的父亲奥斯曼（Ousmane）解释道。这是在塞内加尔东南部的科蒂里，地中海上的失踪事件对这个小村的影响尤其大。老人坐在屋前的台阶上，放下了他正在读的古兰经。他的

---

[1] 伊玛目在阿拉伯语中原意有领袖的意涵，逊尼派中该词指伊斯兰教集体礼拜时在众人前面率众礼拜者；在什叶派中，伊玛目代表教长，即人和真主之间的中介。

妻子达兰达（Dalanda）正在和一个小女孩一起剥花生。她们坐在小屋前的一块毯子上，身旁的绵羊拴在柱子上。"这一切都是真主的旨意。"达兰达叹气道。

为了马马杜·赛杜的那场航行，每个人都出了钱。"我们都拿了点东西出来。"哥哥马马杜（Mamadou）说，他当时正好来父母家串门。他还为身上沾有黑色污渍的衣服向我道歉，因为他刚刚正在不远处的灌木丛林地里烧煤。"每个人都出了力。哪怕只是100西非法郎（约15欧分），也好。因为如果弟弟离开这里，他不是为了自己一个人走的，是为了大家。"

欧洲之行相当昂贵：去利比亚要45万西非法郎（约合700欧元），过海还要60万西非法郎（约合900欧元），总计超过100万西非法郎，马马杜·赛杜在路上还要随身携带一小笔钱，用于吃喝上的花销。对于这个农民家庭而言，这是一笔巨款。哥哥卖了牛群，另一个兄弟拿出了自己全部的积蓄。"帮忙再正常不过了。"哥哥再次说道。等马马杜·赛杜到了意大利，他就会寄钱回来改善家人的生活，可以买米养活一家人，造起坚固漂亮的房子。

2015年4月15日星期三，马马杜·赛杜打电话给家人，告诉他们自己要起航了。那是他最后一次传来消息。几天之后，4月18日，蛇头的中间人去找了他的一个哥哥，那个哥哥在国道的一侧摆摊。"你欠我一份礼，"中间人说，"因为我给你带了好消息。""我们之间不需要谈礼物。"哥哥回道。"船顺利出航，马马杜·赛杜已经到意大利了。"

但是又过了四天，仍然没有收到联络的家人开始担心起来，如果马马杜·赛杜已经安全到达，为什么他还不打电话报信呢？"我们找去了另一个男孩的家，他和马马杜·赛杜是同时离开的，"哥哥解释道，"那个男孩的父亲住在法国，这儿的人都叫他'巴黎人'。他告诉我们发生了事故。""巴黎人"从法国24电视台的新闻中看到有一艘船在当日沉没，船上有几百人遇难。"他跟我们说，如果意大利没有传来消息，那就意味着马马杜·赛杜已经死了。"

该相信谁呢？马马杜·赛杜的家人们满腹疑虑。"他究竟是死了，还是活着？一开始有人是这么说的，然后又有人说了不一样的版本。这才是最难办的地方。"哥哥说道。他的父亲则试图理清逻辑："他和'巴黎人'的儿子一起出发的。如果'巴黎人'确信自己的儿子死了，那我们就得接受我们的儿子也肯定是死了。我们没有任何去找儿子的办法；而'巴黎人'是有的。那可以算作一种证据。"这家人之前从未听说过红十字国际委员会的网站"追踪脸庞"

失踪者

(Trace the Face)[1]，一个填报失踪人口的网站。

"我甚至去咨询了一名伊斯兰教隐士，问他我儿子在哪儿，"他的母亲喃喃道，"隐士让我供奉牛奶和可乐。"但是再没有更多线索表明马马杜·赛杜还活着了。在他与家中最后一次通话两年后，这家人决定放他年轻的妻子自由[2]。"多一个人我们也养不起了。她去年再婚了。"

坐在毯子上，达兰达沉默地剥着花生。当男人们说完了他们的故事后，这位母亲开了口："我想说说那只手镯的事。"在儿子失踪几个月后，曾有一名年轻男子来拜访过她。他来自另一个遥远的村庄，她都不认识他。他给她带来了一只银手镯。达兰达立刻就认出了手镯：那是她儿子的东西。"看到那只手镯太让人难受了。我那时几乎就要开始忘记这些了……我哭了。我不能再为我的孩子多做些什么了。我把那只手镯给了最小的儿子，马马杜·赛杜的弟弟，现在手镯归他了。"马马杜·赛杜在登上PM390047丧

---

[1] 截至2018年6月，该网站共收集到4042张人们上传的寻亲照片。其中最多的要数阿富汗人、塞内加尔人、索马里人、叙利亚人、伊拉克人、厄立特里亚人和埃塞俄比亚人。寻亲诉求在2015至2016年间暴涨。这些照片同时也印在海报上，张贴于欧洲各国的接待中心和公共场所，每个月更新。

[2] 根据塞内加尔法律，在当事人依照法定程序被宣告失踪的情况下，失踪四年后，法官可为其配偶宣告离婚。而在实践中，尤其在乡村地区，户籍系统中实际注册过的婚姻登记并不多，实际上人们往往遵循的是穆斯林教法（也要求四年时间）和夫妻双方家庭之间的协定。

命的那条蓝色拖网渔船前,将自己的手镯交给了那位年轻人。达兰达说话时手也没停下,她身旁装花生的碗几乎已经空了。她的丈夫一直听着她说的话,"我之前不知道这件事,不知道手镯的事。"

五 易卜拉希马(Ibrahima),没能登上船的人

离开塞内加尔后,他本该登上那艘2015年4月18日沉没的蓝色拖网渔船。

科蒂里,特派记者

小小的凳子和4岁的铁莫科(Tiémoko)一般大,他将它从院子的另一头搬过来,放到坐在树荫下的棕榈木椅上的父亲身边。"2014年11月30号星期日,那天早晨我离开了科蒂里。当时我的儿子只有两个月大。"易卜拉希马·森戈尔(Ibrahima Senghor)开始讲述他的故事。铁莫科转头看向父亲,知道大家在聊他,露出认真而满意的表情。"我大概一年后回来的。我曾两次尝试穿越地中海。"

易卜拉希马第一次试图渡海是在2015年1月,第二次是三个月后的2015年4月18日。他本该登上那艘蓝色的拖网渔船,那艘载着PM390047,载着800名乘客,最终被地

失踪者

中海吞噬的船。在那艘开启了我的调查的渔船上，还有其他一些来自科蒂里的年轻人。易卜拉希马并不是村里第一个试图离开的人。很多年来，这片贫困干旱地区的人们一直在大批逃往欧洲。

"可以说两次我都死里逃生了。这是真主在告诉我，'你不该离开'"，易卜拉希马怀抱着他最小的儿子马利克（Malick）说道。马利克才18个月大，是在他回到科蒂里之后才出生的。易卜拉希马自从回家之后就做回了货车司机。他刚刚结束一天的工作。在他家的院子里，傍晚的阳光正掠过屋顶。"为了去欧洲，我努力工作存钱。我总共付给了蛇头大约125万西非法郎（约合1900欧元）。"这在塞内加尔可算一笔巨款[1]。但易卜拉希马并不将失败归咎于蛇头，他知道风险也是偷渡之行的一部分。回家是他自己的决定，他将这个决定定义为"失败"，而在偷渡之旅中葬身海底同样也是"失败"。易卜拉希马的失败救了他的命。

"那是一个星期四晚上，大概9点。"2015年1月8日，易卜拉希马第一次去海边，登上一艘挤满了人的橡皮艇，就是那种你常常能在地中海海上救援照片里见到的黑色橡皮艇。他向我解释如何才能在一艘橡皮艇里挤进120个人。

---

[1] 塞内加尔贫困线下人口比例达46.7%。在坦巴昆达地区，贫困线被定为每日515.70西非法郎（约合0.80欧元）。

"船长带着卫星电话在船尾,'导航员'带着GPS定位设备在船头,船的两边各有14个人跨坐在充了气的橡皮管上,一个接一个,然后中间再挤上90个人。"他站起来比划船的大小。"当你站着时,橡皮管的边就到这儿,"他说着,指向自己的膝盖,"当你坐在里面的时候,它就到这儿,到你胸口高。"易卜拉希马被安排跨坐在橡皮管上。因为长得高,他的脚肯定只得在海水里拖行。

"那饮用水放哪儿呢?"司机埃尔·哈吉·法耶(El Hadj Faye)问道,他载着我们一路从达喀尔而来,也坐下来和我们一起听易卜拉希马的故事。他也对"去欧洲"知晓一二:他的一个学徒就在乘独木舟去加那利群岛的途中命丧大海。

"没多少饮用水。我们每个人就只有一小瓶水。蛇头说不然就太重了。"

"那想上厕所的时候怎么办呢?你去哪儿解手呢?"

"就在自己身上啊!反正,你也不吃不喝……"

一旦橡皮艇出海,易卜拉希马解释说,就只能祈祷它尽快进入公海,并且能被意大利的海上救援协调中心(MRCC)发现,祈祷MRCC会派出船营救他们。"黄牛[1]跟我们说,不会超过六小时。"他回忆道。但现实并没有

---

[1] 黄牛,在想要移民的偷渡客与船舶包租商之间充当中间人角色的人。

如计划一般发展。2015年初,意大利主导的救援项目"我们的海洋"宣告终止,被Frontex主导的"海神"行动所取代,后者的巡逻范围远比前者小,资源也只有前者的三分之一,更重要的是,后者更接近监视行动而非救援。不再有军方船只靠近利比亚海岸。

"第一个晚上和白天,那是星期五,天气不错,海面平静。但到了星期六早上,天空下起了雨。海浪越来越高。我们还没有到达目的地。船长用卫星电话跟黄牛联系,黄牛让我们接着向前,说意大利人很快就会来。"星期六一整天,橡皮艇上的乘客遭受着雨水和海浪的击打,等待着永远不会来的救援。时间一分一秒地过去,恐慌占据了上风。"人们开始感到绝望。一些人开始摆弄GPS,最后定位器坏了。我们都不知道自己在哪儿了,船开始原地打转。"我试图想象星期六的旅程,一望无际的大海上,在风浪和暴雨中,两天两夜没有睡过觉、没吃喝过的乘客。我简直无法想象那个画面。"船上的一切都湿透了。好多人开始晕船,呕吐。最后,一些人被浪卷走了。"

"你试过救他们吗?"埃尔·哈吉·法耶问。

"没人救人!你只能坚持住不让自己掉下去!"

在那个星期六,29人从橡皮艇上落入大海遇难。当时的船长,一个塞内加尔人,对大海稍微有点了解,最后决定返回利比亚海岸,靠着入夜后的星空导航,向南驶去。

"夜晚的海上，暗得就像在坟墓里。星星可以看得一清二楚。"易卜拉希马解释说。在那一夜，雨停了，天空放晴，船长能够辨认出方位。一整夜，他驾船向南，行驶得特别慢，尽可能地节省汽油、保护引擎。直到星期日下午五点，船终于登陆利比亚，那时他们已在海上漂泊了三天三夜。易卜拉希马还记得他从橡皮艇的皮管上下来的时候，那种瘫痪一般的感觉。"所有人都躺在海滩上，在同一个位置待了那么久，谁都站不起来了。你的身子一动也不能动了。"

在科蒂里，太阳开始西沉，白日的炎热逐渐褪去。小马利克挣脱了父亲的臂弯，铁莫科的小凳也空了。在易卜拉希马身后，稻草围栏旁，晾着洗过的衣服，一个年轻的女孩在帮朋友编辫子，时不时地回过头听这边在说的故事。

易卜拉希马并没有就此放弃。"一些乘客要求黄牛把钱还给他们。我自己是没有这么干。"他只是换了一个黄牛，等待下一次渡海的机会。易卜拉希马待在的黎波里（Tripoli）的一幢楼里。"一间招待所"，他说，和其他一百来人一起等待出海。"一间房，大概15平方米大小，住着60个人。我们轮流睡觉，因为没法同时躺下来。黄牛每天送来一袋25公斤的米和5升油，我们60个人就吃这个。如果你有点钱，还能活下来。每天，货车会载新的人过来，安置在这幢楼的其他房间里。"

这样的等待持续了三个月。就在这同一幢楼里，易卜拉希马遇见了和他是同乡的其他塞内加尔男性。"有来自密西拉、坦巴昆达、古迪里的人——那些人你很容易就能认出来，因为人数很多，又喜欢抱团，他们会把钱都放在一起。但是从科蒂里这儿出去的，只有我，马马杜·赛杜·巴和易卜拉希马·巴（Ibrahima Bâ），还有'巴黎人'的儿子们。"他开始数他认识的失踪者的名字。"但是还有许多来自塞内加尔其他地区的人。我不知道他们的名字。"

2015年4月17日，大约晚上6点，易卜拉希马和黄牛的其他客户一起朝着塞卜拉泰附近的海滩走去。几天之前，他们被转移到了"营地"——一片距海几公里远的废弃军营——等待出发。"当我们到达海滩时，被要求每100人排成一排，总共排了10排。我在左起第7排，右数第4排里。"在他们面前，停在海滩上不远处的，便是那艘蓝色的拖网渔船。

"当我们在沙滩上等的时候，来了一辆载着女人和小孩的货车。车上的人来自索马里、厄立特里亚和埃塞俄比亚，还有一些来自加纳和马里。其中一些妇女怀着孕，另一些则带着小孩。大约有100人吧。他们先登上了渔船，然后轮到男人登船。从左边第一排开始。"大家分成人数不一的小组坐上小橡皮艇，有些橡皮艇上坐了多达50人，另一些则少些。从海滩上望去，易卜拉希马能清楚地看见拖网渔船吃水越来越深。在三年后的今天，他说那艘渔船显然不可能安全抵达欧洲。但在那晚,坐在海滩上时,他急不可耐地等待着登船。

当终于到了第七排,也就是易卜拉希马所在的那排登船的时候,走私犯让队伍头上的五个男人起身。易卜拉希马终于坐上了橡皮艇,他松了口气。"靠近渔船的时候,我们能听见人们在叫喊。里面的人想出来,因为没有足够的空间,他们大喊大叫。他们被强行塞满了船上的每一寸空间。船上负责安排位置的两个利比亚人在打人,催促人们往前走。"当他们看向橡皮艇的乘客,要求他们回去时,易卜拉希马绝望了。"他们告诉我们没位置了。我心灰意冷。"

那是早晨6点。易卜拉希马回到海滩上,看着蓝色渔船起航。在渔船驶远前,船长穆罕默德·阿里·马列克给还在海岸的黄牛打了一通电话,请求卸下一些乘客,船上的人实在太多了,他不得不减轻船的重量。"黄牛掏出枪对空中打了两发,对着电话说'如果你敢回来,我就杀了你'。"

第二天晚上,船在海上遇难的消息传来,那些本应登船的愤怒乘客在招待所里听到了。可就在几个小时前,蛇头还跟他们说渔船已经安全抵达意大利,几天之后就轮到他们渡海了。"大概在午夜,我们中有个人的弟弟打电话过来,他看到法国24电视台的新闻。同一时间,黄牛的电话也在一直响个不停。我们猜消息一定是真的。"[1]

新消息让易卜拉希马陷入了另一种绝望。他的家人都认为他登了船，但他无法通知他们。他忍不住想到那些他认识的、登上了船的人，想到自己已经是第二次死里逃生，想到他所谓的"神意的确证"。"船难的消息铺天盖地。我自己觉得这就像是真主在告诉我：'你，你不准走，你得回家去，回到科蒂里。'"蓝色拖网渔船的沉没是地中海上发生过的最严重的船难之一。

易卜拉希马决定回塞内加尔时，意大利总理马泰奥·伦齐正在向媒体承诺，将打捞渔船残骸，辨认遇难者身份。我想起蓝色拖网渔船在西西里岛的北约基地里搁在支架上的样子，那是这场调查的缘起之地。我想起卡塔尼亚公墓里的那些遇难者的无名坟墓，想起存放在米兰太平间里的他们的遗物。夜幕降临，我就着手机的光做着笔记，伊萨加·西塞替我举着手机，这位来自科蒂里市政厅的当地治安官已经陪了我们一整天。我跟易卜拉希马说："听到你说话，对我而言太神奇了，因为我们都曾见过同一艘渔船：你在它离开前在海上见过，我则是一年后在陆地上见

---

[1] 2015年4月，地中海上的死亡率尤其高。海神行动由于缺乏资源，派去执行搜救行动的都是商用海船，船上搜救装备严重不足。2015年4月18日的蓝色拖网渔船事件也是如此。详见下附法证建筑（Forensic Architecture）就此问题所做的优秀记载。

过。最后你究竟是怎么回到家的？"

"回去的路很漫长。我先是进了米苏拉塔（Misrata）的牢房。"

船难发生三天之后，易卜拉希马在一次利比亚警方的深夜突击行动中被捕。他在狱中待了四个月又十五天，才在转移至另一个拘留中心的途中逃脱。其间，他遭受的暴力和虐待让人不忍听闻。相比之下，他一个小时前描述的招待所的生存环境突然显得奢侈起来。"在那里，我们已经不再是人类了。"他说。当逃命的机会出现，他便赤着脚狂奔向沙漠。他的逃脱故事简直就像一部电影，充斥着陷阱和背叛，伸出的援手和救命的奇遇。环绕着我们的夜幕更深了。装在门顶上的霓虹灯照亮了院子，那个为朋友编辫子的小女孩拿出了一盏头灯，以便看清手上的动作。这家人不得不付出20万西非法郎（约合300欧元），帮助易卜拉希马先去利比亚南部的卡特伦（Gatroun），然后到达尼日尔的阿加德兹（Agadez）。2015年8月，易卜拉希马来到了阿加德兹的国际移民组织中心，并从那里被遣返塞内加尔。"我回到家时是下午5点，我的母亲正在做祷告。"漫长的旅程终于结束了。

六 三个朋友和一张单程票

帕帕·布龙（Papa Bouron）、维厄·卡马拉（Vieux Camara）、维厄·西拉（Vieux Sylla）一起从塞内加尔出发。他们丧命于同一艘蓝色拖网渔船。

密西拉，特派记者

一张摄于利比亚的照片，是三个人登船的前几日。帕帕·布龙手比代表胜利的"V"字，露齿微笑，维厄·卡马拉手指镜头，两人之间站着维厄·西拉，他把手放在下巴下摆出造型，歪嘴笑着。三位好友将照片上传到Facebook上，宣告他们即将离开。他们的年龄都在18到20岁之间。2015年4月18日凌晨，他们和PM390047一起登上了那艘蓝色拖网渔船，朝着意大利航行了一整天。当日傍晚，渔船沉没，船上近800人葬身海底，仅有28名乘客幸存。

在密西拉主干道上的诺考斯（Nokoss）照相馆里，三个男孩的照片挂在墙上，周围是孩子们踢球的照片、年轻姑娘们穿着最好看的衣服拍的肖像照、小伙们来拍的"友情照"。这三个男孩来自一座有10,000居民的小村庄，位于塞内加尔东南部。当船难的消息传来，Facebook上的照片被用在了寻人启事上。

指引我来到此处的,是两天前我在科蒂里结识的易卜拉希马·森戈尔,科蒂里是55公里之外的另一个村庄,受地中海沉船事件影响很大。2015年4月18日,易卜拉希马·森戈尔本应登上那艘蓝色拖网渔船。却被拒载了——因为船上没了位置——但他看着帕帕·布龙、维厄·卡马拉、维厄·西拉和其他相识的塞内加尔人登上了船。在利比亚的监狱中被关押数月后,易卜拉希马·森戈尔设法逃脱并回到了家中。他给了我一张名单,其中就包括这三个朋友的名字。在照相馆苍白的灯光下,我看着墙上照片里他们喜气洋洋的脸庞,想起了在米兰拉巴诺夫法证机构中看到的其他照片,那些在海水中浸泡了一年的褪色照片,那些模糊到你只能去想象他们的脸庞的轮廓。

"他们三个真的很亲密。他们没有告诉任何人他们要走。"马利克·西拉(Malick Sylla)解释道,他是三人的邻居,和他们很熟。他带我们去了照相馆,带我们去拜访了三人的家。"当我们意识到他们再也回不来时,摄影师将这张照片印了出来,作为纪念。"

和这儿的许多人一样,马利克也曾试图到欧洲去——坐上一艘从毛里塔尼亚的努瓦迪布前往加那利群岛的独木舟。那是在2006年,在三人离去的九年前。独木舟在海上漂荡了十一天,最终还是回到了努瓦迪布。"那就是自杀。"

马利克现在说起来还摇着头。他再也没想过离开。但在密西拉,人们依旧不断离去。

"我儿子走的时候18岁,一个星期日走的,没告诉任何人。"当马利克解释我们到访的原因时,维厄·西拉的母亲宾图宁·通卡拉(Bintouning Tounkara)忧郁地说道。一个小女孩走了过来,对我们这群访客充满好奇,但宾图宁深陷关于儿子的回忆中,她放在膝上的双手开始扭动,十指颤抖。五岁的阿娃(Awa)[1]知道我们在说她父亲的事吗?

"在这儿,所有的年轻人都想着一件事:离开。如果他们觉得自己的父母可能不会同意,通常也就不会告诉他们。我自己是不希望儿子走那条路的。他们可以走,但是不要那样走,不要从海上走。"宾图宁说。多年来,她眼见着这个家人去楼空。孩子的父亲已经在法国待了二十年。维厄的三个姐妹也随着各自的移民丈夫离开,去了西班牙和法国。还有两个姐妹在等着去意大利和西班牙,投奔她们的丈夫。在这个家,每个人都和别处有着某种联系,维厄的离开既是意料之外,却也是可以预见的。

小伙子存够了去马里首都巴马科(Bamako)的车费,到了那儿之后给家里打电话,要钱继续往下走。他的父亲

---

[1] 维厄·西拉年少时就有了一个女儿。女儿现在由祖母抚养。

不同意给他钱，但最后还是给了，前提是要儿子用这笔钱回塞内加尔。但维厄收到钱后打电话说他接下来要去利比亚。他不想在两个朋友面前丢脸，不想做三人中唯一一个掉头回家的人。"那时我就知道他不会回来了。我绝望了。我没有什么能为他做的了。"他的母亲跟我们说道。维厄的父亲也得面对现实。他向蛇头付了剩下的偷渡费用：穿越沙漠和地中海的钱。一共多少？宾图宁不知道，钱的事都是男人们做主。"维厄打电话回来，告诉了我们他的住宿环境，他爸爸这才决定帮他。当我得知他要渡海离开，我担心极了，唯一能做的就是祈祷。一切听神的安排。"

宾图宁的眼神空洞而疲惫。在塞内加尔有一种说法，一个孩子的成功要归功于他的母亲。但如果孩子失败了，那也是母亲的错。虽然可能一切尽在神的掌握，做决定的也可能是男人，但女人往往才是那个苦苦等候的人，是当儿子和丈夫不回来时要为之负责的人。有时，她们不得不忍受周围人不满的脸色，还得承受空守在家的痛苦。

今年年初（2018），红十字会在密西拉组织了一场失踪者家属的会议[1]，宾图宁并没有出席。在那之后不久，维

---

[1] 2014年起，红十字国际委员会（ICRC）和塞内加尔红十字会一直在为失踪者家属提供支持，包括：通过谈话小组和个人咨询提供心理支持；在经济方面，允许失踪男性的妻子通过小额信贷创业；组织纪念日活动等。前述活动为修复家庭关系作了补充，两个组织同时也在为失踪者的家庭提供该服务。

厄的一名旅伴的父亲最终还是说服她去了位于地区首府坦巴昆达的红十字会。"这可能会帮我找到儿子。我目前还没有丧失希望。也许维厄在利比亚的监狱里呢？我只有看见儿子的尸体，才能确信。"就像许多失踪孩子的父母一样，宾图宁还是无法相信[1]自己的儿子不会回来了。"我的丈夫想组织一场葬礼，他说时间拖得够久了。我不断说服自己，如果他还活着，祈祷对他也没坏处。但看见一群人聚在一起为逝者祈祷，面前却连具遗体都没有，实在太令人伤心了。"

小阿娃跟在奶奶身后，看上去就像什么都没听见，却什么都听懂了，以一种孩子独有的方式。维厄的一个姐妹马朱拉（Madjoula），坐到了母亲身旁。另一个姐妹法图（Fatou），则在准备午餐。这个家有两幢坚固漂亮的房子，各自占据院子的一边，院中种满了芒果树。通常，这样的房子意味着家中有成员移民去了欧洲，让家人过上了好日子。宾图宁的家渐渐人去楼空。维厄失踪三年后，她的大儿子也踏上了那条路。宾图宁感到深深的恐惧。"我觉得他不该走。但他很坚持，最后，他爸爸也同意了，前提是他

---

[1] "模糊丧失"（ambiguous loss）这一理论由美国心理学者保琳·博斯（Pauline Boss）于20世纪70年代提出，指的是失踪者家属发现自己受困于不确定性：到底失踪者死了还是活着？这种状态会造成家属的精神痛苦和孤立感，使得他们更难以释怀。

得另选一条偷渡路线。"奥斯曼（Ousman）搭巴士去了达喀尔，然后乘飞机去往摩洛哥。他在那儿等了四个月，才终于坐上充气船穿越直布罗陀海峡。"他成功了，"宾图宁称，"他十天前到了。"

家里的前门开了，是维厄的父亲回来了。巴那诺·西拉（Banano Sylla）正在密西拉度年假，夏天结束时会回法国。宾图宁让她的丈夫把故事接着说下去。他告诉我们，他在法国听说了船难的消息。"那是个星期日，我没上班。我在庞坦（Pantin），在自己的房间里看法国24电视台的新闻。然后我就看到了报道。我就想：'这不是我儿子那条船吗？'我打电话给黄牛，他跟我说：'你儿子淹死了。'我哭了。"

这家最小的儿子，班加利（Bangaly），坐在父亲的对面听着故事。他18岁了，和维厄离开时一般大。

"你也想走吗？"我问他。

"是的，去法国或西班牙，或者德国。"

"但不能从海上走！"他父亲突然插话，"我不会允许的。那简直是送自己的孩子走上绝路。不，他必须乘飞机走，拿着签证。"

二十年前，这位父亲就是这样去法国的。但现在要想申请到签证，是只有极少数人才有的幸运了，要不就只能用高得离谱的价格从黑市上搞一张。

宾图宁走进了厨房,小小的阿娃在厨房里咿咿呀呀。我想象着这个家寂静无声的样子,如果这些远走高飞的梦想都成真了,那就只剩祖母和孙女住在这里。

照片最右侧的男孩帕帕·布龙的家只有茅草屋,没有实木房。帕帕是家中第一个启程去欧洲的。在迪涅玛·布龙(Dignima Bouron)和妻子艾萨托·迪亚拉(Aïssatou Diarra)屋外的凉亭下,全家人围坐在这对夫妻身边。这个家有十个孩子,帕帕·布龙排行第四,当时他20岁,和维厄一样,时不时去建筑工地打零工维生。"他很聪明,存了一些钱,"父亲迪涅玛·布龙说,"他一直说要走,但我不想让他那样偷偷离开。我更愿意他合法地离开。"

"看到儿子不听你的话偷偷走了,你是什么感觉?"我问。

"你知道孩子的,他们会长大,不像山羊,你没法把他们拴在柱子上。"

他的回答让我们两人都笑了起来。从父亲的笑容中我看到了儿子的影子,和照相馆墙上钉着的快照里的一样。

当帕帕从尼日尔打电话回家要20万西非法郎(约合300欧元)去利比亚时,是父亲接的电话,他考虑了一下。"他和两个朋友在一起,另外两个人都设法凑到了钱,只等他一起继续前进,我不想让他一个人掉队,但要凑齐那么大一笔钱也很不容易。"迪涅玛卖了一块地,几周后,等到帕帕第二次打电话回来要50万西非法郎（约合750欧元）穿越地中海时，他又卖了一块。他一些已经在欧洲安定下来的朋友也帮了忙。

4月的一个星期三，帕帕打电话回家说他们将在两天后的星期五出海。星期日，没有接到消息的迪涅玛打电话给黄牛，想知道船到底有没有出海。"所有的父母都很担心。黄牛确定地说船出海了。但其他的就什么也没说了。"迪涅玛向我们诉说那些无眠之夜，关于事故的流言开始传播，黄牛突然就联系不上了。"我们听说船撞上了一艘来救援的大船。"

"是的，就是这样。"我说。

我解释了20米的蓝色拖网渔船和150米的"国王雅各布"号货船的相撞。我复述了货船船长的解释，来自我在法庭上听到的对渔船船长穆罕默德·阿里·马列克和副手马哈茂德·比基特的判决词的内容。我告诉了他们我对负责该案的卡塔尼亚副检察官安德里亚·博诺莫的采访。帕帕的父母仔细地倾听我的话。我告诉自己，是我这两年来的调查让这一刻成为可能——将所有的流言转变成事实。

距离船难发生已过去了三年，而他们仍未能为他安排一场葬礼。"我和儿子之间有深厚的友谊，"迪涅玛说，"即使他在路上时，我也试图联络他，他也一有机会就和我通电话。三年来，我都没能和他说上一句话，这一定意味着他死了。"

帕帕·布龙一家是我在塞内加尔拜访的最后一家人。与这对父母告别后,我决定不去见维厄·卡马拉,也就是照片上第三个男孩的父母了。自到达这里起,我已经数到了"七"。七个故事是如此相似,结局都是虚空和悲伤。七个故事却又各有不同,因为每一位逝者都独一无二,即使与他们同时死去的还有数百人。那一天在密西拉,我数到第七位,我没法再数到八了。我明白我永远也不可能数到八百。我不知道PM390047究竟是谁。可能是维厄·卡马拉,帕帕·布龙,维厄·西拉,也可能是马马杜·赛杜·巴。可能是23岁的布拉马(Bourama)。他的父亲在回忆儿子时精神几近崩溃,是父亲鼓励儿子出海,好帮忙养活家中50张等着吃饭的嘴,但最后却把儿子送给了死神。我的问题勾出了太多痛苦,我向他道歉,并终止了采访。也有可能是18岁的巴迪(Bady)。他跟随哥哥的脚步踏上了离乡的路,想要独立养活自己,帮到父亲。巴迪和他的朋友一起走了,再也没有回来。"我的儿子淹死了,"他的父亲告诉我,"他们救活了他的朋友,那朋友现在在西班牙,他打电话回来向我表达哀悼。"也可能是易卜拉希马·森戈尔名单中列出的任何一位。他因为没能登上蓝色拖网渔船而回到了家乡科蒂里,他记得在早晨的第一道阳光里出海的所有背影。

2015年4月17日晚至18日凌晨,在塞卜拉泰附近的海滩上,在那前七排坐着的700个男人中,PM390047可能就是其中之一。又或许,PM390047是乘货车而来的几百个女性之一。和巴迪、布拉马一样,和帕帕一样,和两位维厄一样,和马马杜·赛杜一样,和所有那些在他们遇难之前和之后失踪的男男女女一样,PM390047有自己的姓名、父母和家庭,有人在等待那部明黄色的诺基亚手机打出的电话。

发自意大利、希腊、尼日尔、塞内加尔
原载于《每日》(*Les Jours*),法国

走来走去

摄影/撰文　刘涛

我叫刘涛，1982年出生，38岁，是一名来自中国安徽合肥的街头摄影师。从2011年开始，在城市的一片区域重复拍照、每月末分享在网络中，至今已经十年。这组街头照片拍摄于2019年至2020年。我最深的灵感来自街头平凡中发现的非凡时刻、对现实生活的深刻感悟以及在拍摄图像时的奇思妙想。在平凡的阶段中发现不平凡，抵御日常中的无聊琐碎。

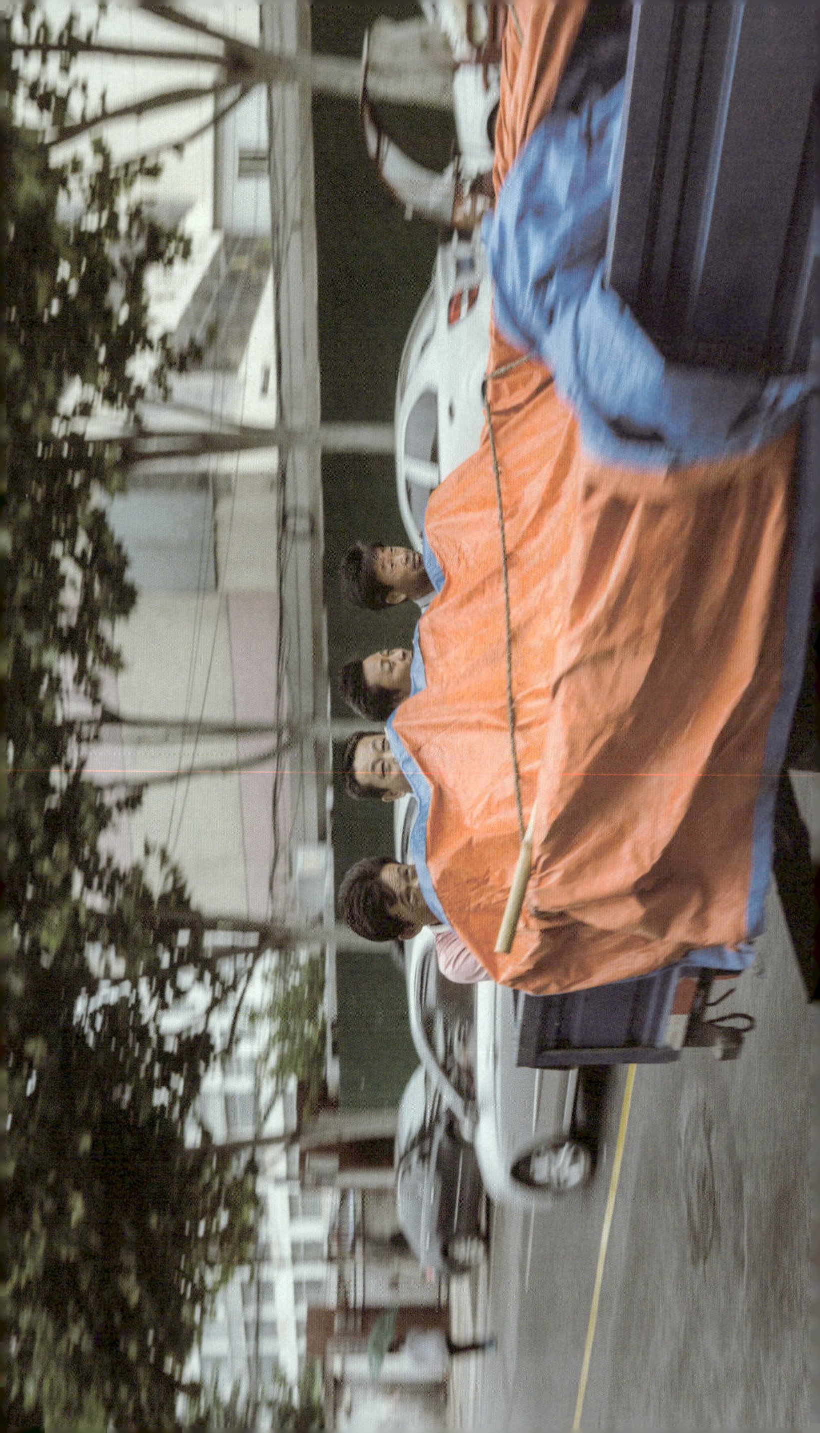

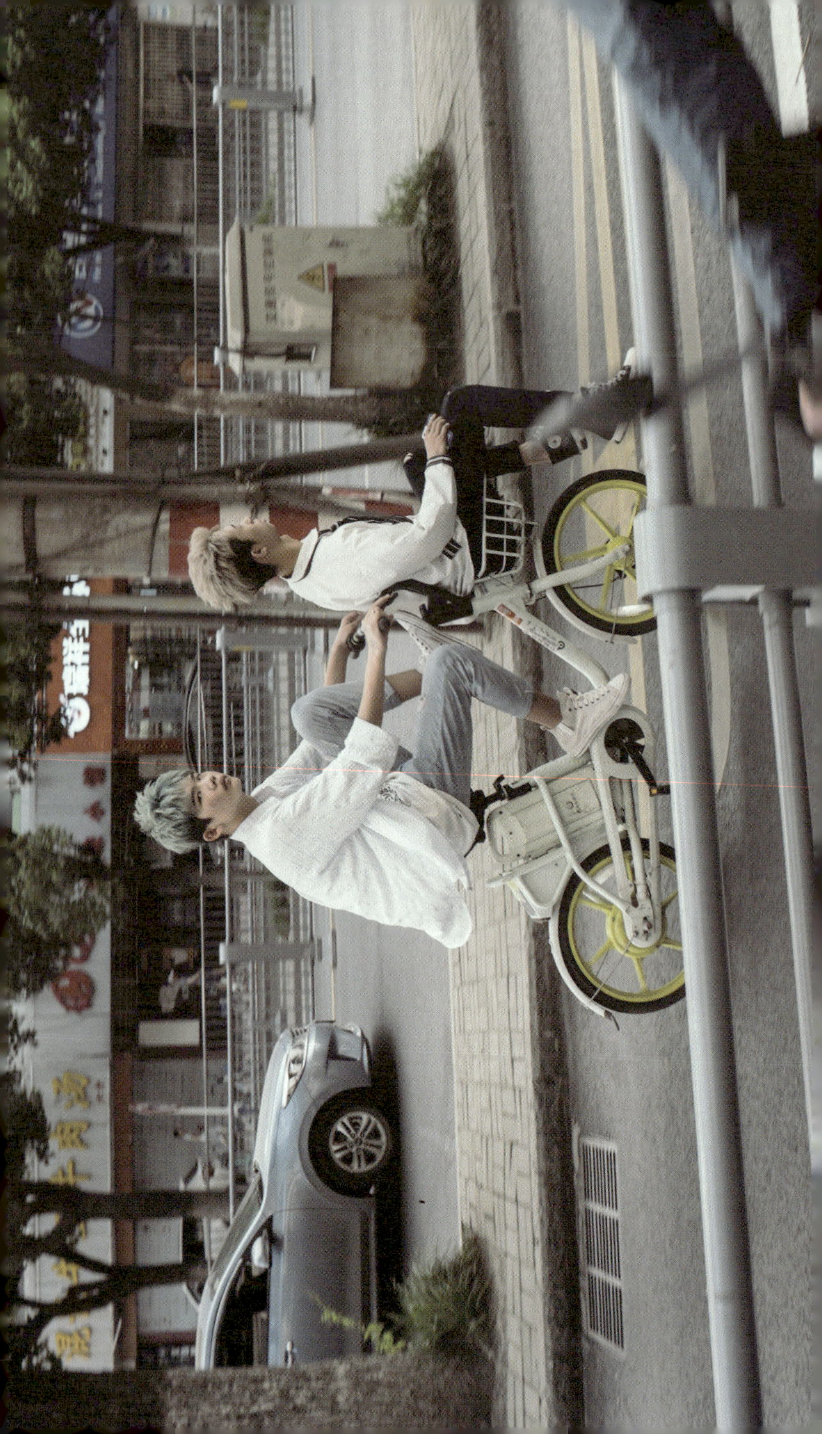

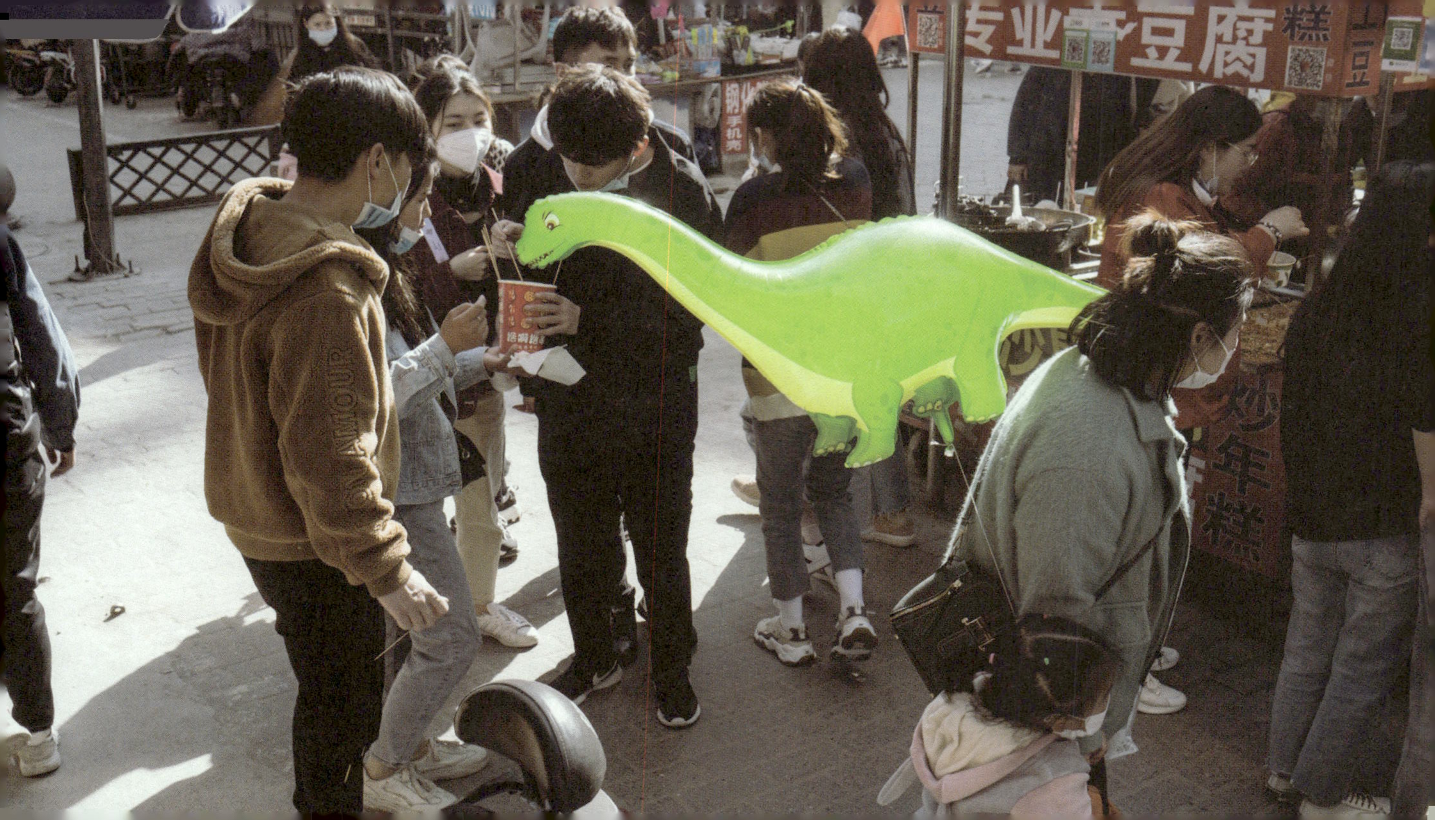

炒年糕

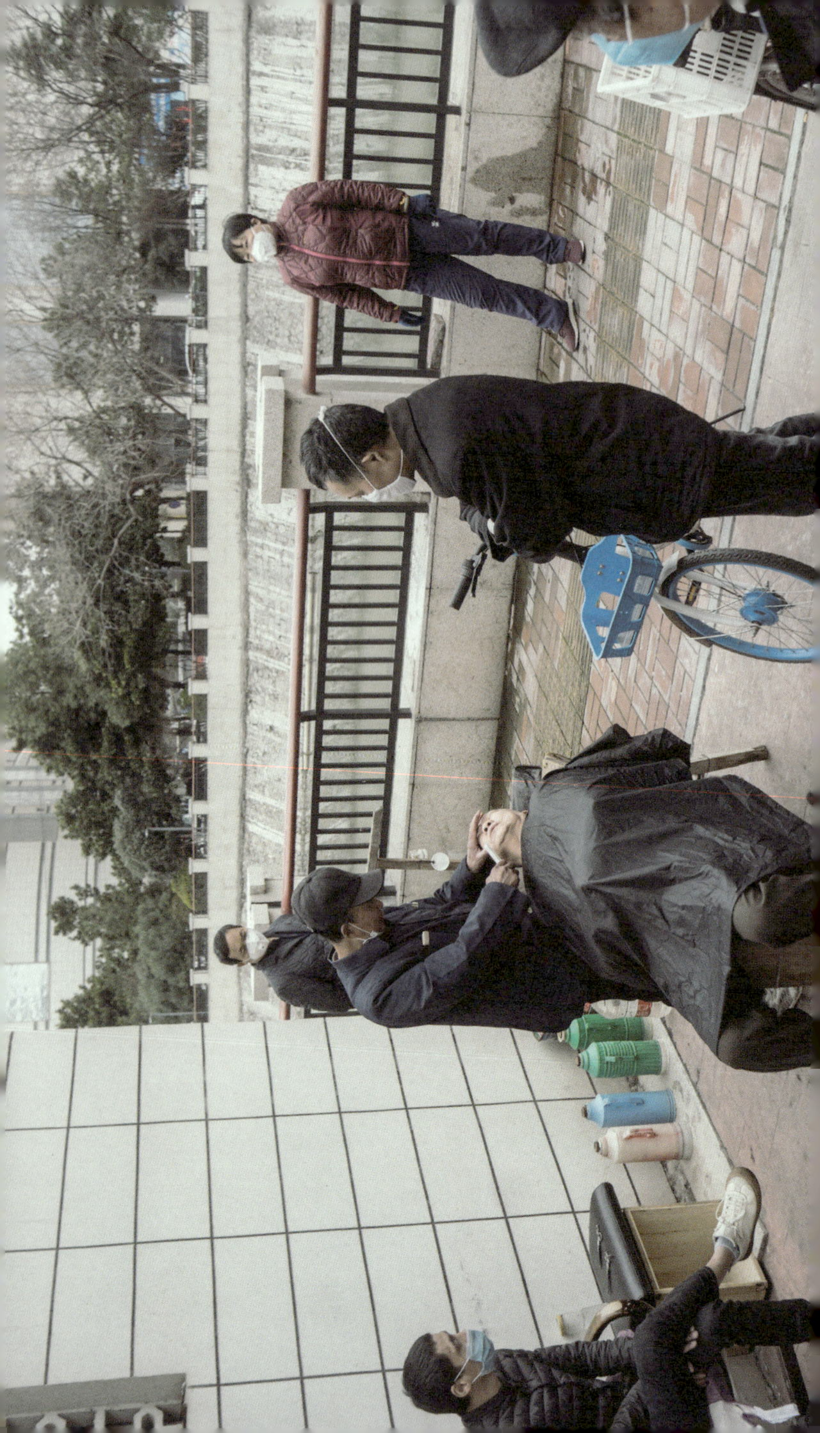

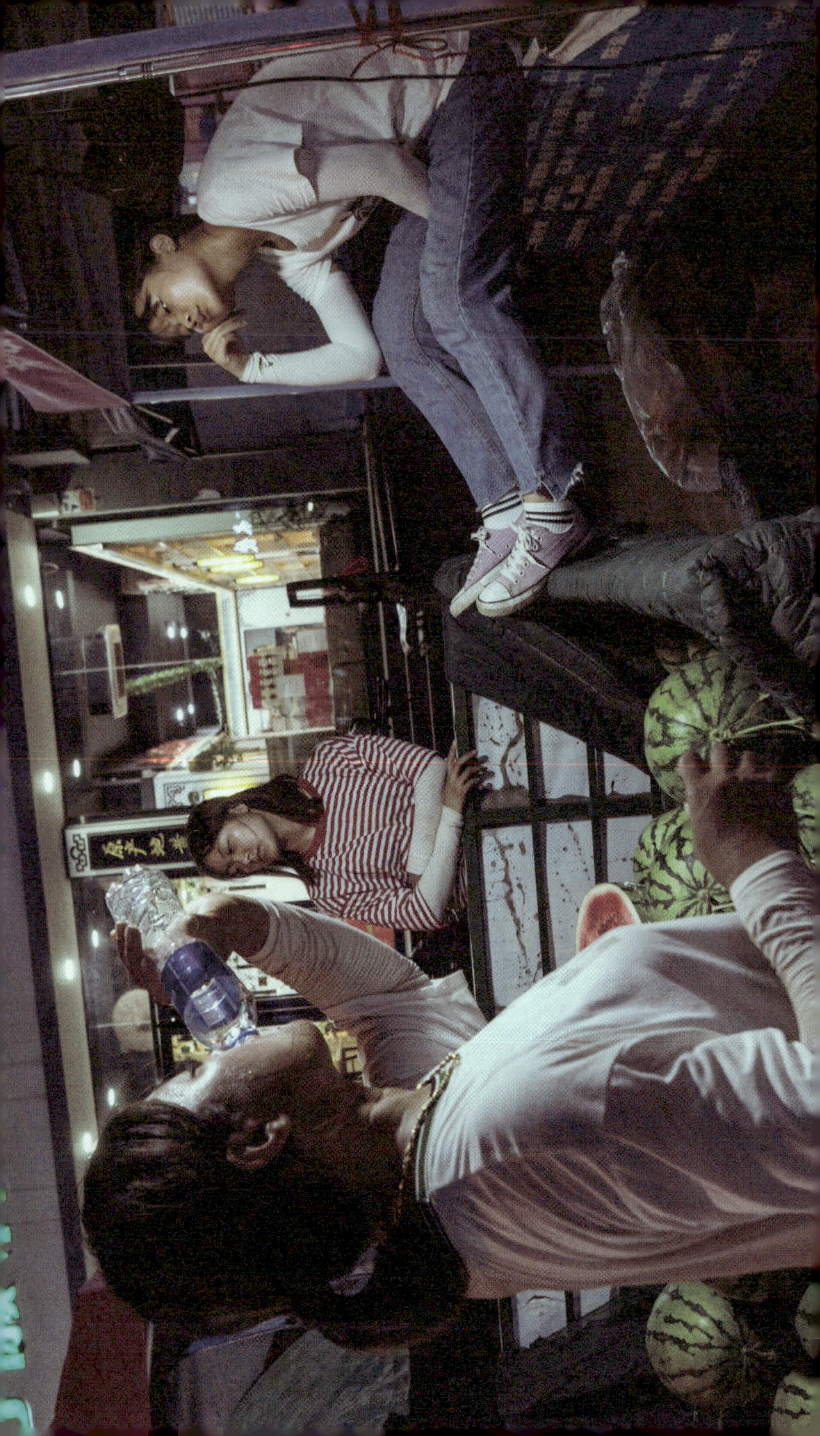

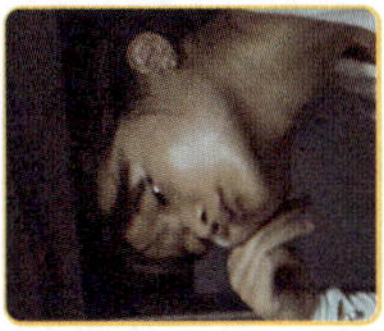

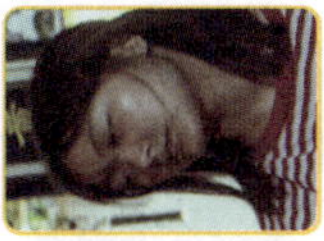

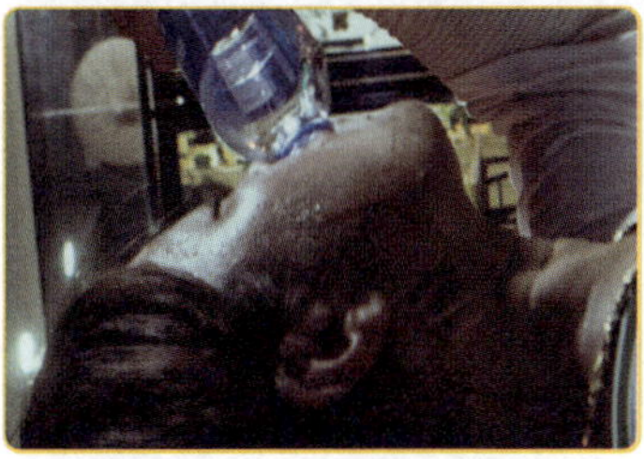

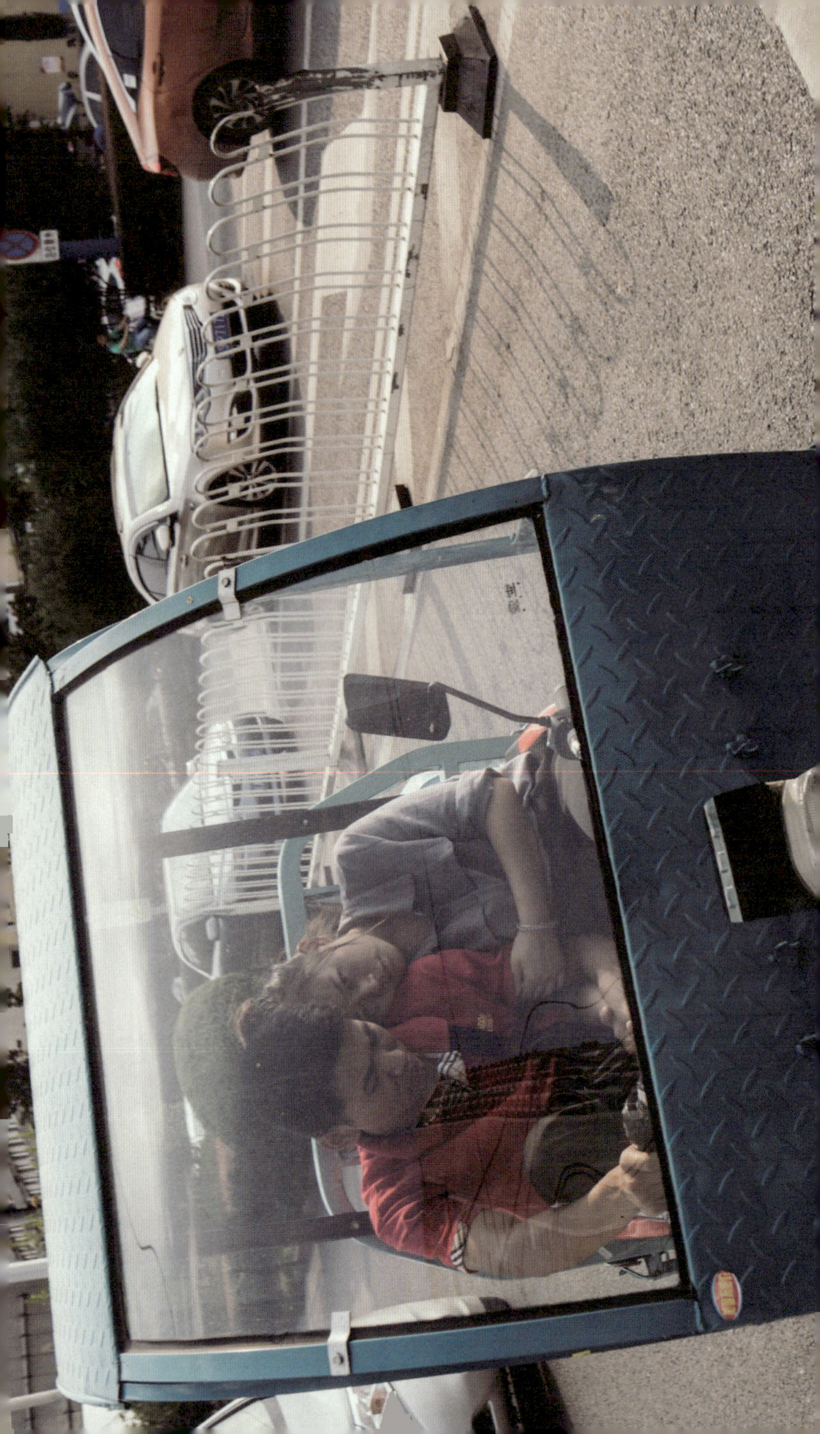

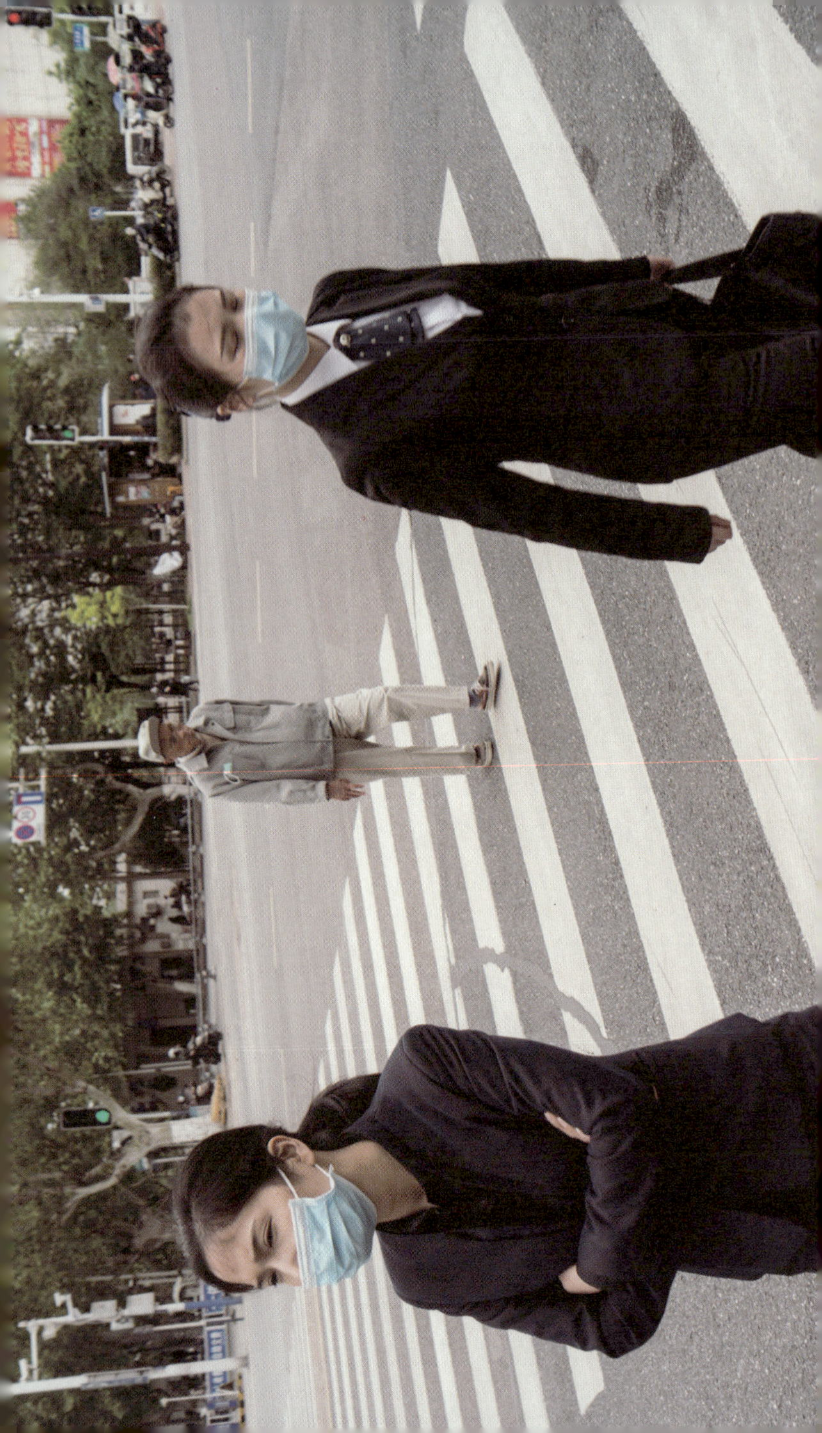

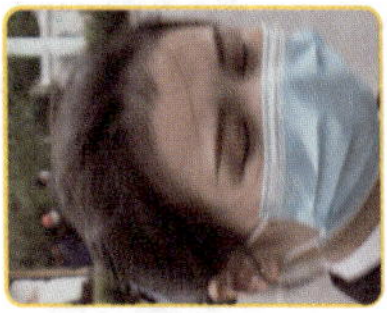

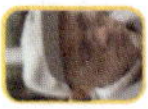

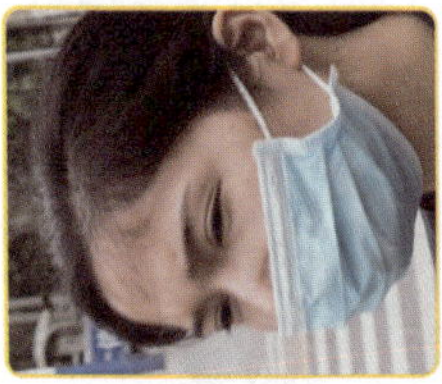

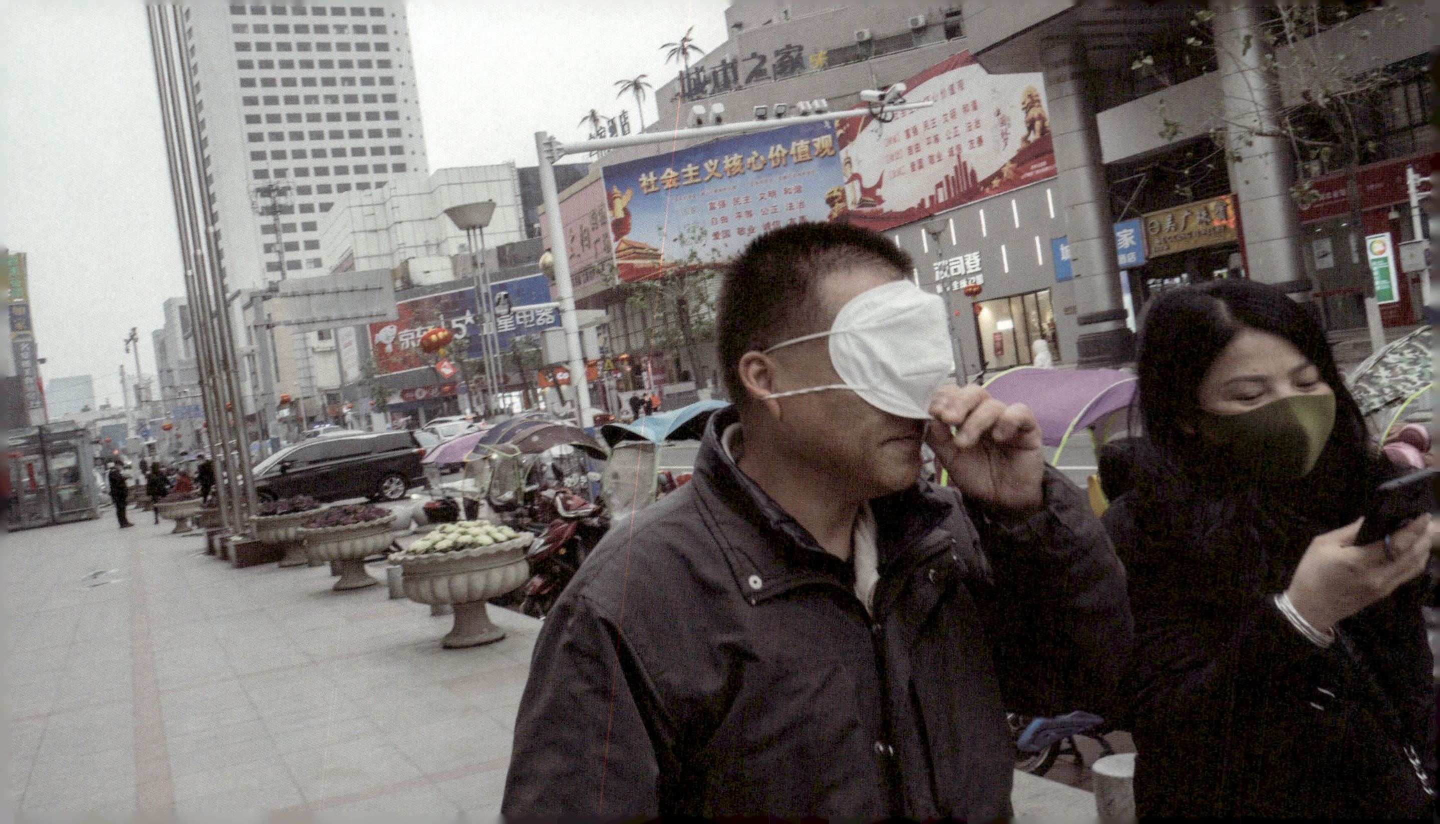

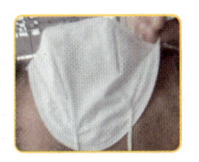

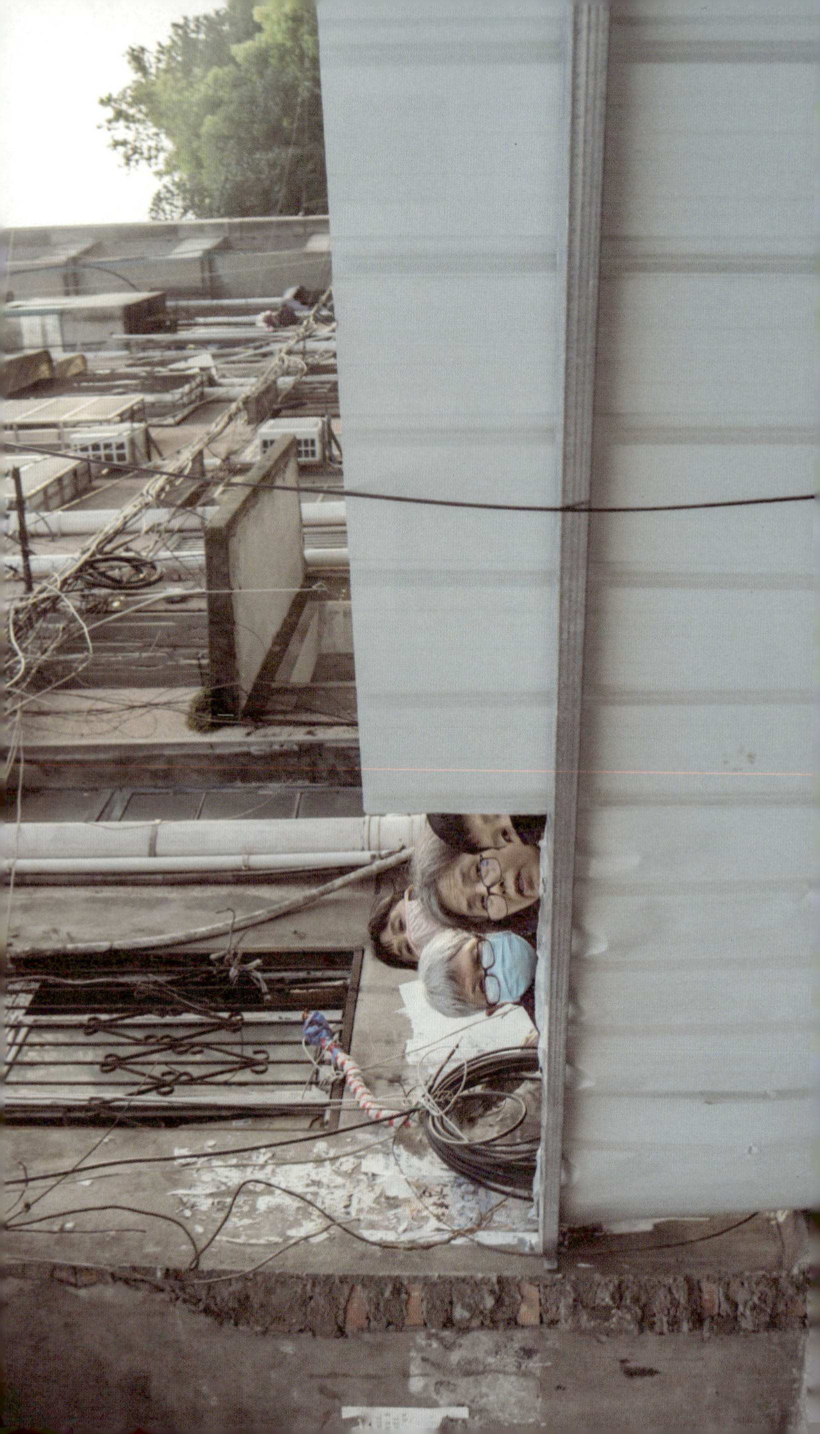

干旱与挚爱之地

撰文　伊芙·费尔班克斯（Eve Fairbanks）
译者　籽今

令人惊叹的是，即使这世界仿佛已走向末日，但依旧会有美妙的事情发生。发自南非开普敦。

一座城市的局限

九年前移居南非时，我从当地人那里最初得到的几条建议里，有一条是谨慎使用GPS。他们告诉我说，这个国家的导航规则之复杂和任性，已经远远超过一台电脑所能驾驭的了。你可以驾车驶过这个街区，但晚上不行；而经过那个街区时，你则必须保证你的车窗全都摇上去了，特别是如果你是个白人的话。谈论GPS的，常常是南非的白人，但黑人们也会表示同意。人人都说，这个曾经分裂的国家并未能完全走出它的历史阴霾，真是悲哀呀。但就是这么个情况，规矩就是规矩，有些人已经痛苦地将它们视为某种人类的本性。

干旱与挚爱之地

当我于3月飞往开普敦,这个南非的第二大城市时,我思索着这些规则。过去的三年里,开普敦正遭遇一场三百年不遇的特大干旱,许多专家分析,气候变化加剧了它。这座城市外观上的变化令人震惊。一道由众多5000英尺(约合1524米)高的山峦构成的屏障,将开普敦与南非的其他区域隔开。东北方的地貌看上去跟野生动物观光手册上的那个非洲别无二致:干燥,炎热,丛林茂密;但那片卧于山脉和非洲大陆西南部尖角之间的小小的碗状区域,却有着完全不同的气候,它的学名叫做"地中海气候"。站在山巅鸟瞰开普敦,这座有着四百万人口、以其典雅的建筑和崎岖的山坡著称的城市,仿佛可以瞥见人们常说的"希腊气韵",但它比希腊更梦幻:象牙白的房子,钴蓝色的海域,橄榄绿的山野,以及穿过所有这些景色中间,由葡萄酒庄园形成的、延绵的金色缎带和星星点点的黄水晶。海角地区的降雨量是南非中部那些不毛之地的五倍之多,这个地方因此成为整个地球上花朵种类最繁多的植物王国,向世人炫耀着它那些巨大、鲜艳的花束。云的形态有波涛般翻涌的白色积雨云,有像小河般流淌的云雾,也有宛如从南非桌山上倾泻而下的瀑布般的迷雾;桌山就是笼罩在这座城市面前的那道峭壁,让人不禁觉得,仿佛传说中天堂里活泼而丰富的景观在这里成了真,就出现在这片人间大地。

如今，一些景致已不复存在。干旱在开普敦调出的颜色是了无生气的黄绿和灰棕。草地和花园枯死了。城市里那些占地广阔的小镇——种族隔离政策下为有色人种依法保留的区域——它们与沿着桌山面向大西洋的那面山体依山而建的富人社区，有着显著的差别。这种差别不仅在于它们的位置恰好隐于山后，不易被看见，也在于这个地区自身的问题：不太理想的局部气候，地如沼泽，风如刀子，雨雪天气容易发生洪灾，干燥微风的夏季则有沙尘席卷。尘土在沟渠里堆积成一团团小小的漂浮物，它们是你正前往一片"不祥之地"的征兆之一，而现在，到处尘土飞扬。

游客们喜爱开普敦：开普敦拥有世界第二高的"千万富豪季节性人口流动率"，仅次于长岛的汉普顿（看看那些夏季游客的超级豪华游艇）；它很时髦：数家科技创业公司和有着"孟买自行车俱乐部"之类名字的时髦餐厅遍布本地；它也非常富裕：南非最富有的街区90%都在这里。我有时怀疑，游客来这儿是因为这里能提供非洲的异域风情，但又不需要你跟黑人打太多交道。在欧洲人抵达这里之时，班图人（Bantu-speakers）还未到来。他们如今从工作机会匮乏的东部乡村地区来到了城里，但是开普敦的黑人人口占比依然低得出奇，只有39%。42%的居民为"有色人种"，这些种族间混血的南非人，有着无法定位的多种文化融合的面貌。国际机场里那些令人激动不已的落地式巨幅照片，向游客们展示着它的葡萄园、庆祝游行、爵士音乐家、令人大开眼界的海滩和斑马——但同样让人咋舌的是，几乎没有任何图像展示黑人们的村庄和黑人区的城市地景，而这些才是这片大陆主体部分的真实面貌。

在南非，这一定位让开普敦的名声变得可疑。它是南非人的土地，也是外来者的——这些外来者虽不愿公开发表种族主义的言论，但却牢牢地紧抓着自己的特权。尽管白人只占到开普敦人口的16%，但相较于整个国家8%的白人比例，他们在这里显眼得多；高档消费大道上的酒吧，散发宝石般色泽的海滩度假区域，这些地方几乎只有白人消费者。我的一个朋友曾帮忙倡议建设一座可以让这个地区容纳更多移民人口的风力农场，却被一群愤怒的英国退休人士和南非白人反对的呼声挫败，他们声称，反对的理由是这将威胁到一种稀有蛙类的生存，在听说这一提案之前，他们很可能连这种蛙的名字都没听过。

餐馆里针对黑人的露骨歧视大量存在。去年（2017），在一个叫克里夫顿（Clifton）的高档社区里，一个专用停车位的售价达到了83000欧元。我知道克里夫顿，那里非常拥挤但是有公共停车场。一些买主很可能花费了相当于一个普通南非家庭二十三年支出的钱，只为了获得不用跟"车童"（一些开普敦人中的黑人或有色人种，会为了两毛五分钱的报酬主动为人看车）打交道的特权。

驱车在约翰内斯堡（Johannesburg）城里行驶时，我曾看到一家开普敦地产公司的广告牌，它邀请南非人来"半移民"（semigrate）。这个词是"移民"（emigrate）的变体，这就是许多白种南非人自1994年白人统治画上句点之后就开始扬言要做的事——搬到一片"更白"的国土上去。它所暗示的是，移居开普敦，就跟离开非洲差不多一样棒了。

这也部分解释了为什么这个国家的其他地区，对这场旱灾表现出了出奇的沉默。我在约翰内斯堡的朋友们很少提及旱灾，似乎也没么在意。这些每天放水蓄满他们的豪华泳池的人活该受罪，有几个人尖刻地说道，让他们也尝尝非洲其他地方的人艰难度日的滋味吧。随着"零号日"——最初预计政府将于四月关闭水龙头的日子——到来，《国家地理》杂志（*National Geographic*）警告道："四百万人……可能需要排队取水，由武装警卫看守"。开普敦外的南非人设想，这将是一场富有诗性正义的惩戒。既然开普敦人如此贪恋甜头，抓着所有的好东西不放，从财富到种族特权，那么就让他们在过剩的物质和权利中溺死吧。想到一个为了避免跟车童打交道而宁愿花掉83000欧元的人，大汗淋漓地站在队列里，等着从配给卡车上领一桶水，这画面简直令人愉悦。

粪便

我给我住在中上阶层社区的朋友保罗写信,询问我在开普敦期间能否住他那里。他答应了——但前提是我得清楚目前正在发生什么。

据他说,目前正在发生的不仅是旱灾,而是一场巨大的、计划之外的、疯狂但美妙的社会实验。"我希望你勇于去挑战你节约用水的极限!"他在信中写道,"如今除了厕所下水道里流走的东西,其他的一概出不了这间公寓房。水槽和浴池都被塞住了……我可以把洗衣机调节到最小用水量运行,它排出去的水会进入一个25升的容器,留作冲厕所用。或许是有点做得太绝了。"他承认。

他说,他和他现在的房客,分别只会用到市政府配给的每人每天50升水的1/5——而50升还不到一个普通美国人一天在家330升用水量的1/6。"(但是)这更像是一个挑战而不是要求,"他解释道,"我有点乐在其中!"

出人意料的是,在过去的一年里,这座城市的用水量减少了40%。"桶浴"——或者说用塑料桶接住洗澡水以便重复利用——如今已成惯例。在净水里洗碗是种奢侈,厨房里尽是攒了几天的洗碗水的味道。人们的院子里放着丑陋的蓄水容器,用来收集雨水,这导致地里勉强存活下来的最后一点草叶也干死了。以前,南非的富人们有着苛刻的清洁标准，以此将自己与其他人区别开来，也为了充分使用大量女佣提供的便宜劳力。现在，向访客展示你家抽水马桶里存了一天而发酵了的尿液，以证明你还没冲厕所，这成了一个自豪时刻。体臭也没那么不能忍受了。很多女性彻底改变了她们的护发方式：接受它自然的卷曲以减少洗发和做造型的次数，一周只洗一次头。在Facebook的一个由社区运营的"干旱"话题页上，一位女士在其中的一次讨论中对我说，她正在"实验"用一种植物提取液"轻轻喷洒在头发上"。也有人则将及臀的长发剪成波波头或者希妮德·奥康纳式[1]的发型。我的一个酷儿朋友向我抱怨，她简直无法分辨该勾搭谁了，因为"到处都是剪了酷儿头的人"。

在Facebook已有16万用户的"干旱"话题页上，形成了一种互相打气的氛围。这些来自不同阶级的用户，管彼此叫"节水战友"。他们会因极低的用水量、"污水系统"、"水下管道"，以及其他一些能让家庭省下更多水的奇奇怪怪的装置，给彼此点赞，越古怪且越是自己动手做的，就越好。莫妮卡·塔林和克林特·塔林夫妇（Monique and Clint Tarling）住在主城区边上，他们向我展示了一种用一个500升容量的水槽和几只托盘搭建的"可持续淋浴装置"。

---

[1] Sinéad O'Connor为了挑战传统的女性形象，一度以寸头示人。——译者注

为了表露他们对这件新发明的看重,他们将它放置在前门台阶上,自此他们就没法从正门走进家中了。

克林特重装了一个旧的蚯蚓农场,用它充当过滤器。莫妮卡是这个家的主妇,在过去的六年里已经收养了20名弃婴,她发现这个新装置成了她创造力和审美追求的出口,而这些是她以前从未意识到自己有的。她用蕨类和防水的小彩灯装饰他们的新淋浴间,效果如梦如幻。她的孩子们为了能待在那儿,洗澡的时间越来越长,水不断地循环再循环。

在这个处处可能冒犯他人的国家,一个人眼里的笑话可能是另一个人无法接受的嘲弄,但一种相当罕见的、能被共享的幽默,如今大量涌现在Facebook的网页上。

这些并肩作战的住户们为省水所做的努力,常常会招致温和的嘲弄。一个女人非常骄傲地上传了一张照片,照片里,她把她的洗衣机固定在了卫生间的墙上,这样用过的水就能直接通过水管一滴不剩地流进马桶的蓄水箱里了。评论里有人说:"看上去就像一个毒气室!"

另一个人说,"拉屎的时候很容易被洗衣机干掉"。

这种情绪很容易传染。在朋友保罗家的第一晚,当他把手伸进我肮脏的洗澡水里,舀出水来冲马桶时,我目瞪口呆。但来到开普敦一两天后,当我打开一个朋友家客用洗手间的马桶盖并看到粪便时,我几乎兴高采烈地大笑起来。我从来没有如此兴奋地看到一坨堆在马桶里的屎,并且自己也想在上面拉上一泡。

我们总以为"规范"需要用很长的时间建立,也需要用很长的时间改变。一个富裕的家庭里,赫然出现一坨陌生人的粪便,这基本上是一个不被允许发生的禁忌。这个信号不仅会让发现粪便的人感到恶心,还会让他产生一丝不安全感,它意味着这个地方环境恶劣,缺乏管制,令人不安。但在开普敦,这成了一个完全不同的象征:它代表着责任感和良好的社群意识。

突袭堡垒

我还没能完全搞明白为什么这些规则改变得如此之快。德翁·斯密特(Deon Smit)向我解释了部分原因。这个有着汤姆·赛力克(Tom Selleck)式小胡子和壮实肌肉的60岁郊区居民,是管理Facebook"干旱"话题页的四名志愿者之一。现在这几乎成了一份全职工作。

"即使我打开水龙头,给我的泳池蓄满水,我的用水量还是不会超过城市规定的用水上限,"他对我说,"但这是不对的!我这是在占用别人的水。"

斯密特是在种族隔离政策下长大的白人,退休前做了三十三年的消防员。我问他为什么愿意把所有的时间花在运营这个网络页面和费劲地将水送往各处农庄和老房子上，况且这些工作还让他的头痛症发作。

他坐在自己的办公室里，向我解释说，当他还是个孩子的时候，他"生命中有两个愿望"，此时他的节水战友们从Facebook发来的私人消息窗口不断在电脑屏幕上弹出，而放电脑的桌上摆满了各类止痛药片。"一个是成为消防员，另一个就是像现在这样，投身到能为自己所在的共同体效力的事情中。"

然而，在过去，"共同体"这个词的意涵非常模糊。为了维护白人的统治，实行种族隔离政策的政府宣称，南非黑人所在的各地区是些"拥有主权的国家"，尽管没有任何其他国家真的承认它们。在南非，白人有时还会用"他们"统称黑人以及诸如可耻的政客和罪犯这样的"坏人"。在根本不知道谁偷了你的车的情况下，你抱怨说"他们偷了我的车"，也完全没问题。

但同时，各个种族的人们之间始终存在着亲密的关系，共享着同一种经验，即使这些经验来自不同的视角。斯密特感谢这场旱灾促使了他去为更大的群体做出积极的贡献，曾经的种族隔离政策也让南非的白人们身上沾染了道德污点。"我不知道住在那间老人院里的是什么人，"斯密特对我说，"不论他们是粉色、黑色还是黄色的皮肤，都无所谓。"说这话时他情绪激动，好像在代表他的白人朋友们，或者代表过去的他自己做出声明。我从这座城市的许多人身上察觉了类似的情绪。一位名叫瓦莱丽的女士在Facebook上告诉我，这场旱灾让她"更能体会到周围人的存在……它使我们中的许多人变得更平等了"，她称这"让人谦卑，同时也令人振奋"。

当我开始阅读当代南非白人的文学作品时，我注意到其中的一主题是关于特权结构的崩溃，比如住宅、农场、花园和泳池被转让，大门和墙壁因为疏于照看或旧日的底层阶级的报复而被毁。这些通常会被呈现为一种可怕的情景。

但我开始意识到，这份恐惧中有一层幻想色彩。书中那些边界受到非法侵入的特权角色，常常会感受到一种奇怪的释然。在白人统治结束的四年前，《叛者之心》(*My Traitor's Heart*)出版，书中，一个白人农场主的妻子思考她与杀夫凶手的亲人之间的和解，她说，"信任从来不应该是堡垒，或者禁锢生命的安保围墙……没有信任，就没有爱的希望"。

随着民主制的建立，南非的富有者和中产阶级确实建起了堡垒：顶部布满长钉的高高的围墙围住屋宇。许多房子甚至连门铃都没有，因为它们不欢迎不请自来的访客。相反，它们门前立起了牌子，上面画着不祥的图案，比如一个骷髅，或者写着某个安保公司的名字，雇主们只要按下警铃，他们就会安排一支持枪的队伍上门。

但只要跟这些有钱人或白人一起待上一小会儿，你就能感受到他们有多清楚，这些堡垒不能、也不应该存在太久。我一个住在约翰内斯堡附近的朋友最近对我若有所思地说，他和他的妻子"内心深处"都晓得，南非的白人几百年来做了多少不公之事却"侥幸逃脱"了惩罚。他的妻子几乎从未承认过这一点，或者对他们那座四居室的房子和与世隔绝的生活方式表示过任何犹疑，因为害怕自己变成复仇的"众矢之的"：换句话说，必须坚持维护白人生活方式的益处和正当性，否则那些针对白人的犯罪或土地侵占行为可能会进一步合法化。私底下，我的朋友怀疑实际上可能恰恰相反——正是这种沉默和分裂激起了黑人的愤怒。总体来看，他妻子的观点占据主流，因为这一看法显得更谨慎。但是如果真的有一种状况自然地发生，让我们有借口推倒这些壁垒，尝试另一种不同的生活呢？真的就有那么糟糕吗？

纽约大学历史学家雅各布·雷米斯（Jacob Remes）致力于研究灾难中的人类行为，他告诉我，尽管"突发性"灾难——比如飓风或地震——会短暂地使共同体团结意识水平高涨，但没有证据显示缓慢发生的灾难可以触发类似心理。他表示，一个可以预见的结果是，富有的人将会"花钱避免"任何不便利的情况发生。"当我的学生听到

'老百姓'这个词时,他们想到的是'悲惨的'",我所描述的开普敦正发生的事情让他好奇,上层阶级是否一直在等待一个机会,来向他们的邻居、也向他们自己证明,"真的存在一个叫做社会的东西"。

在此次行程的最后,斯密特想给我看看他的草坪,如今已经成了一片可怜的、尘土飞扬的荒地。他摇着头对我说:"你根本想不到它原来是多么绿油油的。"

许多富有的开普敦人非常珍视他们的花园。它们像一些微型的小国家那样运作,如精心修剪整齐的伊甸园一般,隔在高墙之后,被认为完全不受外界频繁变动、错综复杂的公共空间侵扰。"门前那块小小的草坪曾是我的小王国。"斯密特说道。

但当我问他草坪如今的荒芜是否令他难过时,他大笑起来。

"我得适应变化啊,"他说,"它已经死了,那又怎么样呢?"

更自然的泉源

在一个叫做纽兰(Newlands)的前"白人"社区,成千上万的开普敦人每天排着队前往一处天然泉眼取水,这里除了一个原本为监管停车而设的警卫亭,就没有任何其他的执法部门来管控了。42岁的印度人雷亚兹·洛伍德（Riyaz Rawoot）耗时14个月建起了一个泉水采集设施——一个由混凝土、砖块、金属支架以及PVC软管组成的长长的装置，它可以将水分流到26个出水口。各种肤色的人手持水罐，跪在这些出水口前，就像跪在领圣餐的围栏前一样，场面蔚为壮观。

我在Facebook上认识了一个叫做安瓦尔·奥马尔（Anwar Omar）的人，当我告诉他，我很喜欢他用杀虫剂喷头改造成的花洒时，他坚持让我去看看那口泉水。他主动提出用他的摩托车载我去，并声称我即将看到的景象，会"改变我对这个世界上可能做成之事"的看法。洛伍德之所以能建造出这样一个设施，他解释道，是因为他来自一个"每个人都懂分享"的种族文化背景。

有趣的事情是，这口泉水所在的社区在成为白人社区之前，混居着多种族的人——在南非，这样的社区往往隐含着一丝特别的紧张感。因为即便是持有房产时间相对较长的户主，他们仍会担忧那些多年前被驱逐的居民的后代，还会回来提出对土地所有权的申诉。事实上，洛伍德祖先住的地方离这口泉水只隔两条街。"开普公寓区里所有的人都会去那儿。"奥马尔对我耳语。裁决土地所有权争议的法律过程非常复杂，他将人们涌向泉水的行为视为对这片土地超越语言、法律的一种所有权的重新宣称。一些人是从遥远的米歇尔平原（Mitchell's Plain）来的，这个镇子离这儿有超过10英里的路程。"他们想要回到自己的泉水边。"

更有意思的事情是，尽管如此，许多白人居民似乎也很享受泉水边的氛围。这确实很不可思议。他们形成了混乱嘈杂的一群：60个人踩着人字拖、披着浴袍、裹着头巾，穿着莎尔瓦·卡米兹风格的服饰、托尼私立学校校服、冲浪短裤还有流行于黑人镇子上的紧贴身形的衣服，跨着哈雷摩托或破破烂烂的旧自行车。放在婴儿折叠车、购物车、家制手推车和滑板上的长柄水壶装着水，被来来回回地推着。背包和空水壶在地上散放得到处都是，就像午餐时间高中校园的走廊。一个16岁的孩子在为一小群人表演倒立，"停下，沙哈德。"一个可能是他姐姐的人正窘迫地哀求他。

"别停！"人群里的几个人叫喊着——这群人的构成比例，是我见过最接近南非的纸面人口统计数据所显示的比例的。洛伍德此刻正在分发着葡萄味的冰棍。

但这氛围里有某种虔敬的意味：人们优雅地经过彼此身边，温和地向对方指出最佳出水口，帮忙引导其他人的推车，以有组织的队列传递着装满水的水壶。认为人们可以在完全无等级的前提下进行自我管理的乌托邦梦想，如今早已夭折；无政府主义不过是高中校园里那些反叛乐队的口号。但是在这口泉水边，那个人类大同的乌托邦梦想似乎再次活了过来。一切就这么自然地发生了。泉口左侧的一根水管出了点问题，导致水流过于猛烈。通过一种无声无言的交流，人们意识到需要有人扶稳管子，于是一个穿着杜卡迪T恤、吸着电子烟的男人把管子递到一个年轻的黑人女性手里，她扶了10分钟后，管子又传到阿卜杜勒拉赫曼（Abdulrahman）手上。人与人之间无缝交接着这个扶管子的职责。

阿卜杜勒拉赫曼是一个年长的穆斯林，他告诉我，他在这个小镇上辛辛苦苦地做了四十八年的饮料小贩，卖各种饮品和小吃。他厌倦了售卖，他想给予。几周前，他来到泉水前打水，结果发现自己帮忙扶了一个小时的水管。两天后，他再次走了一趟这段艰难的10英里路程——只是为了过去扶水管。他故意穿了双有洞的鞋，"这样水就能自己流出去了"，他对我说这话时狂笑不止。

他从头到脚都被水浸透了。我问他为什么要做这个毫无报酬的工作，他看着我，又一次笑起来，好像原因本应显而易见似的。"大家都很紧张，又很赶时间，"他说，幸好有他在水管边扶着，"他们就可以轻松点！"

并且，他看上去特别开心，因为他感觉自己设法找到了一个特别好的角度，这个角度能让水管里的水最高效地流出。"水是不是流得很快？"他充满期待地问一个金发碧眼的陌生人，这人的脖子上戴着十字架。

"太棒了。"她回答，阿卜杜勒拉赫曼的脸因自豪而神采飞扬。

洛伍德自己出钱建造了这些分发泉水的管道，他是一名理疗师。他领着我前往他位于泉水边的"办公室"——一小片被扔满了烟头的枯草地。他告诉我，他乐于将人们"从痛苦引至欢愉"，跟一般的医生相比，他为病人按摩的手法更加亲密。"痛苦，"洛伍德沉思道，"就像一条被踏平的小路。"它们可能是因一次伤害而起，但是一段时间之后，肉体和精神会习惯痛苦的感觉，即使伤口已经正式愈合，灵肉也还能感受得到。

洛伍德的工作是将手放在病人身体的各个部位并移动它们，轻轻地重新排列肌肉的位置。不是去"修理"它们，而是帮助它们意识到，它们具有一种内在的能力，可以让自己以另一种方式去感受。

他对我解释，当他还是个孩子的时候，他就被南非那些"只允许白人……"的标识搞得非常困惑和难过，尽管被官方认定为"印度人"，但洛伍德的祖母拥有白人血统，"我父亲的肤色比你还浅，"他对我说，"我觉得我们所有人是一家人，我们肤色有深有浅，但我们都不觉得这有什么问题，所以为什么他们"——白人们——"跟我们不同呢？为什么呢？"

他过去曾跟他的姨妈一同去过中央车站，在那里，白人、混血人、印度人、中国人、黑人都混聚在车站的大厅里——尽管他们要去往不同的方向。这幅快速流动的世界主义图景一直留存在他的脑海里。这就是纳尔逊·曼德拉（Nelson Mandela）1994年成为南非第一任黑人总统时，洛伍德所期待的景象。"但它并没有真正发生。"他凝视着窗外的泉水说道。

相反，在专为黑人居民而建的卡雅利沙（Khayelitsha），大多数黑人家庭住在棚户里，无法得到充足的食物。这座建造于80年代、能容下百万人口的广袤小镇，与纽兰之间隔着尘土飞扬的15英里路。辛迪·卡扎（Cindy Mkaza）是一名在这里长大和工作的老师，她告诉我，有关干旱的笑话并没有让她的学生们产生任何共鸣。他们中的绝大多数人本来就没有花园或花洒，因为水资源不足，这里已于好几年前，被悄无声息地切断了水源。"他们早已过上了那种（干旱的）日子。"她说。更值得注意的问题是，在这种小镇以及中下阶级社区里，一户人家的居住人口数要多于富人社区，城市以户为单位的用水量限制并没有将一户人家的人口规模纳入考量，除非居民主动进行繁复的申请流程。沙希德·穆罕默德（Shaheed Mohammed）住在一个叫做阿斯隆（Athlone）的贫困镇上，他跟我说，他的邻居们每天早上4点钟就要起床，提着水桶，在城市安在他们家水管上的节水装置启动并截断水流之前打到足够的水，以供他人口众多的大家庭使用。

当我跟卡扎说起Facebook上的那个女人，说起不得不为节约用水而烦恼让她自己变得"谦卑"，她笑了起来。她说她母亲的邻居们，连跳上一辆面包车前往市里的3美元票钱都几乎付不起，怎么可能知道那些富裕的开普敦人为节水都做了什么。"他们猜测这些有钱人的沮丧大概就像这样，'哦我的天啦，我都没法游泳了吗？'"而且她担心，如果事态真的失控，这些中上阶级的人仍然比穷人有更多的选择：钻口井，或者搬走。

穆罕默德确实感受到了白人和上层阶级邻居们对他产生了一种新的好奇心，在此之前，他和这些人互相之间都没多少好感。"实际上，我感觉非常有意思，"他承认，"人们的思维方式发生了转变。"在一个叫做"用水危机联盟"（成员多为有色人种）的小组会议上，他留意到一些平常不怎么见到的开普敦人来到镇上——白人、有钱人，甚至还有一个犹太复国主义者。"这很难办，因为我们中的大多数人都是亲巴勒斯坦的，"穆罕默德说，"有几个人不想让他出现在会议现场，但剩下的人说，'你们要是想开个特别的会（关于以色列问题），就请出去另找个地方吧'。"

历史地去看，穆罕默德沉思道，在各种意义上"我们都处于边缘地带，但我们总在期盼着这种联结。我们不太确定常被安在白人身上的措辞，说他们是'殖民者'——

永远是那个压迫者——到底是不是真的，或者一定无法改变吗？"穆罕默德很高兴看到，他的新盟友们乐意贡献自己的技能或资源，这些都是他原来的伙伴们所没有的。"这些人往往更容易接触到网络，他们可以针对政府目前对待多人口家庭的不当处置提出申诉"。

不仅如此，白人和富人对他这份公共事业的认可，让穆罕默德很感动。在一次用水危机联盟的会议上，白人与会者盛赞了有色人种于20世纪60年代举行的一次反种族歧视的大规模游行，以此为例鼓舞大家——为了改变现状，我们可以如此团结。一位白人女性跟他说："我们需要来自开普公寓区的支持，没有这些支持，我们什么都做不成。"

在南非，一般情况下，富人的生活方式被视为最值得过的生活方式。这是这个国家持久的创伤之一。但这场旱灾在某些时候解放了人们的心态，让他们拓宽了自己所认可的"有益的行为和知识"的范围。他们认识到，业余的，或是"非白人"的知识，有时也和专业的、西方的知识一样有价值。一个开普敦的上层阶级人士告诉我，他通过一个开普公寓区的老人上传到YouTube的视频，学会了自制雨水回收系统。帕勒萨·莫鲁杜（Palesa Morudu），一个在镇上出版青少年虚构读物的开普敦黑人，回想起自己在广场里听到另一个开普敦黑人说他很开心，富人们如今似乎尊重起他那种所谓的"穷苦"生活，认为它比他们自己的生活方式更经济也更环保。

干旱催生的改变,远远不止人们对水资源的态度。一个富人区的车童告诉我,他注意到这里的居民更频繁地在街道上行走了——这种事,在南非的某些特定社区里,富人们几乎不会去做。洛伍德叫我去看他泉水边的一群搬运工,他们依靠替别人推运水罐来赚一点小钱。在南非,这样的非正式劳工,比如车童之类,常常为了互相争夺地盘而起冲突。但是在这儿,迟来的搬运工们只是安静地坐在马路边,把活儿让给老手。"现在他们开始自然而然地以一种不同的敬意对待彼此,"洛伍德说,"这就是一种礼节文化。"

人类最原始的恐惧之一就是,如果没有强加的秩序,人们,尤其是那些长期不和的人,会堕落到一种"所有人对抗所有人"的野蛮混乱状态;如今的情况更甚,对于有些人而言,英国脱欧的通过和特朗普的当选,已经让"大众意志"与"自我毁灭的部落主义"成为同义词。诸如剑桥分析公司(Cambridge Analytica)经理这样的精英人士告知我们,人类不过是反复无常的恐惧和权力欲念的集合,这些恐惧和欲念只会回应最简单粗暴的操控,如今我们认为,假设所有人都被个人利益、地位和恐惧所驱动,是明智的。想知道我们人类是否偶尔也会被表达敬意的渴望,或者爱之类的东西所激励——这是不聪明的。

权力 vs 人民

我去见了开普敦的企业与投资部门主管兰斯·葛雷林（Lance Greyling），他答应告诉我一些有关此次干旱鲜为人知的事情。在市政府大楼那间开阔又现代的大堂里，许多游客站在曼德拉那幅五层楼高的画像前自拍。广告横幅在宣传市长的几大首要任务：艾滋病防治、房产开发、社区绿化。没提干旱的事。

葛雷林坦言，他2015年进入市政府时，"水"这个字眼几乎没人提。过去几十年里的降雨量已经呈现出一定的下降趋势，但相比之下，电力缺口显得更加危急。之后，对可能的干旱的危机意识急速上升。到了2017年5月，市长在桌山山脚下主持了一场祈祷仪式，祈求天降雨水。水资源管理专家安东尼·特顿（Anthony Turton）声称，开普敦需要一个"天降奇迹"，上帝，或是某种非常庞大、结实、神奇的机器。

如今44岁的葛雷林，对政府当时考虑过的许多异想天开的念头感到好笑，比如从沙特阿拉伯引入脱盐的海水；或者从南极洲拖来一座冰山，总之政府不想仅仅指望着开普敦市民改变自己的行为。这些办法都非常昂贵。一个被不断问起的问题是："我们能否要求市民们为此付钱？"

到了11月，市政府雇了一支战略宣传专家组，他们认为最佳行动方案是吓破民众的胆。葛雷林透露，促使开普敦人观念转变的不仅只有大自然。市政府摒弃了之前那套温和、愉快的"呼吁节水"的路线，转而想用散布恐慌、道德羞辱和强制胁迫等手段胡乱赌上一把。他们部署了穆罕默德提到的那个限水装置——人们管它叫"水锁"（Aqua-Loc）——它对重度用水者所做的事，就像肥胖症治疗手术中的绑带对肥胖者胃部所做的一样：如果你企图使用超过目前的每日配给额度的水量，它就会直接锁死你的水龙头。技术部门现在每周要安装2500个该装置。到了1月，市长断言，不祥的"零号日"不仅是一种可能性，而几乎就是肯定的。省长警告人们，开普敦即将进入一种"无政府状态"。"到目前为止，"省长沮丧地补充道，"有超过50%的（开普敦）居民对我们节水的呼吁置之不理。"

警示奏效了。市政府官员们看到了用水量的直线下降。一半的开普敦人完全无视这场灾难，这一令人羞耻的领悟在"节水"的Facebook页面上引发了许多人的苦恼无措，以及对改进这一状况的坚定决心。但是葛雷林告诉我，政府那套反乌托邦的声明"实际上并不是真的"。大多数开普敦人已经减少了他们的用水量，即使有些人还未能成功将用水量降到限制线以下。暗示"零号日"是某种上天的旨意，过了这条时间红线，此后这座城市的水龙头将会"自动干涸"——这一说法也不准确；它只意味着当水量低于大坝的某条水位线后,政府将认定它需要采取更严厉的配给方案。

某种程度上,这些举措极为大胆。葛雷林说,政府想要传达给公众的信息部分上相当于,"瞧,伙计们,我们还没能彻底搞定这事,能不能搞定就取决于你们了"。一个依靠武力治理人民的政府,同时却承认自己的无能,而不是承诺一个更好的愿景——它令人惊愕地打破了当代政治的惯常实践方式。

但是政府并未能为此受到任何赞扬,将来可能也不会。丹尼尔·奥德里奇(Daniel Aldrich),一名在东北大学(Northeastern University)研究灾后恢复的学者告诉我,他的多国交叉研究表明,一场灾难过后,对政府的不信任是异常显著且不可避免的。2011年的海啸之后,他在日本进行了大规模的田野调查,他说,这场海啸使得日本从"世界上最容易信任别人的国家,变成了最不容易信任人的"。面对一个共同的敌人时,人们起初会很自然地结成新的纽带,他对我解释道,一旦这个敌人被消灭,想到要终止对彼此的这份新的信任之情,人们会感到不悦,因此就会去寻找新的敌人。

再者,他说,灾难期间尤为令人愤怒的,是感到自己被人操控。"你所做的任何让公众觉得你对他们说了谎的事,都将贻害无穷",奥德里奇说。

成功号召人们减少对一项政府控制的公共资源的消费，这带来的另一个不幸的结果，是政府能从该项供应品中获得的税收收益的下滑。开普敦实行"梯度收费法"，重度用水者为每升水所需缴纳的税率更高。所以开普敦成功羞辱了贪婪的富人，而这带来的结果似乎事与愿违了。气候变暖和环境污染让这座城市正面临越来越严重的水资源短缺问题，同时为研发昂贵的基础设施项目，水资源与卫生部一直在应对1.66亿美元的巨大的预算缺口。为了弥补这个缺口，12月，市政府在水费上附加了一笔税。人们倍感受伤。你说我们干得很棒，结果你现在却要因为我们所做的事情惩罚我们？

市长所属党派的党魁在3月初宣布，开普敦人应该为他们骤降的用水量而欢呼庆祝，他们很可能已经通过努力成功避免了"零号日"的到来，没想到居民们却群情激愤起来。有些人觉得政府把这一最新消息说出来，很有可能让市民们再次回到他们之前懒惰的生活方式，这样太愚蠢了。还有些人怀疑这整场危机都是政府编出来的，只是为了让居民支付更高的税。有几个人甚至在开普敦最大的水坝上空投放了无人机，想看看水坝里是不是秘密地蓄满了水（不是）。

"市政府想在我们的屁股底下放把火，结果只是烧着了自己的屁股。"约翰·南基（John Nankin）是将无人机拍摄到的水坝照片上传到Facebook的人之一,他对我这样说:"下次选举时,我觉得人们不会原谅他们。"到2025年,全世界一半的人口都将住在水源短缺的地区。这就使开普敦成了一个有趣的案例:一方面,在如何大胆又高效地应对一场令人恐惧的水资源危机方面,它是一个成功典范;另一方面,它也是一个潜在的充满警示的故事,一个强势的领导风格可能导致它遭到众人反对而倒台,这会严重阻碍此后问题的解决。

当我走访开普敦时,政府和市民之间那个互相加重的不信任与敌视的闭环,似乎已经转动起来。葛雷林如此描述他现在收到的公众反馈:这不是我们的错,全是你们的错。他似乎很受伤。我发现那些跟市政府关系密切的官员们,好像越来越吃政府最初那一套战略话术:市民们非常无知,或者他们只能被武力控制。当谈起穆罕默德的社会运动小组时,葛雷林叹起了气:"我担心他们的很多观点都是被误导的。"而当我提及洛伍德的泉口时,他哼哼着表示不满。

洛伍德以及另一名目击者告诉我,泉眼所在地的一名社区委员曾在3月的一次公开会议上称洛伍德"疯了",并在之后与他起了正面冲突。一名正在撰写有关这口泉水的社会学论文的教授向我表示,一些官员"无法相信"洛伍德"做这些仅仅是为了帮忙",他们坚信"他一定从什么人那里得到了好处,目的是贬低政府形象"。尽管没有任何证据表明,市民们会因为一口私人管理的泉水旁发生的小小不愉快而责备政府,但是政府官员还是称泉水破坏了公共秩序,是由一个缺乏中心规划能力的人胡乱策划的,有潜在的公共健康危害。他们想将泉水引流到一个市政府管理的游泳池中,由守卫看管,这一行为将彻底摧毁泉水原本代表的精神。葛雷林告诉我,泉水边"爆发了武力冲突",直到市政府往那里增派了警力。去泉水边打水的辛迪·卡扎和那个教授都表示,冲突在泉水边非常罕见。当我向另一个就职于政府的人描述我在泉水边看到的美好的场面时,他提醒我,"我不知道其他的事实。但没有更多的证据,你就不能说你了解全部的故事"。

洪水袭来

回到约翰内斯堡的家中后,我冲了马桶。但在冲之前停顿了一下,想了想。我和当时的男友关系正陷入僵局,我的心理医生曾建议我们去外地度个假,地点的转换可能会帮助我们从不同的角度看待自己。我当时反驳道,"回到家后,我们还是会回到原来的地方"。

"一份记忆,"她说,"也是一种可能性。"

这是真的:我们只能想象那些我们已经经验过的事

物。这就是为什么科幻电影里的外星人看上去跟人类差不多。实际上，这是一种充满希望的想法。一般而言，我们都承认我们正面对的状况是不可想象的：资源竞争、持续的全球化及其带来的文化焦虑、经济系统中潜在的裂缝（而现代文明就建立在这一系统之上）。我们拖延和回避越久，就越难应对这些变化。

作家、水资源分析师詹姆斯·沃克曼（James Workman），在他2009年的著作《干涸之心》（*Heart of Dryness*）中捕捉到了这种普遍的焦虑。"不是我们统治水，而是水在统治我们。"因为水资源的形态稳定，在工业化社会中多数时候是隐形的，又因气候变化而变得不可预测，我们缺少对这一关键性资源的确定把握，于是一个社会可能会因为它而分崩离析。沃克曼忧虑地说，"这份不加修饰的对人性的人类学记录"表明，"我们每个人都只想着他/她自己的利益"。如果没有可以完全信任和依赖的某物去管理他们，人将无法进行自我管理。

开普敦显示出了一种相反的可能性。有可能，人类是在等待一个挑战、一次机会，让被耗光了政治热情的他们克服自己的厌倦和愤世嫉俗，证明自己可以做个好邻居，可以为了金钱和成功之外的其他事物挺身而出，可以想到别出心裁的小点子，可以一起智胜他们所面临的新困难。某些特定的灾祸——尤其是那些比政治灾难显得更中性和可接受的自然灾难——可能会在那些我们止步不前的地方,为改变打开一片开阔的空间。"上帝创造的一切都有裂缝",爱默生(Ralph Waldo Emerson)曾说,"这种带有惩处性质的情况总是静悄悄地埋伏在我们的人生路途中,哪怕是在人们为了放松心情、抒发情感而创作的诗歌文章中,都能看到它的身影"。"伤口就是光透进来的地方。"鲁米(Rumi)这样说过。或许我们知道,当代社会长期发展所创造的富足、悠闲的时光,很快就要终结了。我们已经比我们所愿意承认的更加感到厌倦,明白我们不能再为这一切付出代价了。或许内心深处我们也知道,我们需要重新回到与自然融为一体、而不是凌驾于自然的人类状态。或许对一些人而言,这不仅能让他们松一口气,还能带来愉悦。或许我们比自己想象的更乐于去过一种更费力的生活。

很难知晓发生于开普敦的哪些变化将会延续下去。但至少,它们可以作为一份记忆留存着。

我记得驱车离开塔林(Tarling)家时,与开普敦后方的群山背向而驰。突然天降大雨,这是天气预报没有预测到的。我在约翰内斯堡淋了很多雨。太惨了,我家屋顶漏雨。当时是晚上,我跟邻居们又不熟。但我还是出于一种新的或是被唤醒的沉睡本能,摇摇晃晃地把车开到路边,安静地看着雨滴在我的挡风板上汇聚,折射着路灯的灯光,像是一束摆动的、将影片投到荧幕上的光束,或是一个微型宇宙的诞生。我登上Facebook页面,已经有四百人发布了降雨消息。"刚告诉了一屋子正在开会的人,我们都欢呼雀跃!"莱斯利写道。"带上伞吧但我们可不想雨停。"莫耶格森这样写。"米歇尔平原此刻正在下雨。"这是卡梅丽塔写的。"海角(Sea Point)此刻正在下雨。"这是吉莉安写的。"感谢上帝!我们伟大的救世主!"寇比写道。"赞美真主。"巴希亚写道。"感谢雨神!"怀恩写道。"赞美万能的飞天神面,阿门。"洛克仙妮说。

发自南非

原载于《赫芬顿邮报封面报道杂志》

(*Huffington Post Highline*),美国

古巴的比,古巴的波普[1]

撰文　汤姆·米勒(Tom Miller)
译者　李雪顺

我此刻听的是《古巴的比,古巴的波普》(Cubana Be, Cubana Bop),这支由迪兹·吉莱斯皮[2](Dizzy Gillespie)在1947年演奏的美妙乐曲,融入了传统爵士乐、拉丁音乐节奏、错综的鼓点和古巴黑人的反复吟唱。美国爵士乐与各种雄浑而超凡脱俗的声音组合在一起,带给我们一种全然清新,粗犷而深沉,迷人而独特的东西——一如外国人在中间这几十年里所看见的古巴。

1990年代末期,美国政府放宽可以合法前往古巴旅游的人群的范围之后,大量的申请材料如潮水般涌了进来。随着绕开政府严厉的约束条件,执意前往这个岛国旅游的人数持续增加,"研习小组"这一全新的群体应运而生。

---

[1] 本文是汤姆·米勒(Tom Miller)文集《古巴的冷与热》(Cuba: Hot and Cold, 2017, University of Arizona Press)的第一章,中译本即将由上海译文出版社"译文纪实"系列出版。
[2] 美国小号手,比波普(bebop)爵士乐的重要推动人。

古巴的比,古巴的波普

其中我最喜爱的是一群英语专业的本科生,他们来自美国北部"冰冻带"的一所大学,在寒冬时节来到了阳光明媚的加勒比(Caribbean)地区。他们和其他的这类大学生没什么两样——凡事彬彬有礼,一头褐发充满青春气息,无可救药地只会说一种语言。他们坚持认为,自己来到古巴是为了研习在哈瓦那生活期间的海明威(Hemingway)。这些美国大学生研习在哈瓦那生活期间的海明威的方式是这样的:每天早上,他们先在旅馆用完自助早餐,然后回到自己的房间,换上泳装,再拿着一条浴巾和一两本平装版的海明威作品,来到楼下的游泳池,躺在池边的躺椅上开始研习在哈瓦那生活期间的海明威。

等到劳尔·卡斯特罗(Raúl Castro)和巴拉克·奥巴马(Barack Obama)宣布恢复邦交时,大多数美国人已经心软到了愿意将古巴归入友邦的程度。这种态度的出现并非一夜之间,首先是发生了一系列事件,而且它们大多并不是政治性的,棒球是其中之一。1999年春季,经过几个月的商议之后,美国的巴尔的摩金莺队(Baltimore Orioles)来到古巴,要与古巴的顶尖选手举行一场比赛。我并不是菲德尔·卡斯特罗(Fidel Castro)的铁杆粉丝,但当我看见他手拿古巴队的阵容卡,从主队的休息区缓缓走过球场,在拉丁美洲球场(Latin American Stadium)里45000名球迷的注视下,将它交到裁判手里时,好吧,我还是激动得有些哽咽了。球场中央升起了两国的国旗，两国的国歌先后奏响——在我们听来，那仿佛是在用一张每分钟78转的老旧唱片吱吱作响地播放《星条旗》。菲德尔坐进本垒板后方的包厢，挨着时任棒球专员的巴德·塞利格（Bud Selig），一起看着金莺队以3:2的分数战胜了古巴队。

教宗若望保禄二世（Pope John Paul II）的访问，对冰释敌意起到了促进作用。"既让古巴向全世界敞开胸怀，"教宗呼吁道，"也让全世界向古巴敞开胸怀。"

不过，让大多数美国人意识到古巴的存在的，是埃连·冈萨雷斯（Elián González）这个自古巴乘坐小艇偷渡到美国并侥幸逃生的乡下小男孩的传奇故事。无人理会其身在古巴的父亲的心愿，他的监护权被交到了住在迈阿密的几位远亲手里。埃连的遭遇在古巴裔美国人社群中引发了分裂，而其余的所有美国人则目睹了这个小男孩被当成政治诱饵。当这个小孩子最终被送回到他父亲身边时，除了佛罗里达南部的古巴裔美国人群体，所有人都感觉到欣慰不已。

上述三件事情——棒球比赛、教宗造访和埃连·冈萨雷斯案件——让美国人在贸易禁运之外，对古巴的方方面面有所了解。然而，揭示一个几乎无人知晓的古巴，并在棒球手和啦啦队之外赢得大量受众的，却是几位上了年纪的音乐家们离奇的成功经历。这群音乐家给自己起了个名字叫作好景俱乐部（Bueno Vista Social Club），他们的音乐源自1950年代及更早的时期，其魅力完全不带政治色彩。美国音乐家兼音乐制作人莱·库德尔（Ry Cooder）在一次访问哈瓦那的过程中，因为找不到他想寻找的音乐家，转而与古巴音乐制作人胡安·德·马库斯·冈萨雷斯（Juan de Marcos González）共同录制了一张唱片，记录下了来自另一个时代的美妙声音。

库德尔其中的一次古巴之旅正巧遇上了艾琳飓风（Hurricane Irene）。这场飓风一夜间从哈瓦那横扫而过，靠近海边的街道变成一片汪洋，全城的电线杆都被拦腰折断。圣米格尔-德尔帕德龙（San Miguel del Padrón）位于首都的东南郊区，这里居住的是贫困的工薪阶层。居民胡安尼托·罗德里格兹·佩纳（Juanito Rodríguez Peña）和他的妻子玛尔塔（Marta）听到了猛烈的雨声和咆哮的风声，小心地注意到了流进他们那间有着一百年历史的木房子的雨水，便回去继续睡觉了。屋顶较高的前厅有几处严重的漏水，大风吹翻了夫妻俩唯一的家具——一把秸秆椅子和一张柳条沙发——不过，总的来说，他们在飓风中的损失比大多数人都小。

第二天早上，这位灵巧的吉他制作师来到位于后厅的工作坊，从他当时正在加工的一件乐器上揭去一层塑料布，把从漏雨的屋顶滴到工作台上的几大摊积水擦去之后，就开始自己一天的工作。玛尔塔花了一个上午的时间，把积水从前门扫到外面。

在胡安尼托·罗德里格兹·佩纳的一生里，他大多数时间都在从事吉他、三弦琴和鲁特琴的制作与演奏。用最简单的话来说，三弦琴就是一把稍小一点的吉他，一共有三组共六根琴弦。古巴鲁特琴一般被称作拉德琴（laúd），琴身呈梨形，通常有十八根弦。

七十多年前，罗德里格兹·佩纳出生在离此不远的卢扬诺郊区（Luyanó），因其定期在大众电台节目"我们生活在快乐的乡村"（vivimos en Campo Alegre）和电视节目"棕榈与甘蔗"（Palmas y Cañas）上亮相而在整个古巴享有一定知名度。这两个节目的主要内容都是罗德里格兹·佩纳的强项，即瓜希拉音乐（musica guajira）这一来自农村地区的传统原声音乐。罗德里格兹·佩纳经常在古巴各地演出，同时他还使用手头少得可怜的资源，从事乐器的制作与修理。他所需要的原材料来源很不稳定，有时甚至会来自一些意外的巧遇——一如他为进城参加排练、前往录音棚和演出场地而搭乘的那辆公交车。探寻罗德里格兹·佩纳的经历及其生存状态，就是在感知当今时代的古巴，其中涉及了独创精神、技术、足智多谋和偶尔出现的好运气，程度各有不同。

罗德里格兹·佩纳最近一次好运气是在艾琳飓风到来

的四年前。已故的康佩·塞贡多（Compay Segundo）是从他这里购买吉他的精明乐手之一，这位九十岁高龄的古巴圣地亚哥本地人与古巴音乐界的其他元老一起，作为"好景俱乐部"乐队的一分子获得了格莱美奖（Grammy）。塞贡多演奏的音乐既来自遥远的19世纪，也来自古巴岛遥远的另一端。

1996年，在《乐满哈瓦那》唱片的录制初期，莱·库德尔向塞贡多打听他的吉他来自何处。这可不是两位音乐演奏者之间的无聊闲谈。塞贡多吉他上的某种东西激起了库德尔的好奇心。作为一个制作人兼乐手，库德尔因为在全世界各地演奏过高质量的乐器而享有盛誉，他多年来录制的唱片显示出，他是一个着迷于完美的人。塞贡多建议说，如果要在哈瓦那考虑购买吉他、三弦琴或者拉德琴，胡安尼托·罗德里格兹·佩纳就正好是你要找的那个人。

两天后，来自南加州的吉他演奏家和住在圣米格尔-德尔帕德龙的吉他制作师就见了面，前者当即向后者购买了两件乐器：一是一把经过修复的拉德琴，它原来的制作者，即吉他制作师安德烈斯（Andrés）是罗德里格兹·佩纳已于三十多年前去世的父亲，二是罗德里格兹·佩纳用一把来自墨西哥的小型乐器，即雷昆托（Requinto）吉他改制而成的一把拉德琴。库德尔认为罗德里格兹·佩纳是一位大师级的手艺人。罗德里格兹·佩纳认为库德尔是一位个子高大、态度和蔼的外国人。

一年后,库德尔让罗德里格兹·佩纳从头给他制作一件乐器。"作为一名乐器制作者,他的技艺远在我认识的任何一个弦乐器制作者之上,"库德尔告诉我说,"他是一个属于旧世界的民间艺术家。因为古巴没有正式的乐器店,人们要想购买乐器,就必须得知道去哪里找乐器制作者。"在美国和欧洲,一个乐手通常有两三件、五六件或者十多件属于自己的乐器。在古巴呢,他们只有一件。当乐手拿着坏掉的乐器找到罗德里格兹·佩纳时,他就相当于巧妇制作无米之炊。他制作的吉他你一弹就知道了。琴颈和琴品安装得怎么样,都有一定的门道。我仔细地查看着细木工活儿的痕迹,即琴颈与琴身的结合角度、琴桥部位的琴弦高度、应力点的设置等。这些都决定着吉他会发出什么样的音,也是制琴大师之所以成为大师的决定因素。

前往罗德里格兹·佩纳的工作坊参观的经历可能让人迷惑不已。我期待着看到一个木匠,身边略微凌乱地散放着他的木工工具、成堆的木头和四处散落的锯末。然而,我看到的是一个几乎徒有四壁的工作坊。视野内的物件是一张小地毯、一把手锯、一个几乎空了的罐子(里面装的是90度的甘蔗酒),以及一把史丹利牌(Stanley)电锯。"我好久没用过了,"罗德里格兹·佩纳告诉我,"我不确定它还能不能用。"屋顶吊着一盏灯，灯光照亮的蛛网比吉他还多。其他的光线来自几扇窗户和屋顶的几个大窟窿。一把陈旧的竖式低音提琴的面板斜靠在远端的墙上。"它来自卢扬诺（Luyanó）。我还没有打定主意拿它来做什么。"他解释道。自1939年以来，罗德里格兹·佩纳就住在这套房子里。正是在这里，年幼的他坐在那个角落，看着自己的父亲做着手工活儿。

"以前我父亲的工作坊比现在还要往外扩一点点。一开始，他除了乐器，也做家具和门扇。最后，他全身心地从事起了乐器制作。他有时候允许我帮他切割木头，但我不能使用他那把电动打磨机。他为我感到自豪，但从没让我单独制作过乐器。那个时代的父母真的是很严厉。算是专横吧。"罗德里格兹·佩纳转了转拳头，仿佛在拧紧一只水阀。"直到他去世之后，我才真正开始了我的工作。"

罗德里格兹·佩纳没有供应商，但又满世界都是供应商。他没有工具用于校正深度或者测量宽度，但通过对木头的精准目测，他做出来的组件都能严丝合缝地拼合在一起。多少算是巧合吧，我的家人就遇到了一个典型的古巴式问题，以及一套典型的古巴式解决方案。我的妻子蕾格拉（Regla）在看望她的父亲，一位退休的哈瓦那木匠时，顺道代表我拜访了罗德里格兹·佩纳。吉他制作师顺便告诉她，他在自己的工作中需要用到一种特制的漆料。蕾格拉向她的父亲说起了这件事，他告诉她自己搞到过一些这样的漆料，但现在已经用不着了。她把这个消息转告给了罗德里格兹·佩纳。第二天，罗德里格兹·佩纳坐着公共汽车，找到了我的岳父家里。两位上了年纪的木工闲聊了一会儿，罗德里格兹·佩纳就拿到了漆料。

罗德里格兹·佩纳的职业需求往往不会这么简单就得到满足，但他确实很依赖朋友关系。作为一名持证的独立手艺人，他可以从政府那里得到木材，但似乎从来没有碰到类型或树龄合适的木料。很多年来，纯粹是木匠朋友和乐器制作师朋友在给他提供厚木板。有时，他也会去捡拾垃圾，穿梭于一个个地点之间，那些曾经富丽堂皇的家宅留下的废墟里可能会有合适的木头。有时候，他会在卢扬诺的大街上翻找那些高高的垃圾堆。罗德里格兹·佩纳现在很少进行这样的"旅行"了。当我见到他的时候，他刚庆祝了自己的七十一岁生日。但在一个闷热得不合时宜的冬日下午，我和他陪着他的一位供应商，即四十二岁的吉他制作师路易斯·加西亚（Luis García），踏上了他寻找木头的固定线路。

加西亚向一位墨西哥师傅学习过吉他制作手艺，他居住在一座巨大的公寓楼的底楼，街对面有一家卷烟厂和一个自行车修理铺。"我原来在工厂里做吉他，"我们驾着车从马路边拐出去，驶过附近的棒球场时，加西亚说道，"但是我不喜欢在流水线上干活。"他指引着我们的驾驶员，在塞罗（Cerro）区那一条条坑洼不平的窄街小巷上穿梭。"停在那里，"他一边指着一条狭窄的街道，一边下达着指令，"往里走一点，有时候那儿会有一大堆垃圾。"哈瓦那的城市管理渐渐变得不堪重负，这意味着垃圾清运车数量变少了，因此垃圾堆往往越来越多，越来越大。你如果要在垃圾桶里翻找木头，这当然是一件好事情，但在这个街角，围着一大堆垃圾走了一圈之后，加西亚和罗德里格兹·佩纳两个人都摇了摇头。"我每天晚饭后都要出来找上一圈，"我们再次出发之后，加西亚解释道，"要么步行，要么骑自行车。我通常在半夜才回到家里。我会顺便拜访一下朋友或亲戚。过去六年里，我找到过六张完好的红木床。我几乎一个晚上都没有落下过。你要落下一个晚上，就可能错过了一张床。我们到那边试试吧。"

保罗·奥斯特（Paul Auster）在《末世王国》（*In the Country of Last Things*）中指出，翻垃圾堆的人，要么是垃圾清运工，要么是物品搜寻者。"一个优秀的物品搜寻者，"奥斯特写道，"必须动作迅速，必须头脑敏捷，还必须清楚要把眼光投向何处。"加西亚非常赞同奥斯特的说法："别人觉得应该丢弃的东西"——还是奥斯特说过的——"你必须详加琢磨，仔细分析，并让它重获新生。"

加西亚指着的那堆垃圾位于街角，看上去更有希望，我们于是都下了车。街的对面原来是一栋漂亮的楼房，现在已经破败得一塌糊涂。几根希腊式廊柱倒伏在地上，早已变得破旧不堪，瓦砾中的水泥块比比皆是。附近一栋建筑的三楼窗口传出几声狗叫，一群孩子在街角玩弹珠游戏。加西亚小心翼翼地将手伸进一堆垃圾，抽出一块大约三英尺宽四英尺长的扁平干木板，然后递给了罗德里格兹·佩纳。"是紫檀，"这位大师级的手艺人一边说着，一边弹了弹木板，然后把它凑到耳朵边上。他用手摸了一遍木板，然后又弹了一下。"是紫檀，"他重复了一遍，"太嫩。太嫩了没用。必须得有四十到五十年才好。"走到几个街区之外，我们再次停下脚步，又找到了一块。罗德里格兹·佩纳拿起木材，掂了掂重量。"有钉子。里面有钉子。用不上。"

"要不看看那个街角？"加西亚提议道，"有天晚上，我在那里找到过一块钢琴盖板。还有一天晚上，我找到了几件家具。那是我的风水宝地。我经常要过去检查一番。"然而，一直等到搜寻结束，我们只收获了一位交通警察的警告，因为我们在缓慢行驶的过程中，略微越过了白色中线。

那之后不久的一天晚上，罗德里格兹·佩纳手里拿着拉德琴，带着妻子玛尔塔坐上了通往哈瓦那的公交车，来

古巴的比，古巴的波普

到市中心的一个文化中心，与他的乐队，即用他姓名首字母命名的JRP乐团一起演出。胡安尼托的五人组合吸引到了超过一百名观众，其中包括那个高大的外国人和他的妻子。观众中有很多人本身就来自乡下，这在城市里是不可多得的机会之一，他们可以舒舒服服地与自己的文化产生联系，观看现场表演的瓜希拉音乐。

罗德里格兹·佩纳身高一米七八，穿着刚刚熨平的黑色瓜亚贝拉宽松长裤，演奏着手中的拉德琴，乐器发出的优美声音宛如一行行诗句。在已故的安达卢西亚诗人拉法埃尔·阿尔维蒂（Rafael Alberti）充满隐喻的诗行中，他借用拉德琴的意象重现了从北非到西班牙再到新世界的迁徙之旅。他的诗歌《响亮的航程之邀》（Invitation to a Sonorous Voyage）以这样的诗句开篇："太初有拉德琴。"他以诗人的历史之眼描述了西班牙帝国的分崩离析：拉德琴"用金色的火光点燃他们的桥梁，沿着西班牙已经失去的星辰"。

正是这种乐器激发了艾弗伦·阿玛多（Efraín Amador）这位毕生致力于拉德琴和三弦琴的古巴作曲家和表演家。作为该国关于这两种乐器的首席权威，阿玛多在欧洲、非洲和南北美洲举办过音乐会，用拉德琴演奏巴赫、贝多芬和莫扎特的曲子，他的妻子用钢琴提供伴奏。"我花了好多年的时间才说服这里的高等艺术学院相信，它们可不只是几件乡巴佬乐器，"五十三岁的他在哈瓦那城外位于瓜纳瓦科阿（Guanabacoa）的家中对我说道，"它们值得跟钢琴和小提琴一起被仔细研究。"1980年代末期，拉德琴和三弦琴的地位得到了官方认可，阿玛多现在成了它们的捍卫者。他本人就收藏了一把由罗德里格兹·佩纳制作的拉德琴。

库德尔的乐器订单下达六个月之后，罗德里格兹·佩纳为之琢磨了很多，但在上面花费的时间并不多。尽管全世界的人都因为《乐满哈瓦那》的成功而把库德尔跟古巴音乐联系在一起，但古巴的电台并不会播放那张唱片上的音乐，商店也没有存货，除了几次特别放映活动，影剧院一般也不会播放这部影片。这位吉他制作师对《乐满哈瓦那》专辑及其制作人的身份一无所知，依旧简单地把库德尔叫做"个子高大的外国人"。

库德尔在第二次拜访的时候，给罗德里格兹·佩纳带来的木材，除了制作他自己的乐器以外还绰绰有余，他同时带来的漆料和胶水足够制作和修复十几件坏掉的乐器。"太好了！"罗德里格兹·佩纳一看到礼物就大声嚷嚷道，"太不可思议了！"那真像是一次久别重逢，演奏家和制作师热烈地拥抱在一起。罗德里格兹·佩纳从库德尔手里拿起一块阿拉斯加西卡云杉板，凑到耳朵边上弹了一下，然后听它的响声。他经常这么做，像孩子一样带着激动和惊奇去检测木材。"听到了吗？"他一边说着，一边把木材放到了我的耳朵边上。实际上,我并没有听到大师级吉他制作师所能听出的东西,但我在他的目光中实实在在地看到了惊喜的光。罗德里格兹·佩纳和那位个子高大的外国人谈到了自己很久都没有做完的乐器,一把三弦琴。世界级的吉他演奏家和世界级的乐器制作师都没有说对方的语言,但在第三方极为有限的帮助下,他们关于那把三弦琴的交谈显得十分热烈。

"在现代的吉他制造领域,我们可能会有一些大师级制作师,"库德尔后来说道,"但往往是许许多多专业人士的手共同作用于一件乐器。一个制作师从头到尾打磨一件乐器,这样的作坊现在很少见了。我们再也买不到这样的乐器了,在充满激烈竞争的市场里是买不到的。罗德里格兹·佩纳并不在当代的商业环境里工作,所以他才能费心费力地做出最好的东西。我们生活的年代充满了娴熟的技工,但这件事情远没有这么简单。无论在纽约、伦敦或者洛杉矶,你都不可能做出跟他制作的乐器一模一样的复制品。"

第二天,库德尔又来到了罗德里格兹·佩纳简陋的房子里,不是为了催促他的三弦琴,而是为了学习演奏拉德琴。他们的身世背景各不相同,生活状态迥然相异,而且两个人都不识谱,但当这位集乐器制作师和教师于一身的人物进入工作状态后,这些都变得无关紧要了。库德尔要学着演奏的是《古巴赞布提舞曲》(Zapateo Cubano)，罗德里格兹·佩纳用自己的拉德琴给他示范，怎样才是双手最好的放置方式。二十根训练有素的手指共同投入演奏，这是我从来没有看到过的情景。

一天后，罗德里格兹·佩纳打开了卧室里一个散发着烟味的大衣橱，给我看了他放在里面的两件属于他自己的乐器。接着，他揭开餐桌上的一块毯子，露出了他正在制作的两件乐器。随后，他把我领到一个书架旁，又给我看了那里的两件乐器。他的乐器大多保存在家里唯一一个房顶完好无损的房间里。然后，他领着我穿过工作坊，前往他家那个狭窄的后院。我们经过罗德里格兹·佩纳去世的弟弟奥兰多（Orlando）的画像，他在差不多二十五年前死于一场交通事故，至今仍然会让他哥哥那一向乐呵呵的脸上浮现出一丝悲伤。

"做完那把三弦琴之后，我马上就要用煤渣砖建一个新的工作坊。"他一边说着，一边用双手比画着新工作坊的样子。后院是玛尔塔用来晾晒衣服的地方，种着香蕉、芒果、番石榴和木瓜，屋子里飘荡着它们香甜的气味。罗德里格兹·佩纳为家庭的圣诞祭典而育肥的一头猪哼哼着走了过去，吉他制作师做了个一只手划过喉咙的手势，笑了笑。

回想起前一天的教琴过程，这位拉德琴老师仍然面带笑容。"那个外国人学会了整支《赞布提舞曲》！那是个八六拍。他很有天赋，很聪明。他的节奏感相当好。你说他叫什么名字来着？"

我们穿过卧室往回走的时候，我注意到在几枝塑料花的边上摆放着一本摊开的《圣经》，正翻到《路加福音》那一章。罗德里格兹·佩纳参加五旬节运动的集会，集会上人们一起唱歌，谈论上帝。"每个星期三晚上，大约一个小时吧。因为我要搞音乐，还要做吉他，所以最近参加的时间不多。"罗德里格兹·佩纳加入古巴共产党已经有二十多年了。"我们上个星期六开展过一次学习活动，"他说起了自己的党员事务，"我们讨论了几个革命的问题，朗读了国家法律中的一些章节。"他还在社区的保卫革命委员会做事情。"我们要保持街道的清洁卫生。这是自愿性的革命工作。我们要给路沿石刷油漆。我们也在会上讨论社区存在的各种问题。"

又过了两三天晚上，我们来到了马路对面他女儿的家里。我正在跟罗德里格兹·佩纳和他的妻子闲聊，整个社区突然停电了。我们碰上了每周一次的两小时停电时间。我对他们的这一艰难处境表示了同情，可他们一家人立刻开始反驳我的话。"不，难道你没有看见吗？我们以前每天都停电，一停就是好几个小时。现在生活正在恢复正常。"

罗德里格兹·佩纳站在他女儿家的前门廊，用三弦琴即兴演奏了一段。第二天，他要向当地的市政官员申请许可，用他有望能找到的木头和波纹铁皮修补在飓风中损坏的屋顶。他计划顺道去银行缴纳每个月八十比索的独立维修店经营执照费。他向我保证，等一切都恢复正常后，他马上就会着手制作那个高个子外国人的三弦琴。

我坚持认为，是"好景俱乐部"这一现象，即它在全世界的巡回演出、德国电影人维姆·文德斯（Wim Wenders）拍摄的电影纪录片，当然，还有它的一张张唱片专辑，最终让两国的关系得以缓和，并使秘密外交变得更具有可能性。该团体初始成员中最后一位健在者是歌唱家奥马拉·波图昂多（Omara Portuondo），她是那群人之中唯一一个不依靠其他人也能独立享有盛誉的人。1930年，波图昂多出生在杰拉尔多·马查多（Geraldo Machado）日益动荡的独裁政权下，她之所以享有国际声誉，既因为她历久弥新的舞台表演才能，也因为她交上好运，加入了好景俱乐部。数年间，她像芭芭拉·史翠珊（Barbra Streisand）一样，在自己的国家变得家喻户晓。好景俱乐部那张有波图昂多献唱的专辑卖出110万张，并于1998年获了一个格莱美奖。影片获得了一项奥斯卡奖提名。

该团队的演出大获成功之后，波图昂多前往美国参加巡演，而这一次她登上了报纸头条。她与拉德琴演奏家巴巴利托·托瑞斯（Barbarito Torres）一起出现在洛杉矶，随后回到好莱坞参加了一场萨尔萨（salsa）和拉丁爵士音乐节。我们在这次巡演中途进行了交流。

我告诉她，她这次个人独唱时的声音比头一年作为"好景俱乐部"乐队成员集体表演时更为浑厚。她想了想，表示了赞同，并补充说道："这是礼节。在当时我只是更大的演出中的一个成员。这一次是我自己的表演，那么我就没了那么多限制。"

哈瓦那的热带卡巴莱（Cabaret Tropicana）歌舞厅一直是波图昂多的大本营。热带歌舞厅以容貌靓丽的舞蹈演员穿着闪闪发光的袒胸露背装、踢着高踢腿表演的轻歌舞剧著称，同时古巴最出色的歌手也在那里登台表演。第二次世界大战接近尾声时，十五岁的波图昂多正是在这里羞涩地看着自己的姐姐海黛（Haydée）排练节目。一天，歌舞团需要一个临时替补演员，奥马拉就填了这个缺。

"我喜欢热带歌舞厅。我有在那里表演的永久邀请。我在热带歌舞厅替纳京高（Nat 'King' Cole）暖过场，并引他上了台。他给我留下的印象很深刻，穿着白西装的他可真是个可爱的黑人男子。"波图昂多模仿着纳京高的声线，脱口而出唱出了《无法忘怀》（Unforgettable）的几句歌词。她还回忆起了曾出没于圣苏西夜总会（Sans Souci）和前卡斯特罗时代的热带歌舞厅的托尼·班奈特（Tony Bennett）。"我还看到过莎拉·沃恩（Sarah Vaughan），但从来没有跟她一起唱过歌。她可真了不起。"

在当时,来自美国的大乐队爵士乐激发了波图昂多和其他古巴音乐家们的灵感。"格伦·米勒(Glenn Miller)和多尔西兄弟(Dorsey brothers)影响过我们的音乐,包括波列罗舞(boleros),这样的融合催生了菲林舞曲(filin)"——这种缠绵低吟的浪漫风格在20世纪50年代曾风行一时。"恰恰舞也受到了北美音乐的影响,受到影响的还有培瑞兹·普拉多[1](Perez Prado)和曼波舞(mambo)。"

尽管波图昂多完全与政治无关,但她的职业生涯受到了历史事件的很大影响。1962年10月,古巴导弹危机爆发时,她正和姐姐一起在佛罗里达参加演出。她回到了古巴,而海黛留了下来。因为在此后的数年间,众多演艺人员选择了在国外生活,同时,前来古巴表演的外国人又少之又少,那么那些留在国内的人也就比较容易发展自己的职业生涯,而波图昂多是其中之一。

然而,就在她即将于1967年10月开启自己的独唱事业时,革命者切·格瓦拉(Che Guevara)在玻利维亚去世,于是整个巴西举国哀悼,并在一段时间之内关闭了夜总会。随后在1970年,当菲德尔·卡斯特罗勉励全国实现一千万吨的甘蔗产量时,来自热带歌舞厅的各个剧团——包括波

---

[1] 20世纪50年代的古巴曼波舞之王。——译者注

图昂多和其他文化机构,如全国芭蕾舞团一起去了乡间巡演,为甘蔗采收工们开展慰问演出。

我告诉她,我有一种看法,即美国的贸易禁运事实上帮了古巴文化的忙,它能保持原汁原味,应该部分归功于美国的外交政策。

波图昂多的回答连根推翻了我的论断。

"的确如此,但它靠的不是北美洲的外交政策。它靠的是我们这些留在国内的人的所作所为。革命胜利之后,新成立的文化部出台了各种措施,拯救全岛上下各种不同的文化。每个省都建立了'文化之家',培训艺术教师,建立新的芭蕾舞学校和民乐团体,并开办免费课程。是这些保存了我们的文化。革命之后,我就曾经短暂地教授过古巴流行舞蹈。"

人们曾经拿巅峰时期的比莉·哈乐黛(Billie Holiday)和伊迪丝·琵雅芙(Edith Piaf)与波图昂多相比,她最近为自己的北美之旅推出了一张专辑。"很多拉美裔前来观看我的表演,"她带着尊敬和惊奇的口吻说道,"那些拉美裔一边唱歌一边拍掌,就在观众席的过道里跳起舞来。"

波图昂多在舞台上不停地舞动着,仿佛在给一个健美操班领舞。一家英国报纸赞美她"具有优雅的仪态,无穷的性感魅力使之愈显突出"。她的手指十分修长,咖啡色的皮肤光滑得就像飓风过后的加勒比海。

奥马拉那支由几十个乐手组成的乐团参加舞台表演时，音乐指挥家赫苏斯·"阿瓜赫"·拉莫斯（Jesús "Aguaje" Ramos）曾经担任过指挥。他诙谐地称她为"最性感的人"，甚至调动现场观众一起喊出这个绰号。"我不太肯定，自己是个性感女神，"她随即顽皮地坦承道，"还是个性感的女演员。"

那天早些时候，我拿出一张她在三十年前录制的唱片专辑。那是前一年我在哈瓦那以一美元的价格从一个路边摊贩那里买来的。她一边翻看，一边评价着每一首歌的编曲和作词。接着，我掏出一张她在1990年时录制的CD光盘，光盘封面上的她蓄着一头爆炸式发型——实话实说，看上去可不怎么漂亮。

"但我从不在头发上用假东西，就连直发器我也从不使用。你看，这都是我自己的。"她一边说着，一边突然扯下发髻上绑着的橡皮筋，让满头茂密而黝黑的头发散开成两个粗大的发卷，仿佛要做出一个V字形。她双手各拿着一个发卷，在头顶上高高地朝上举起。"看见了吧？"

我还拿出了一张她父亲的照片，拍摄于他在哈瓦那持续受到追捧的两支棒球队之一的阿尔门达雷斯队（Almendares）担任明星内场手期间。一如古巴众多的杰出人物，自美国于1920年成立黑人国家棒球联赛（the Negro National League）后，巴托洛·波图昂多（Bartolo

Portuondo）就在其中效力。

"看！"她对着担任她巡演经理人的儿子阿列尔（Ariel）大声喊道，"这是你外公！"有一年，他曾在古巴联赛的所有球员中盗垒数据排名第一，而当以贝比·鲁斯（Babe Ruth）为主力的一支美国球队在全岛做巡回比赛时，他也代表主队出场亮相。"我原来经常在热带体育场（Tropical Stadium）观看爸爸打球。他在球员生涯结束后，成了一名教练。"

与波图昂多一起演出过的古巴流行音乐团体上起1950年代时的艾达四重奏乐队（Cuarteto Las D'Aida），下至当代的NG拉班达乐队，对她来说，古巴音乐并不存在一个"黄金时代"。"它是循环的，"她一边说着，一边用双臂在空中划出一个大圆，"古巴音乐里有好多个黄金时期。我们现在又处在了这个圆圈的顶点部位，因为我们在向过去借鉴的过程中，一直在做着创新。不管是我们这些在其中发挥过作用的人，还是那些演奏这类音乐的乐队（orquestas），都认为《乐满哈瓦那》掀起的潮流具有非凡的意义。"

"我们的国际演出日程排得很满，因此仅在几个月前，好景俱乐部的全体成员才终于聚在一起，为古巴公众做了一场表演。我们的演出地点是在卡尔·马克思大剧院（Karl Marx Theater）。剧院座无虚席，街上还站了好几百人。各个年龄段的人都有。真的是令人感动。"他们的最后一场演出是在2016年5月。

尽管波图昂多在全世界巡演,而且名声响亮,但我发现最意味深长的,不是她的舞台表演,或者全世界的观众对她表现出的热情接纳,而是她的那块腕表,一直设置的是哈瓦那时间。

何塞·马蒂(José Marti)是19世纪古巴独立运动的领导人,据说他的嗓音酷似双簧管。也许正是因此,这个国家才有那么多的双簧管乐手。20世纪90年代初,我在哈瓦那生活期间学习过双簧管课程,并撰文叙述过我上这些课的经历。我当时的希望是,把我在初中时期学到的入门技巧适当提高一下,同时坦率地说,我还想告诉读者,古巴的当代音乐不只有萨尔萨和雷击顿舞曲(reggaeton)。我的后一个目标完成得很成功,但我自己的演奏技巧并没有什么长进。我甚至演奏不好普罗科菲耶夫(Prokofiev)交响童话剧《彼得与狼》(*Peter and the Wolf*)中的小鸭角色。于是,在我那间位于亚利桑那州的办公室里,我把自己的双簧管放在了书架的最上层,上面积满了来自沙漠的尘土。我会带着怅然的自豪感,不时抬头瞥它一眼,同时安慰自己道,我拥有一件曾经满怀热情演奏过的高质量乐器。

尘土一积就是二十五年。我时常觉得,那件乐器不过是布莱尔·丁达尔（Blair Tindall）在《丛林中的莫扎特：性爱、毒品和古典音乐》（*Mozart in the Jungle: Sex, Drugs and Classical Music*）中所说的"布满金属按键的无聊的黑色管子"。那些年间，我带领过前往哈瓦那以及更远地方的文学旅游团。有一年秋天，就在我着手组织次年1月份的旅游项目时，我抬头看着那只积满尘土的双簧管盒子思忖道，我要是把它再放上二十五年，上面就会积攒半个世纪的尘土，也不会有任何一支管弦乐队遵照国际惯例，以我那只双簧管的A大调进行定调。

在艾德莱·史蒂文森（Adlai Stevenson）担任民主党领袖期间，我家的对面是一所以法国人拉法耶（Lafayette）命名的初级中学，我的父母都很积极投身校务管理。我最早记得的东西是客厅里堆放的一大堆乐器，随着我的父母不停将更多从未使用过的乐器堆到那里，以便分给那所小学的孩子，乐器的数量也越来越多。我多么希望那个乐器堆依然存在，这样我便可以把我那支不再使用的双簧管捐献出去。然而，我把它收进行李箱，准备下次去古巴的时候带上。

曾经在哈瓦那教我学习双簧管的赫苏斯·阿维莱斯（Jesús Avelés）老师现在怎么样了？我了解到，他已经搬到了向东100多公里外的马坦萨斯（Matanzas）市。住在首都的时候，他是古巴国家交响乐团的首席双簧管乐手，而到了马坦萨斯，他在教八个孩子学习双簧管。一天，我把哈瓦那文学旅游团带到马坦萨斯市的一家出版社，并随后邀请赫苏斯在维拉斯科酒店（Velasco Hotel）的餐厅跟我们见了面。（找到他非常容易）午餐之前，我把我那支旧双簧管颇具仪式感地交给了他，请他转赠给某个有资格获得它的学生。现场响起一阵掌声，让我感到惊讶的是，我竟然因为要跟自己青年时代的纪念品分道扬镳而哽咽了。我们的饭菜有猪肉或鱼肉两种选择。

由巴黎罗伯特-蒂博公司（Robert Thibaud）制造的那支双簧管并没有马上交到某个学生手里，而是被送到了哈瓦那的两位木管乐器维修人员之一佩德罗·普恩特斯（Pedro Puentes）的店铺里。

佩德罗居住在位于城郊的马里亚瑙（Marianao），外国人只有在前往热带卡巴莱歌舞厅的路上才会经过这里。他制作的东西有双簧管用的双簧片、抒情双簧管、英国管和巴松管，每件售价大约一美元。佩德罗把我那支老旧的蒂博乐器做了一番彻底修理——拧紧螺丝、调节垫片和金属件、更换塞子，并修理了几处轻微漏气的地方。"等佩德罗完成维修之后，"赫苏斯带着沉静的自豪感说道，"那件乐器就会完好如新。"

然而，马里亚瑙的很多地段比最破旧的双簧管还要破旧，地上坑坑洼洼，人行道破烂不堪，急需更换电线、重装水管、新刷墙壁或整个推倒重建的房屋随处可见。马里亚瑙给人的感觉，是自巴蒂斯塔（Batista）离开古巴之后，就一直没有人打理过它。

佩德罗领着我来到位于二楼卧室里的那个小工作台前，那也是这座城市的演奏木管乐器音乐家会带着坏了的乐器前往的地方。他的孙女跟他和他妻子住在一起，弄湿了一张双簧片，爬到他们的双层床上，用她父亲那支双簧管嘟嘟地吹出了几个音阶。八岁女孩的右手小指才刚刚能够到降C、升C和升D键位。"我不希望她在这个年纪就定下双簧管，"佩德罗说道，"她也应该试试别的乐器。"

那件完好如新的蒂博造双簧管现在又交到了赫苏斯的手里，他开始逐个考虑起自己的学生来。最终，他决定将它送给自十岁起就演奏双簧管的十四岁女孩罗蕾娜·戈麦兹（Lorena Gómez）。她的资格是："决心。抱负。潜力。家庭支持。她能用乐器吹出甜美的声音。她希望成为职业的双簧管演奏者"。

我第二次来到马坦萨斯的时候，罗蕾娜、她的父母亲、赫苏斯和他的妻子在公共汽车站前迎接了我。赫苏斯最近患上了严重的气胸病，或者用更通俗的说法，肺塌陷。他需要在马坦萨斯的一家医院接受两个疗程的治疗以清除一侧肺部的气泡，并修复另一侧肺部的穿孔。总之，他在福斯蒂诺-佩雷兹（Faustino Pérez）医院待了二十天，一个比索都没有花。我来到马坦萨斯的时候，好消息是赫苏斯已经处于彻底痊愈的状态。不幸的消息是，他的肺部再也无法产生足够的气压去振动一片簧片，让双簧管发出声音。在南北美洲和欧洲巡回演奏双簧管长达五十多年之后，六十八岁的赫苏斯·阿维莱斯结束了自己的演奏生涯。的确，他仍旧可以教学——调整口型、指点指法、纠正姿势——但他无法让自己的乐器发出哪怕一阵短促的吱吱声了。

我们六个人步行穿过几个街区，来到了何塞-怀特音乐厅（José White Concert Hall）。罗蕾娜在舞台上摆好乐谱架，在双簧管里放上她已经润湿了的双簧片，当着五个观众的面独自演奏了阿尔比诺尼（Albinoni）的双簧管协奏曲。她身高一米六，满头黑发，黑眼睛，肤色较淡，脸上带着十几岁孩子的笑容。为了这个场合，她穿了一件漂亮的粉红色连衣裙。

演奏得不错，我们全都这样认为。在容易紧张不安的地方，她表现得镇静自如；在即使流露出局促我们也不会感到惊讶的地方，她同样展示出冷静镇定的风采。"看见没？"赫苏斯做了个手势。我们全都向她表示了祝贺，然后一起前往自由公园（Parque de Libertad）里的那家国营快餐店。一路上，我们经过了一处刚开设的网络热点，几个咯咯直笑的马坦萨斯年轻人（matanceros）正在那儿第一次试着使用智能手机。"我们请大家吃午饭吧,"我们一走进快餐店,罗蕾娜的父亲奥兰多(Orlando)就对我们所有人宣布,"我们在家里买了很多虾。"虽然是一名大学毕业生,但他选择在坐落于附近的巴拉德罗(Varadero)海滨度假区的美利亚酒店(Meliá)集团附属的意大利餐厅工作。餐厅的小费比政府开出的薪水要好。

我们坐着出租车来到他们家所在的佩纳斯-阿尔塔斯区(Barrio Peñas Altas),上到一栋联排楼房的二楼时,他们家那只名叫索菲(Sofi)的狗跑过来迎接我们,我们随后在后门廊坐了下来,马坦萨斯海湾的风景非常漂亮。奥兰多准备午餐的时候,罗蕾娜在他们家那台严重跑调的立式钢琴上演奏了一首短曲。

每个省都有一所以某个音乐家命名的音乐学校,令人好奇的是,罗蕾娜在马坦萨斯读的那所学校是个例外。这所学校以阿方索·佩雷兹·伊萨克(Alfonso Perez Isaac)的名字命名,他是卡斯特罗革命运动和安哥拉战争中的活跃人物。烈士名单和学校名单一定数量不等。

罗蕾娜很快就要参加一场全国性资格考试,希望获得哈瓦那那所教授音乐理论的音乐学院的入读资格。她将在那里参加团体表演,学着给自己削制簧片。"政府提供的都是些劣质的中国造双簧管和塑料双簧管。"赫苏斯做了个鬼脸。"有了这支新的双簧管,她要考入哈瓦那那所学校就不会有任何问题。"雨丝轻轻飘下,整个下午的时间里,我们一边给彼此拍照,一边吃着虾。我们能听见货轮在马坦萨斯海湾进进出出。

发自古巴

选自《古巴的冷与热》(*Cuba : Hot and Cold*),美国

英国民间观察：附近、公共和在地的造乡

撰文　王梆

一　来自图书馆的救赎

2015年初冬，我从剑桥站出发，乘火车去看望住在伦敦近郊的好朋友长颈鹿。长颈鹿是我老公的少年伙伴，他俩曾一起玩"后朋""趴梯"，到墓地"吸鬼"，是快乐分裂（Joy Division）和公众形象公司（Public Image Ltd.）的骨灰粉。俩人走到17岁的岔路口时，迎来了一场漫长的别离，长颈鹿因进食困难进了精神病院。原因纷杂，简单说就是他被父亲打坏了头，不仅如此，那个醉醺醺的中年男人还强奸了他的一个女同学。"瘦得有棱有角，跟集中营里出来似的。"每当回忆起长颈鹿在精神病院里的时光，老公就会重复这句话。

多年以来，长颈鹿独自蜗居在一间政府廉租房里，已经不记得是第几次出院了。身高两米，肢如蚁足，凹陷的胸口像一只被捶扁的皮球，人却十分爱笑，笑时全身骨节

咔咔作响；还小有才华，满墙都是他自制的纸本波普版画，录音机里还有他用木吉他创作的黑暗民谣，细听便有几分尼克·德雷克（Nick Drake）的味道。虽从不主动联系我们，可每次临别，长颈鹿都长亭相送，念念不舍，被他拥抱过的肩膀都是生疼的。

对于我们夫妻俩来说，长颈鹿是可触可感的，是我们友谊生活的主角。对主流社会而言，他却像个隐形人，街上也往往看不到他的影子。就连我老公这样的死党，也只有在他状态稳定时趁热打铁、外加一层层含情感剂量的显影液，不断涂抹擦拭，才会（让人松一口气地）让他再次显出轮廓来。

"真想放弃这一切，关上门，走到街上去，像雪一样化掉……"类似的话，长颈鹿已经说过不止一次了。2008年危机之后，紧缩政策就开始在英国大行其道，长颈鹿的生活费曾一度被降至每周96英镑，食物网费水电交通费全部包括在内。为了获得这点维生费，他要每半年一次，填一沓斧柄厚的"精神状态评估"报告，要逼迫自己露出更深的病容，找一个个部门签字画押……不幸的是，他的病情始终只是"进食困难和相关精神障碍"——虽随时有饿死或自杀的危险，却好歹还能走路，看起来也没有小儿麻痹或军工伤残那般可怜，因此不管医生们如何为他据理力争，下次获得津贴的机会，永远在上帝手中。

每填写一次报告,他的状态就恶化一次。那种报告我翻过一次,云山雾罩,迂回反复,估计谁填完都得精神失常。

当我的火车终于到达时,长颈鹿的门窗背后,几乎就只剩一缕瘦长的青烟了。他的冰箱也一样空荡,地板上堆满了杂物和揉皱的纸团,沙发上只有一小块地方可以勉强坐进去。一个畸形的坐印,乌黑发亮。一分、两分和五分钱的硬币,垒成一座维京时代的城墙,在窗台上闪着寒光。2011年12月到2014年2月,英国有2380名特殊人士死于"Fit for Work"(一种由保守党和自民党联合政府推出的,将特殊人士强行鉴定为"可上岗"、试图中止其残障津贴的机制)。此间,长颈鹿的精神状况糟到了崩溃的临界点。然而,真正把长颈鹿从死神府邸唤回来的,却不是残障津贴,而是图书馆。

在英国,几乎每个城区或乡镇都遍布着大大小小的图书馆。如果说公共礼堂是某地的心脏,马路是血管,那么图书馆就是脑颏。有的村子很小,小到可以蹲在村中心,闭上眼睛,用听觉丈量——即便如此,那样的村子也少不了一家图书馆。

村图书馆不但流转着最新的图书和资讯,还收藏着每个地区近千年的地方史和档案资料。比如我居住的村庄,位于英格兰西南水乡,自伊丽莎白一世后,便是英国重要的农业基地,因此村里的图书馆不但保留了人文史,还藏有大量的地况资料和治水秘籍。从圈地运动圈了哪一块公共用地(Common Land),到荷兰工程师如何扬帆而来、挖渠治水,甚至哪一块湿地盛产过哪一种昆虫……都能一一查到。

档案多得足以塞满一艘渔船。遇到洪水季节,村里的人就绝望地盯着这些纸页发黄的传家宝,主意甚至打到了一座破风车上,恨不得来场众筹,从业主手里买下它。那座风车,位于一个苹果林上,年久失修,柄轴全掉了,好在砖砌的主体还在——改造成一座有旋转楼梯的圆塔图书馆也未尝不可,倘若能解决湿气太重的问题。

四年前,我和老公从剑桥搬到这里,怀揣着城里人的好奇心,打算好好打探一番约翰·克莱尔(John Clare)[1]笔下的"英国乡村生活",于是便有人推荐我买《每月村志》(一份印得密密麻麻,像黑板报那样的油墨刊物)。村图书馆的广告,夹在通下水道、修栅栏之类的电话号码之间,因"呼啸山庄"或"哈代"(Thomas Hardy)之类的字样,异常醒目。村图书馆不仅有年度国际读书周和各种少儿活动,还有每月一次的读书会,会员们轮番选择一本书,大

---

[1] 约翰·克莱尔(1793—1864),英国19世纪浪漫主义时期诗人,发表过四部诗集,第一部是《乡村生活和自然景色的描写》。——编者注

家一起阅读，完了再集体讨论。我喜欢读书，便不假思索地加入了它。

读书会阵容不大，八九个人左右。最古老的成员是布莱恩（Brian），估计已经100多岁了，戴着一副助听器，腰椎像雪压的柳枝，声音也仿佛是吸管里发出来的。但他总是一本正经地和我们一起读《发条橙》，讨论末日的着装风格和暴力美学，且几乎从不缺席，圣诞节还给每人送一张贺卡。有次他生病住院，我们都以为他不会回来了，表情凝重地在一张"祝君康复"的卡片上签了名，没想到两个月以后，他又重新出现在图书馆那狭小而局促的空间里，拄着拐杖，左扑右倒，像一只误入歧途的瘦鸟。我们当然都很高兴，只是恨不得也弄上一副助听器。

最让人神往的，是读书会里每个人的口音。苏（Sue）用她那英国北方工业城市的口音讲莎士比亚，听起来像东北人神魂颠倒地唱梅艳芳的粤语歌。莎莉（Sally）是成年之后才从南非回来的，总想极力掩饰她的开普敦口音，但只要讲到"种族隔离的历史遗留问题"，就会怒不可遏地露出尾巴来。我的广西英语就不说了，状态好的时候，可倒背26个字母；不好时，大家只好当BBC国际频道搭错了线，不小心被"越共"占领了。

我经常在图书馆附近瞎逛。容纳图书馆的村礼堂，一

英国民间观察：附近、公共和在地的造乡

座巧修边幅（Artisan Mannerist）[1]的黄砖建筑，是1698年在农夫罗伯特·阿肯斯托尔（Robert Arkenstall）留下的土地上修建的。这块地本是农夫留给女儿的遗产，可惜姑娘没到21岁就去世了。根据遗嘱，若无人继承，该地便得归以农夫名字命名的教育基金会所有。基金会因地制宜，在这块地上修了一座小学堂。1723年，村里建起了一间学校，小学堂便空了下来。二战后，村妇女机构提议将空学堂租作村礼堂，作为村民活动基地，租金由地方政府和民间捐款支付。提议以31票赞成、2票反对顺利通过。

为了让它永久地成为公共财产，1971年，地方政府花了2000英镑（彼时的市价），将它从产权方，即"罗伯特·阿肯斯托尔教育基金会"那里买了下来，钥匙则交到一群负责打理礼堂事务的志愿者手中。为了把这座17世纪的建筑改造得现代一些，志愿者们又不辞劳苦地折腾了半个世纪，筹款、募捐、修旧利废，总算把它变成了今天这个有玻璃顶棚、中央暖气、消毒厨房和电声舞台的样子。图书馆（即原校长室）就在它的左边，一条静谧的小径通向它的白漆木门，门口常年种着玫瑰、美人蕉、尼罗河百

---

[1] 17世纪的英国建筑经常被以"artisan mannerist"这个词形容，意为当地的工匠虽深受文艺复兴的古典理想影响，但只能够制造原始的大陆风格主义的较差版本。——编者注

合或青葙[1]。图书馆只有一百多平方米，绵密的绿植和高大的法式玻璃窗，将它装扮得像一只精巧的音乐盒，只等书页上的文字启动脑海的琴键。

然而，所有的美好生活，稍不留神，都会化成幻象，图书馆的存在也一样。很快我就发现，要维持这份由书脊的微小波浪所构筑的安宁，可不是前人种树、后人乘凉那么简单。

一切得从图书馆的历史说起。按1964年颁布的《英国图书馆和博物馆立法》（Public Libraries and Museums ACT），地方政府必须免费为当地居民提供图书馆服务，于是同年9月，村主街道上便建起了第一座图书馆（后迁至今天的村礼堂）。弗雷达·克洛夫茨（Freda Crofts）是彼时的图书管理员，也是历史文献行业的专业级骨灰粉（Enthusiast）。档案库里有她的照片为证：一动不动地站在主街干道上，大喜过望地盯着面前的一堵砖墙——细看才发现，原来墙上挂着一截鬼面具，据说是村里某座教堂修葺时从外梁上削下来的。

弗雷达·克洛夫茨收集一切，剪报、地契、出生纸、入葬记录、氧化的日记本……简单概括，就是"一个村庄

---

[1] 青葙（拉丁学名：Celosia argentea L.）别名草蒿、萋蒿、昆仑草、百日红、鸡冠苋，河南别名鸡冠子菜，是苋科青葙属植物。——编者注

的生老病死和喜怒悲哀"。1973年,她创立了"村学档案库",里面容纳了她一生的藏品,包括近千张旧照片。每次打开它们,我的心情都十分复杂,照片里的主人公们,并不是什么名媛绅士,都是再普通不过的布衣芒履,可有的看起来,黑领巾、渔夫帽,竟也相当优雅;有的生不逢时,两战之后,再也没有回来。

弗雷达·克洛夫茨是全职图书管理员,待遇也不错,工资算英国中等收入水平。但她的时代(即英国民主社会主义的黄金时代)在撒切尔上台之后就渐渐走向了小冰期。1990年,因公共财政减缩,村图书馆开始频频收到准闭馆通知。到了1995年,村民们坐不住了,召集人马,自发创建了一个叫"图书馆之友"的民间社团(Community Organization),暗下决心,如有不测,"之友"绝不会让图书馆"坐以待毙"。

2003年9月6日,地方政府正式下达了闭馆通知。"之友"旋即召开紧急会议,以"只要纳税人愿意支付物业管理费,我们就不要一分工资"为饵反复游说,终于说服地方政府,将图书馆的管理权转到了"之友"名下。邻村的吉恩·亚当森(Jean Adamson)女士也参加了那场图书馆保卫战,她是英国著名的童书作家和插画家,在她的影响力下,闭馆不到一个月,图书馆又重新回到了轰隆的轨道上。

大问题

大卫·弗莱明
David Fleming

并不需要大规模的解决方案，一个行动上的基本框架，外加无数

微小的对策 微小的对策 微小的对策 微小的对策 微小的对策
微小的对策 微小的对策 微小的对策 微小的对策 微小的对策
微小的对策 微小的对策 微小的对策 微小的对策 微小的对策
微小的对策 微小的对策 微小的对策 微小的对策 微小的对策
微小的对策 微小的对策 微小的对策 微小的对策 微小的对策
微小的对策 微小的对策 微小的对策 微小的对策 微小的对策
微小的对策 微小的对策 微小的对策 微小的对策 微小的对策
微小的对策 微小的对策 微小的对策 微小的对策 微小的对策
微小的对策 微小的对策 微小的对策 微小的对策 微小的对策
微小的对策 微小的对策 微小的对策 微小的对策 微小的对策
微小的对策 微小的对策 微小的对策 微小的对策 微小的对策
微小的对策 微小的对策 微小的对策 微小的对策 微小的对策
微小的对策 微小的对策 微小的对策 微小的对策 微小的对策
微小的对策 微小的对策 微小的对策 微小的对策 微小的对策
微小的对策 微小的对策 微小的对策 微小的对策 微小的对策
微小的对策 微小的对策 微小的对策 微小的对策 微小的对策
微小的对策 微小的对策 微小的对策 微小的对策 微小的对策
微小的对策 微小的对策 微小的对策 微小的对策 微小的对策
微小的对策 微小的对策 微小的对策 微小的对策 微小的对策
微小的对策 微小的对策 微小的对策 微小的对策 微小的对策
微小的对策 微小的对策 微小的对策 微小的对策 微小的对策
微小的对策 微小的对策 微小的对策 微小的对策 微小的对策
微小的对策 微小的对策 微小的对策 微小的对策 微小的对策
微小的对策 微小的对策 微小的对策 微小的对策 微小的对策
微小的对策 微小的对策 微小的对策 微小的对策 微小的对策
微小的对策 微小的对策 微小的对策 微小的对策 就足够了。

立谈之间，十七年过去了。

2003年，英国有4620家公共图书馆，其中被通知关闭、又在民间社团力量下重启的，难以计数。2008年金融危机，政府保银行不保冻死骨，大砍福利基金和公共服务开支，尽管如此，截至2019年，英国仍有4145家图书馆大难不死。很重要的一个原因是，民间社团不让它死。据英国图书馆特遣部队（The Libraries Taskforce）2016年的调查报告，由社团自行打理的图书馆全英超过382家；媒体统计的数据则多达590家。单我所在的剑桥郡，47所公共图书馆中，民间社团打理的（Community Managed Libraries）就占了11家，拥有911名志愿者。

"之友"的图书管理员们，也许没弗雷达·克洛夫茨专业，却各有所长。比如英国通史专业毕业的罗斯玛丽·高曼（Rosemary Gorman），就是村里的地方史学家。

"黑草莓"和"地方史学家"是英国乡村两大土特产。地方史学家一生只书写一个地方，格局虽小，却不见得无趣，像荷兰静物画家，一生只在葡萄叶般的细小宇宙里雕琢，一抹淡彩，却能拂动夏蝉的羽翼。

罗斯玛丽·高曼走家串户，采集了一箩筐的残篇断简，将村里参加过一战的年轻士兵和他们的成长故事汇成了一本书。她对我说，对于那些年轻的尸骨，历史不能就这样一走了之。

莎莉·麦克伊其恩（Sally MacEachern）则是一位教材编辑，同时也是读书会的负责人。她个子不高，阅读量却十分惊人，总是在图书馆的脚架上高空作业，像一只啄木鸟，只要是她推荐的书，大家的期望就比较高。还有一位灰发鹰眼、天生长得比较严肃的女士，每次借书还书，总给我一种重返教导室的错觉。尽管如此，我还是很感激她，同时也有一点无辜负疚。按2020年全英最低时薪10英镑算，每轮一次岗，她就为纳税人创造了超过50英镑的市场价值——这还不过只是"市场价值"。

啤酒节、古董汽车展、乡村音乐节之类，对"之友"来说，都是大忙日，必须得抓紧机会卖旧书、卖蛋糕、卖捐赠品，甚至卖唱来赚钱，赚到一点是一点，物业管理费是地方政府出了，水电暖气之类图书馆还是要自付的。每当此时，村里的玻璃艺术家安德鲁·钱伯斯（Andrea Chambers）就会起个大早，载着"之友"们制作的糕点，奔赴某块青草地，从支棚搭架到收拾碗碟，一直忙到日落西山，火烧云天。尽管如此，图书馆还是缺钱买新书。于是小馆和大馆之间达成连锁协议，有人来借小馆没有的书，可向大馆索要，大馆定期开车送书上门。

为省地租，还有人发明了巴士图书馆。车身漆成红蓝两色，狭小，温暖，仿如儿童潜水艇，尾舱还有一块圆形玻璃窗。"驾驶"图书馆的司机同时也是图书管理员，每天开着图书馆,在蜿蜒起伏的乡村公路上潜行,遇到山旮旯和轮椅上的读书人,就停下来,驻留一会,也伺机犒赏一下自己,捧起一本《这个奇异世界上的10分38秒》(*10 Minutes 38 Seconds in This Strange World*),呷上一口咖啡。

图书馆的重要性,好比《量子论》于爱因斯坦,"世上只有一件事,你是绝对要知道的,就是图书馆的位置"。英国人不一定知道雨伞在哪里,却肯定知道图书馆的位置,它甚至是一个心理坐标。孩子们放学后会跑去看小人书,坐在小板凳上,围成小甜甜圈,一直看到家长打哈欠为止;老书虫们会不露声色,频频光顾,圣诞前两天,还能看到他们捧着某个封皮难看的版本、挑三拣四的身影;失业人士会隔三岔五进去蹭暖气上网,在几寸见方的隔离板里等候天使的垂青;流浪者们会卷起铺盖,搭上一小块毛巾,径直走进它的洗手间,慢条斯理地把自己梳洗成哈里王子脱离王室之后的样子。此外,图书馆还是社区资讯中心,小到"呼啦圈减肥协会",大到"反抗灭绝运动"(Extinction Rebellion),都可以在它的广播墙上找到。

看到广播墙上的图书馆招募广告,有人便向长颈鹿提议,民间社团打理的图书馆不需要图书专业人士的参与,他应该也可以去应聘一下。那是2019年的初春,长颈鹿被每半年一次的"病情评估"折磨得几近崩溃,什么耶稣仁波切都一概听不进,唯独那句话听进去了,整个人便死灰复燃起来。他在慈善店买了一件庄重的旧外套，又去超市买了些牛奶、蔬菜和面包，还报名参加了"心智"（Mind，一家精神疾病公益机构）免费赠送的瑜伽减压班，甚至主动去大医院治疗因长年进食困难而不断积压在腿上的血栓凝块，还去见了NHS提供的就业咨询师……他没有女朋友，从未出过国，唯一的约会对象就是书，迄今为止，去得最多的地方就是街道拐角的图书馆。如果说他这一生曾有过哪些比较契合现实的理想，恐怕就是做一名图书管理员了吧！为此，他暂时打消了自杀的念头，一心一意等待身体变好起来。

二 一个直径30英里的圆

和土生土长的长颈鹿不同，我的焦虑是一种异乡人的焦虑，是海德格尔（Heidegger）笔下那种"无乡"（Homelessness）的焦虑。初到英国的头两年，尤其是"伦敦漂"的那段日子，我几乎被这种焦虑吃掉了，上半身是空心的，剩下两条腿，像落叶一样，被风吹得漫无目的。这种焦虑感，并没有随着和一个本土出品的人有样学样地过起了英国式的家家而消失。时不时地，它仍像腊月一样袭来，趁我毫无防备，在我那亚热带的躯体上盖上一层寒霜，这令我比长颈鹿更加期待某种救赎，而图书馆显然具有一股神奇的力量。事实上，比图书馆更让我好奇的是"图书馆之友"那样的民间社团，它们身上有一种我不曾见过却心向往之的微光。发现它们，定是一个发现新大陆的过程。

怀着好奇和期待，我以居住地为中心，画了一个直径30英里（约合48.28公里）的圆。圆画好了，我需要做的就是把自己缩小，缩到一朵菟葵[1]的大小，再用蜗牛的脚步去丈量。我相信只要足够缓慢、细致，就可以一点一点地勘察到它的全貌。

村礼堂是我的30英里第一站。村礼堂离我的住处直线距离约一英里（约合1.61公里），除了我频繁光顾的图书馆之外，我最喜欢的公共建筑就是它了。它有三间大活动室和一个带帷幕的漂亮舞池。舞池的天花板近四米高，像教堂建筑一样，锥形天顶还附带着某种天然的音响功能。此外，它还有一间配套齐全、带消毒碗柜的现代厨房。从为村里的公共项目集思广益（比如滑板池、游乐场或政府福利房增建），到一年一度的祭典（一战、二战纪念日等）；从始于1907年的童子军（Scouts）集会，到创办于1915年

---

[1] 菟葵，草本植物，有块状根茎；叶大部合生，掌状深裂，茎叶一枚生于花下而成一总苞；花单生，黄色或白色；萼片5—8；花瓣为鳞片状的空腺；雄蕊多数；雌蕊数至多个，具柄，有胚珠多颗，成熟时变为一束蓇葖。分布于东半球温带地区。可作药用。——编者注

的妇女机构（Women's Institute）每月一会；从苏格兰乡村舞会，到普拉提或童话剧（Pantomime）排演……所有这些公共活动，通通都在村礼堂举行。活动前，各个民间社团会提前预订场地，场租每小时10英镑不等，用来维持礼堂的水电暖气的供应和清洁维修。表面静如白蜡的乡村生活，只要进了村礼堂里，就变成了一只只酒缸，里面豢养着各种活跃的酵母。

每周二是村里的老人活动日，村礼堂不时飘出热茶和糕点的芳香。我总是借跑步为由，不由自主地溜进去，歪着脑袋，蹭老人的时间。

在一间带天窗的活动室，老人的时间被分成三段：早茶、午餐和下午茶。桌子也被齐整地排列成两行，上面铺着长条形的白色桌布。一边是上了年纪的女士，端坐在塞满靠垫的椅子或轮椅上，小口抿着碟杯中的奶茶，不时用颤抖的手按住领口上的印花手帕。她们依然是优雅的，只是像被什么按比例缩小了很多倍似的，像小人国的布偶；说话的声音，也仿佛被一只隐蔽的按钮消去了音量一样，我必须半跪下来，将耳朵凑近她们缩小的身体，将遗落在空气中的词语缀补起来，才能听明白。

男士们则坐在另一张长桌旁，穿着泛白的衬衣，打着谨慎的领带，有的还系着一种早就退出时尚舞台的帆布肩背带，全神贯注地玩着填字游戏、拼图或扑克牌。在与时间的角逐中,长桌上的茶点渐渐变凉。时间随记忆的鲸鱼出没,每一刻都如此珍贵。

午餐过后,是"趣味问答"(quiz),一种英国人酷爱的、百科全书似的答题游戏。老人们停下手中的棋牌,拿出纸笔,竖起耳朵,偌大的活动室,顷刻间鸦雀无声。提问的永远是一个性格活跃的人,在人群中不算太老,吐字清晰,声音洪亮,还会用眼角收集在座的反应。答题的过程,亦是寻找盟友的过程,老人们会跨过座位,交头接耳,划掉不靠谱的答案,或寻求更坚定的认可,一来二去,渐渐地,便成了彼此的知己。

皮特(Peter)告诉我,自从他的女友去世之后,这里便成了他唯一可以找到人说话的地方。他和女友没有结婚,却在一起生活了三十多年。村里有个墓园,离村礼堂就两支烟的距离,葬着她的骨灰。"那你就可以经常去看望她了……"粗心大意的我,话一出口,便懊悔不已。对于老人来说,世上许多悲伤是无法安慰的,只能在这种热热闹闹、摩肩接踵的空间,感受到些许暖意。

每周二,从早上9点半到下午3点半,村礼堂为三十多位老人供应着全天的服务。它们包括点心、茶水、餐饮,以及连同趣味问答在内的各种文娱活动。除圣诞休息两周,全年风雨不休。这些活动,貌似从容、松散,实则环环相扣,十分紧凑。很多老人靠助行器出行,十来米的距离得花上二十几分钟,因此必须派专车接送。场地要交租,交接时要打扫和清理,蛋糕要提前两天烤好,午餐要提前去超市采购,食材和作料必须新鲜可口,趣味问答的题目亦要事先打印出来,且至少半年内不能重复……杂志、棋牌还得时常更新——是谁在默默地耕耘着这一切呢?

莎拉·希培(Sarah Shippey)住在村主街的一栋老宅里,是个笑容可掬的热心人,热爱声乐的她同时也是当地民间古典合唱团的女中音,我曾在伊利(Ely)大教堂听过她的演唱。她的歌声,配合大教堂那古钢琴般精妙的建筑回声,堪称天籁。然而此时的她,却是一个看起来再平凡不过的女服务员,穿着工装,戴着围裙,忙不迭地推着餐车。原来,全权负责老人活动日所有事项运作的,正是她。不只是她,还有她的先生,她的左邻右舍,换言之,一整条街的居民志愿者。他们自发组建了一个叫"一日中心"(Day Center)的民间社团,和村图书馆的"之友"一样,堪称百分百"附近出品"。

"一日中心"比"之友"阵容更庞大,拥有几十名义工,包括一个能捣鼓出整套圣诞大餐、堪称专业的厨师队伍。寒暑假,村里的中小学生们也会帮忙。比如一位叫路易斯·希尔(Louise Hill)的小姑娘就曾创立过"每周一蛋糕"的扶助计划,时长一年,希尔也在高度的热情、黄油和面粉当中,度过了一年的少女时光。现在小姑娘已经博士毕业了，经常过来帮忙的，换成了莎拉·波拉德（Sarah Pollard）。她同时也在剑桥Hills Road学院攻读心理学和社会学，人长得乖巧秀气，做的蛋糕也像是从童话书里剪出来的，色彩柔美，还有波浪形的奶油花边。她忙起来跑进跑出，不断用手帕擦汗，不太忙时，就坐在小板凳上和老人们玩拼图游戏。我问她对这份工作的感受，她只是咧嘴一笑。有一次，她腼腆地告诉我，她其实有说话困难症，但不知为什么，在老人面前，这个症状就奇迹般地消失了。

"我们这个'一日中心'，1984年就开始运行了，一天都没有间断过，"莎拉·希培对我说，"圣诞节，我们还会带老人们去附近的园艺市场游览。我们的义工从青少年到退休人士，各行各业都有。有个13岁的小男孩，放学后就过来帮我们搬椅子。场租是一位过世的村民捐赠的，够用好几十年。老人除了支付5英镑的午餐费以外，茶点和专车接送，全是免费的。我们的支出非常透明。"说到这里，莎拉·希培拿出一个本子，给我看上面的账单：一公斤萝卜，78分；一袋面粉，1.25英镑；年月日、经手人签名，一样不少。八位厨师，十位茶水服务员，轮班工作，从采购到切菜，从送餐到洗碗，整个流程，像丝线一样光滑。

圣诞节前一周，是村礼堂最繁忙的日子。"一日中心"要给老人们准备一年一度的圣诞大餐，还要给每一个老人和义工派送圣诞礼物。我也趁热打铁，系上围裙，当上了洗碗工。孩子们早早就进场了,穿着漂亮的小西装,在舞台上站成三排,唱起了圣诞颂歌。他们来自村里的小学合唱队,平日的捣蛋鬼摇身一变,就成了甜美的小天使。音乐老师却反过来,露出一副"修女也疯狂"的扮相,伏在村礼堂的一台古董脚踏风琴上,狂敲猛击。接下来是一年一度的居民义演,剧目是传统的喜剧或童话,像《三只小猪》之类。纸糊的面具,粉红粉绿地套在头上,露出两只滴溜溜的眼睛。因为台词实在脍炙人口,于是观众席上就出现了那种全场老人化身大灰狼、试图吹倒小猪的画面。

厨房此时已成了流水线军工厂,七八位义工,在首席厨师的精准指挥下,以军事化的速度传递着餐具和珍馐美味。用餐仪式极其繁复,单刀叉就有三四副,不同尺寸的刀叉,对付着不同的甜点咸点,像是要还原出"最传统大餐"之势。一位叫安(Ann)的老奶奶,按捺着激动的情绪,眼眶湿润地坐在我身边的一张轮椅上。像其他老人一样,她原本也住在村子里,可惜因为行动不便,不得不搬到了离村六英里的小镇上。

"我想念这里的一切,"安说。

2018年的圣诞和2019年的圣诞,安都对我说过同样的话。

安的形象,像一幕八毫米的黑白影片,在我的脑海中挥之不去。有一天我也会老,走路也得依靠助行器,手背底下也会铺满脆弱的枯枝。这种衰老的既视感,让我迫切地感到了民间社团之于我的必要性。不像高尔夫球、帆船或红酒俱乐部,在贫富分化加剧、福利被削减的今天,没有什么比民间社团更能反映普通人的日常需要了。

打开谷歌地图,我从"需要"出发,在三十英里内细细搜索,很快就发现像"图书馆之友""一日中心"那样的非营利性民间社团,竟多达近百家。此外,还有几十家半营利的"企业型民间社团"(Social Enterprise Community Organization)。比如输入"流浪动物庇护",谷歌地图上就会冒出数个红色的水珠坐标。挨个点入,便可看到每个庇护所的网站、方位和用户评价。从林绿(WoodGreen),到蓝十字(Blue Cross rehoming Centre),到皇家防止动物虐待协会(RSPCA),林林总总竟超过十家。我决定找一个对自己最有用的,于是便打下了一行字:"求免费上门回收旧家具"。一个叫"以马忤斯(Emmaus)流浪者连锁之家"的红水珠便冒了出来,最近的一家,直线距离仅7英里(约合11.3公里)。于是不出半小时,我就站在了以马忤斯那金波荡漾的向日葵园里。

那是一块朝南的园地,目测约五英亩(约合20234平方米),与剑桥郡繁忙的村际公路A10一篱之隔,不仅种植着高大的向日葵,还栽满了豌豆、南瓜和各种沙拉青叶菜。两头猪、若干只鸡、无数只青蛙、各种昆虫,在拥挤而繁盛的园地里，乌托邦般地和平共处着。

园地紧贴着一排排宿舍楼，踮起脚尖，可以看到用牛奶瓶插花的公共食堂。穿过园地，是"以马忤斯流浪者之家"的货仓型回收点和销售点，建材坚实，占地宽广，阳光穿过高窗斜射进来，照亮了从狄更斯时代到脱欧时代的各种宝贝。改良的古董台灯、漂亮的衣帽首饰、实用的厨具，甚至还有自行车和园艺工具，全是旧爱。经过擦拭、打磨、重新上漆的老旧桌椅，呈现出时间特有的、水纹般难以复制的质感。再加上一面墙的旧书，附带一间卖手工甜品和绿色食品的咖啡馆，让人丝毫不觉得萧条落魄。

我以每本1英镑的价格，淘了十本《格兰塔》(*Granta*)杂志，又花了2英镑，买了一大块麦片枫糖糕，整个人便像心满意足的沙虫那样，陷入了咖啡馆的沙发。从此，"以马忤斯流浪者之家"就成了我的周末度假胜地之一。

一位在那里工作的小哥告诉我，"以马忤斯流浪者之家"是一名叫阿比·皮埃尔（Abbe Pierre）的法国神父兼前纳粹抵抗组织成员创建的。话说半个多世纪前的一个夜晚，有人敲开了皮埃尔神父的房门，将一个自杀未遂的家伙带到了神父面前。原来此人在吃了二十年牢饭刑满释放之后，发现家人已不再需要自己，无法忍受无家可归的生活，便想到了自杀。皮埃尔神父望着这个一心求死的人，心平气和地说，我帮不了你，不过，你正好可以帮我。我想在花园里修一座庇护所,给被遗弃的单亲母亲,你来修建它如何?

于是那个花园里的庇护所,就成了第一个"以马忤斯"。

有了安身之地,"流浪汉们"便开始回收、修理、翻新一切家什旧物,用卖旧物的钱养鸡养猪,种植作物,自力更生。这个理念很快传遍了欧洲。柏林墙倒塌后,罗马尼亚和波兰也随后建起了它的分社。今天,单英国本地,就有29座以马忤斯。

以马忤斯不过只是满天繁星的英国民间社团中的一颗。前剑桥义工服务地方委员会(Cambridge Council for Voluntary Service)的主管杰兹·里夫(Jez Reeve)给我寄来了一份她亲自撰写的报道:"2012年,剑桥市社区民间社团达到了近100家。每年,由当地义工创造的经济价值超过1423350英镑"——这还只是一个小小的剑桥城。在英国,以公益为主的民间社团超过了168,000家(2020年数据)。2018年—2019年,36%的英国人不定期地义务从事着至少一份社团工作,每月定期从事义务工作的人数则高达22%;2017年—2018年,义工创造的经济价值高达182亿英镑,相当于GDP的0.9%,超过2019年英国农业0.61%的总产值。

三　民间社团的精神支柱

原来我真的发现了新大陆！这个发现令我突然有点激动。如此庞大的实体，背后必有更为庞大的精神支柱。

"传统"是这精神支柱的基石吗？英国社会历来就有赈贫济乏的传统，不是吗——表面上看，似乎也说得过去。英国最早的济贫机构（workhouse）诞生于12世纪，创办者大多为宗教团体，从贵族或富人那里得到财力支援，转头用来拯救穷人——不过这种宗教色彩浓郁的施舍（后来又在资本主义发展中成为某种补偿手段）总是难免让人起疑（不然为什么长颈鹿在领救济金时，老觉得倍受侮辱呢）。

在BBC的纪录片或英国电影里，还经常可以看到：18世纪的慈善学校（Charity School，即民间社团和教会合作的学校），扫盲的同时总不忘灌输"德育"。其形式有点像《左传·僖公二十四年》中的"女德无极，妇怨无终"，只不过说教的对象从女人换成了穷人，且内容多为"穷孩子要把贫穷看作天意（God's will）"之类。在《英国慈善学校运动中的慈善和穷人的政府》（*Charity and the Government of the Poor in the English Charity-School Movement*）一书中，杜伦大学的人类地理学家杰里米·施密特（Jeremy Schmidt）曾这样总结道："彼时的社团功能，并非简单地为穷人布施，它还必须得起到一个交换作用，就算换不回爱意，也要换取穷人的谦抑、服从、尊崇和感恩。通过这种交换，等级观念才能持久不衰，不同阶层之间的纽带才能得到润滑和巩固。"

19世纪的济贫院表现得最露骨。济贫院表面为穷人提供食宿和教育，实则与监狱工厂无异。孩子们像骡子一样伏在流水线上干活。女性更惨，不能与自己的孩子关在一起，永远超时劳役，且从始到终只有一套工作服。

生存环境过于恶劣，于是便有人提出要对彼时的公益机制进行改革，比如苏格兰牧师托马斯·查默斯（Thomas Chalmers）。

19世纪中叶，托马斯·查默斯从淳朴的乡村教区调入格拉斯哥贫民窟，旋即便被各种惨象震惊了。他深知宗教已不再是社会的黏合剂，因为建立在基督教福音主义之上的慈善，谁更有资格被爱，谁在认真赎罪之类，是有严厉的宗教教义为范本的。因此权力机构的"善举"，像各种侮辱穷人的救济机制、慈善学校的道德课等，不过是"虚伪的慈善"（Artificial Charity）。而真正能与之抗衡的，应是"自然的慈善"（Natural Charity），即普通个体自发地伸出援手，受助者也有自救的意愿，社会力量（家庭、邻居、朋友等）再加入进来，通过家访，与穷人交朋友，帮助老人，为穷孩子提供世俗和宗教的双向教育等方式，筑起一个"贫者自助"的系统。这一观念,对后世英国民间社团的建构产生了深远的影响(《反思慈善机构》,*Charity Organization Reconsidered*, by James Lei.)。

因此,英国的民间社团现象,与其说是基督教传统的产物,不如说它更像是古典自由主义的产物(《托马斯·查墨斯的遗产》,*The Legacy of Thomas Chalmers*, by John Roxborogh)。

不过,仅用"自由主义"作为英国民间社团的精神源头,似乎还是单薄了,应该还有一些别的视角——比如从地理空间上看,几乎每个民间社团都有特定的服务范围,即"在地",这种强烈的地方性,让人不得不主动联想到英国文化中特有的"恋地情结"(Topophilia)。

"恋地"是英国诗人贝杰曼(John Betjeman)生造的词,指某种浓郁的、对某个地方的留恋与爱慕之情。词虽新造,"恋地"却是一种再古典不过的情结了。在达尔文(Charles Darwin)、比威克(Thomas Bewick)等英国自然主义作家的作品中,在弗罗斯特(Robert Frost)、华兹华斯(William Wordsworth)、雪莱(P.B.Shelly)、济慈(John Keats)等英国诗人的诗句中,它几乎无处不在。

以"恋地情结"闻名于世的,莫过于英国诗人克莱尔了。1832年6月,迫于生存压力,克莱尔不得不离开老家。新落脚点离他的出生地只有三英里(约合4.8公里),然而于他而言，这看似简单轻松的迁徙，却犹如一场生离死别。在一首告别的诗里，他这样哀嗟：

> 我已经离开了家园
> 绿野　和每一寸愉悦之地
> 今夏犹如到访的陌人
> 我举步不前，难辨她的脸
> 我多怀念那榛子树的欢绿
> 风信子宁静的垂吊和花开
> 那里　没有嫉妒
> 也没有恶意的目光
> ——摘自《克莱尔书信集》(*The Letters of John Clare*)

离开老家不过五年光景，克莱尔的脑海里就生出了各种幻象，最终被关进了疯人院。直到1841年，思乡心切的他，才总算从位于艾斯克斯的疯人院里逃了出来，一路狂走90英里（约合144.8公里），喝溪水，吃野草；露宿时，把躯体当成指南针，确定头朝北才躺下，就这样走了三天三夜，才终于回到了老家。可惜五个月后，他又被送回了疯人院，并在那个他称之为"英国自由精神的巴士底狱"里，度完了孤寂的余生（《克莱尔手稿选集》，*Pomes Chiefly from Manuscript*）。

克莱尔的生长之地,叫郝斯顿(Helpston),是一个坐落于北安普顿郡的小村庄。村子籍籍无名,却像得了神灵护佑似的,在克莱尔长大成人之前,一直未曾遭圈地运动的侵袭。迷人的英格兰湿地风光、淳朴的风土人情、与那块土地共生的劳动史,以及一场低烧似的青春期的初恋,令克莱尔认定了自己是那片土地的情人,她则是他的花草、牛羊、鸟语和河流。他说:"我会摘掉帽子,抬头端详起飞的云雀,或者长久地注视停泊在夏空中的黑鹰……我会寻觅好奇的花朵,低声哼唱它们的美;我爱那牧场,爱它的绒草和割蓟,绵羊穿行的小径;我崇拜那野生的沼泽地,以及像隐士一样划过忧郁天空的白鹭(《它唯一的束缚是回旋的天空:J克莱尔和郝斯顿的圈地运动》,*Its only Bondage Was the Circling Sky*: John Clare and the enclosure of Helpston, by John Felstiner)。

随之而来的圈地运动,并没有削弱克莱尔对那片土地的依恋,恰恰相反,他对它爱得更强烈了,他把爱的絮语汇聚成诗,掺夹着愤怒和反抗,失望和希冀。在那首广为人知的《湿地情人》(Lover of Swamps)中,他这样写道:

厚垫般的莎草

耸惧的露营地

沼泽在莎草中伸延

缠绕着你的家园

发抖的草
自脚下传出震厄
不肯托起肉身之重
携他跨过孤独失语之地

……

诗中的"他",既是诗人,据说又是沙锥鸟的化身。沙锥鸟也是那片湿地的古老居民之一,圈地运动将它们的栖息地变成了地主和贵族的打猎场,曾经保护过它们的当地农民,则被拦在了栏杆之外。克莱尔的生活似乎也一样,在圈地运动和工业革命的暴风眼中,他不过也是一只惊慌失措的沙锥鸟。耕地在消失,农民被迫涌入城市,移民被迫涌入他乡,地球表面浮动的板块上,到处都是非洲象群般的迁移,而那只是全球化移动时代的开端。

克莱尔抱着一枚故园的碎镜,死在了疯人院。但他对自然的敬意、对乡土生活和家园的留恋、美学上的质朴主义,以及他那英式的、不作声张的忧郁,作为某种与贵族生活毫不沾亲带故的英国性,却渗入了英国民间社会的骨髓。自然写作(Nature Writing)成了18世纪中叶到19世纪的一种新兴文学类型；以田野、花卉以及野生动物为主的自然画派（Wildlife Painting）也在悄然兴起。到了1970年代以后，无论是盛产土豆和甜菜根的英格兰水乡，或是诺福克渔村（Norfolk），或是以亚麻和造船业为主的贝尔法斯特（Belfast），几乎每一块英国版图上，都冒出了星罗棋布的"自然保护小组"（conservation society），它们是生长得最茂盛、普及度最高的民间社团，为英国当代的基层生态运动打下了坚实的基础。

我落脚的村庄，也有一个组建于1985年的自然保护小组。我和老公都是它的不定期成员。单人每年社团费7英镑，家庭12英镑。这笔钱维持着一个地方网站，一份打印在黄纸上的季刊，每年两到三次关于鸟类或野生动物的讲座，以及村自然保护区内的各种硬件和法律维护——只要有开发商在里面滴溜打转，就会有人像牧羊犬那样竖起耳朵。

1995年，村自然保护小组决定在老西河边（The Old West River）创建一片9英亩（约合36421.7平方米）的树林，心意有了，地价却不便宜，于是小组成员便找到了"英国林地基金会"（Woodland Trust，英国最大的林业慈善机构），由它出面，将价格谈到了25,000英镑。尽管如此，那笔钱在当时来说，也是一笔巨款，因为1995年英国中间阶层的平均周薪只有262.55英镑。好在英国人对美景的仰慕，完全超出了他们在柴米油盐中那点精打细算的理智，不仅村民踊跃募捐，教区委员会、地方政府、郡政府都不同程度地拨了款。土地买到了，村自然保护社团又召集了200多名居民义务参与植树造林活动，一片原本根植在脑海中的树林，终于像仙鹤那样立了起来。今年83岁的大卫·帕尔默（David Palmer）告诉我，那片林子里有三棵树就是他亲手种下的。至今他仍保留着那场造林运动的照片。照片中的他，看起来和他手中的树苗一样年轻。二十五年后，那片树林夏木沉沉，水色晴柔，却已然是当地野生动植物长久的栖息之地。

是基于这份深入骨髓的恋地情结，不愿看到家园变得荒芜、冷漠和贫穷，英国人才会如此频繁地参与在地的社团工作吧？

不过话又说回来，当我像爱尔兰人那样漂洋过海，最终在距离郝斯顿四十英里（约合64.4公里）的这个小村庄落脚时，人类已经进入了全球化移动的全盛期。家园的概念变得前所未有的模糊起来，古典的恋地情结也迎来了更大的挑战。比如我落脚的村庄，早就在农业工业化和全球垄断经济体制下，失去了自然村原有的熟人社会风貌，其人口结构也从世代务农人口为主，向城市新迁人口和移民人口为主转化，这种转化和"工业革命时代人口纷纷涌向城市"比起来，无疑是一种"逆袭"。随着农业工业化和精细化，农民作为一种"过时的身份"退出了历史舞台，农业用地也被地产商巧取豪夺，变成了他们手中的金矿。在大城市买不起房的上班族，其蜗居范围，像蚁群一样，越扩越大，最终渗透到几十英里外的田埂。城市上班族和外来移民，下乡养老的退休中产，以及少量原住民们……混合衍变，渐渐生出一个外表19世纪、内里21世纪的变体。资产、代际、种族和文化的大相径庭，传统亲缘、地缘关系的渐渐消失，令这个变体充满了滑向"陌生人社会"的风险。

不像郝斯顿之于克莱尔，我的新落脚点对我来说，是完全陌生的——从气候到风景，从食物到方言，从生活到思维习惯……而我这样的移民，在稍大一点的地方，更比比皆是。古典的恋地情结，对陌生人社会显然是无效的。这时候，一些更当代的社群理念，比如英国纪实记者、生态作家乔治·蒙比奥特（George Monbiot）在他那本书《跳出碎片：一种对付古老危机的新对策》（*Out of the Wreckage: A New Politics for an Age of Crisis*）提到的"地理上的邻近社区"（Geographical Communities），即"附近"（vicinity），就显得十分应景起来。

乔治·蒙比奥特理解的"附近"，不只是附近，它还应该是心理位移上让人能够产生归属感的"社区"（Communities），是一个不断生长和变化的有机体。回想起来,牛津大学人类学家项飙也在一篇访谈里谈到过"附近"。他说:"附近,是指跟你日常生活直接发生关系的那些地方和人。附近意味着个人与世界的真实连接。透过附近的概念,个人能够完成自己情绪、思想的投射并切实收到反馈。"

这么一比,倘若要把一个地方的居民粘合起来,让他们纷纷参与在地民间社团的建设和互动,当代的附近理念显然就比古典的恋地情要有效多了。比如作为陌生人的我,就可以偷梁换柱地,把"恋地情结"中的"地",即"Topophilia"中的"topos"(地方),换成"附近"。

我的"附近",和克莱尔的"附近"一样,是典型的英格兰湿地,即英国作家格雷厄姆·斯威夫特(Graham Swift)书写《水之乡》(Waterland)的地方。在这里,田野是舒缓而平展的,每到秋收时节,田野上就会布满一捆捆被扎成圆筒的麦秸。阳光穿过冰片般的薄云,化成金色的箭雨。马路和树林错落有致地分布在田野之间,水渠宛若无数条绿色丝带,信马由缰地牵引着牛羊和马群。麦穗丰腴而饱满,夏天的夜晚明亮而漫长。吃过晚饭,在田野和树林中行走,每次都以为世上不会有比这更孤寂的小路了,却总是冒出绵亘的河道来。然后是船,各种颜色的船,各种生活过的痕迹,有力或无力地被刻在斜阳里。草间闪耀着白露,光是时间的晚餐。

我的附近无疑是美丽的,然而这只是它的表面。我当然也可以像贵妇爱上狐皮那样爱上这个表面,可这种爱注定不会长久,注定不会像克莱尔的爱那样长久。

四 附近的内核

搬到乡下之后,我渐渐养成了跑步的习惯。每天早上,从村头跑到村尾,不错过任何一条腊肉飘香的小径。附近的居民恐怕早已熟悉那个神龟般的身影了,隔着窗口,远远朝我挥着手。一对黑鸟,在我中场休息的某棵柳树上筑了巢。教堂附近的草坪上,还有一位不施粉黛的女园丁,总是蹲在橡胶膝垫上,鼹鼠般地刨着土。她的不远处,是穿橘色吊带裤的环卫工人,掀开小狗标识的桶盖,拎出一只黑色塑料袋,将其准确无误地甩入卡车尾箱,后视镜里闪过一张吹着口哨的大圆脸……每当看到这一切,我就会不由自主地放慢速度,让心跳像蜗牛的心跳那样平缓下来。果然,一个写着"公共小径"(Public Footpaths)的路牌恍如一道守候已久的启示,闪入我的眼帘。

英国版图内有无数条公共小径,大多通向田野或自然保护区。每个城镇或村庄至少有一到两个自然保护区。英国人像守卫传家宝似的,守卫着它的每一帧风景。许多自然保护区看起来幽绿而古朴,追溯其由来,原来竟是"公共用地"的一部分。

"公共用地"本是一项英国的土地传统，历史相当久远。中世纪前后，英国的土地虽被皇家、贵族、教会和大地主所占，上面还建起了大大小小的庄园，但庄园之间却会刻意留出一片森林、牧场或荒地，作为"公共"之用，故曰"公共用地"。为庄园主劳作的佃农或农奴可随意在公共用地上采伐、狩猎或放牧，流民或穷苦人家也可以在它里面小面积地开荒，这种公共占地模式也叫"敞田制"（Open Field System）。1600年，26%的英格兰土地属于公共用地（《1475年到1839年英格兰土地公共权利》，*Common Right in Land in England 1475—1839*, by Gregory Clark & Anthony Clark）。

16世纪后，许多贵族和大地主们发起了"圈地运动"，致力于通过买卖兼并土地。圈后的地，被高墙和栅栏围封起来。敞田时代的公共用地逐渐消失，有的地区公共用地被圈至只剩无人垂青的穷山恶水。1700年至1860年之间，500万英亩的公共用地被圈走，供贫民使用的耕地仅占全国土地的0.5%（"英格兰份地简史"，*Brief History of Allotments in England*, by BK.），克莱尔的绝望，可想而知。

"公共用地"在消失，但"公共"（The Commons）的观念却像克莱尔的诗作一样保留了下来。持这一观念的人认为，阳光、空气、水源、栖息之地、信息、思想、艺术等自然和人文资源，都应该属于公共资源，不应被国家或市场垄断。美国作家和行动派改革家戴维·博利尔（David Bollier），上文提到的英国纪实记者、生态作家乔治·蒙比奥特等当代西方思想界的活跃人物，都很认同这一主张。同一战线的美国政治经济学家埃莉诺·奥斯特罗姆（Elinor Ostrom）还凭借她在此领域的研究，首次为女性赢得了诺贝尔经济学奖。今天，当学界谈到"公共"，普遍沿用的就是埃莉诺·奥斯特罗姆的阐释："公共并不单纯指公共资源，它还是一种自发组织的民间社会体系，一个丰富的民间公共领域"。

伴随着平等主义的发展，"公共"的概念变得更有迹可循。比如1750年到1850年工业革命期间，英国人口猛增近一倍，贫穷人口也随之飙升，一些上流人士和神职人员便借机提出了"既然圈走公共用地，那么就请出让份地"的主张，发表在1760年代的《绅士杂志》（*The Gentleman's Magazine*）上。主张呼吁，英国社会应在圈地运动中加入对贫穷问题的考量，将部分土地廉租给贫民耕用以缓解贫困压力，减少社会犯罪和混乱。倡议者们还给廉租地起了个好听的名字，即"份地"（Allotment）。一些民间社团，比如SBCP（促进社会进步和扶贫协会）亦相应成型，会员包括彼时的英国社会改革家托马斯·伯纳德（Sir Thomas

Bernard)等颇有影响力的人物。

虽然倡议有理有据，宁可死后大修陵墓、也不愿活时分一杯羹的贵族和地主们却大有人在。毕竟英国寸土寸金，即使是最廉价的农用地，据2020年的市价，一英亩（约合4046.86平方米）也得至少一万英镑。从封建世袭封地制、到敞田制、圈地运动，再到今天的土地商品化……英国的土地私有制一直不曾动摇。36,000个权贵家庭拥有全英50%的土地（《谁在占据着英国》，*Who Owns Britain*, by Kevin Cahill.），想把手伸进自由主义鼻祖约翰·洛克（John Locke）心目中那"神圣而不可侵犯的私人财产"，除非法国大革命卷土重来。

尽管阻碍重重，第一块份地还是诞生了。1809年，在英格兰威尔特郡的大索玛福村（Great Somerford），神职人员史蒂芬·德曼布雷牧师（Rev Stephen Demainbray）向乔治三世请愿，求国王将其名下的八英亩（约合32374.85平方米）地划作份地，并写入立法，即流芳千古的"大索玛福份地法"。立法指出，份地由地区政府负责打理，廉租给贫民耕种，不经议会讨论一律不许买卖和挪用。

1830年到1840年期间，更多的人参与了份地运动。英格兰中部63个地区800英亩耕地，以私人捐赠、地方政府买断或廉租的方式变成了份地。"东萨默塞特郡（East Somerset）劳工之友"的创建人乔治·斯科贝尔（George

Scobell）也将名下的土地捐了出来。大势所趋，贵族们也只好加入了份地运动，贝德福德（Bedford）公爵廉价出租600块份地，里士满（Richmond）公爵1500块，纽卡斯尔（Newcastle）公爵2000块……1834年前后，英格兰和威尔士42%的教区实行了份地政策。1873年，全英已拥有243,000块份地，平均每块1/4英亩（约合1000平方米）。到了1913年，全英份地增至600,000块。一战期间食品短缺，政府发动全民自食其力，份地数量猛增至150万份，二战时更暴增至175万份，一跃成为英国普通民众的备战粮仓（"英格兰份地简史"，Brief History of Allotments in England, bkthisandthat.org.uk）。

今天，英格兰份地数量大概在330,000份左右。排队等着耕种份地的人也不再局限于贫民，因为份地不单只带来食物，还捎来了一种绿色的生活方式。更重要的是，它将"公共用地"中的"公共意识"，通过公众对土地的所有权和使用权完美地传承了下来。它证明了在国有和私有之外，还存在着一个巨大的行动和想象空间。

搬到乡下后的第二年，我也奇迹般地申请到了一块份地，它有半个篮球场大，四季朝阳，年租低于21英镑。于是我这个五谷不分的人，便疯狂地开始了耕种生涯。春寒料峭，我就已经开始了室内播种。种子埋入5厘米高的小花盘里，底下用毛巾和旧棉裤蘸水加湿，上面盖保鲜膜保温。

除了书架，每个架子都放满了种子。土豆、抱子甘蓝、洋葱和大蒜是主力军，浩浩荡荡，分布在各种托盘上。邻家那憨厚的狗子若闯进来，看到密密麻麻的小盘子，没准还以为我在开"吃土自助餐"。

小面积有机耕种是典型的苦力。豌豆和向日葵从不辜负，番茄和小黄瓜对温度和湿度要求颇高，就经常难产。共情起来，感觉自己也在分娩，半夜起来上厕所都忍不住跑去掀保鲜膜，看有没有出芽。等到最后一场霜冻过去，春芽长到铅笔高时，满以为可以下地，却又面临着除草的问题。空置的份地，眨眼工夫就杂草丛生。匍匐冰草、羊角芹、荨麻、小旋花、马尾……林林总总几十种，都是野火烧不尽之物。有的野草横蛮如狡兔，在一米多深的土里建起迷宫，枝蔓又粗又长，绞杀纵横，不费蛮荒之力便不能斩草除根。有段时间我除草除到脑中空无一物，像是进入了冥想的最高境界。

奇妙的是，这些苦行僧式的农活，却令我和"附近"的关系一下子变得前所未有地亲密起来。尤其是当我俯下身，把手伸入黝黑而肥沃的泥土时，一种比地心引力更牢固的力量便会将我温暖地裹在其中。而当我从地里挖出第一筐土豆的时候，我觉得自己差不多就是这块土地的主人了。我不假思索地加入了村里的"份地小组"，和其他租户们分享着耕种的喜悦。租户们除了来自中国的我之外，还有来自马来西亚、波兰和其他欧洲国家的移民。别看我们只有几十户人家,我们的公共意识可一点也不滞后。我们分享着水源、农具、丰收的果蔬和花朵,以及各种关于有机农业和生态的知识。

在英国,这种公共意识无处不在,因此仇视它的人也无处不在。1968年,人口怀疑论者、美国生态学家加勒特·哈丁(Garrett Hardin)还做过一个著名的假设,叫"公共的悲剧"(The Tragedy of the Commons)。大意是,反正谁都可以到公共用地去放羊,那么出于人类的私心,公共用地很快就会挤满了羊;也不会有人打理青草,因为打理完了也会被别家的羊吃掉;久而久之,公共用地就会被群羊耗尽,最终成为荒地——这一假设,很快便成了公共资源私有化的重要理论依据。20世纪70年代后,英国经济体制也从战后的民主社会主义,逐渐走向了新自由主义。

讽刺的是,即使十分忠于这一假设,悲剧也依然照演不误。杀伤力最大的,是土地的悲剧。在英国,因为披着一件"风吹草低见牛羊"的田园牧歌式的外衣,土地的悲剧十分隐蔽,但只要受够了洪水、碳排放量、农业工业化带来的低劣土质,你就能感受到它的摧毁力。

每次看到斜坡上的羊群,我就会呼唤,狼啊,快来吧!一个没有狼的世界,是多么贫瘠啊。没有狼,庄稼地和牧区以外的野鹿就会呈几何级增长。在英国,野鹿一度繁殖到200万只，比上个冰川纪还要多。鹿群横扫一切，能把人脚底刺穿的小尖松叶也不放过，土地上的那点单衣都快要被它们吃没了。

但如果把狼招回来，画风就会彻底改观。狼会吃掉一些野鹿——这并不是最关键的，关键的是，狼会改变鹿的行径。鹿会特意避开一部分地区，尤其是容易被袭击的坡底和峡谷。鹿一走，这些低洼地带就会立刻重现生机，树木会迫不及待地长回来，在短短几年内聚成树林，尤其是易生的山杨、柳树和三角叶杨。林地的茂密，唤回一度无以为继的鸟类，爱吃叶子的海狸也会顺着美味游回来。像狼一样，海狸也是生态工程师，为其他物种催化着大量的生态区（niches）。海狸会用树枝垒起鸟巢般精密的堤坝，瞬间就可以将一个行将枯死的河岸变成麝鼠和野鸭的家园……一个生机勃勃的自然复兴就开始了！

然而，并不是每个人都眼巴巴地渴望森林。英国大部分的土地掌握在皇家、贵族和大地主手里（少于1%的人口世袭着英格兰半数以上的土地）。按每英亩85英镑左右的"欧盟农业补贴"来算，拥有的土地越多，收入就越高。比如18世诺福克公爵在苏赛克斯的农场所赚的补贴，就高达每年473,000英镑（这笔钱归根到底，来源于英国纳税人的腰包）。因此许多地主宁可养几只羊，或干脆烧掉植被伪装出"农业用地"的样子，也不愿种树，更别提"引狼入室"了。2013年初夏,当特殊人士生活津贴被大幅度裁减、长颈鹿几度精神崩溃之时,保守党环境大臣欧文·帕特森(Owen Patterson)却急匆匆地跑到欧盟议会,阻止欧盟在这一补贴上添加"上限",仿佛权贵们到手的银子还嫌太少。

今天,英国的森林覆盖面积只有13%,远低于33%的欧洲平均水平,而这种情况与这种高密度的土地世袭制、外加二战后的农业大工业化不无相关。在一些农场,土质差到可以将半只手臂伸进泥土的裂口,从前吃一个萝卜就能补充的养分,现在吃八个都不够;而真正的农场主们也因劣土而丧失了市场竞争力。这一切,无不在为"公共的悲剧"这种假设打脸。

此时,除了"公共意识",恐怕再也找不到其他可以使大地回春的力量了。毕竟,人类已经彻底告别了法国大革命的时代。凭借不屈不挠的公共意识和近三十年的努力,一个叫"回归野生"(Rewilding)的民间运动正在变得强大起来。它的野心,比83岁的大卫·帕尔默曾在老西河边种过的那几棵树大多了——它要将英国1/4的土地变回野生状态。为此,它几乎在英国的每一个大城小镇都设立了民间社团,频频邀请专家举办讲座,四处宣传归林的迫切性;他们上书议会,向政府施压,要求政府在脱欧之后,将此前投喂给大地主每年数以亿计的"农业补贴"改成"森林建设资金";它们建立会员制,开展众筹,为有意参与该运动的小农场主和社区居民唤来启动金……这一切,都取得了惊人的成果。

在苏格兰高地尼斯湖(Loch Ness),一个叫"依林而生"(Trees for Life)的民间社团,用捐款购置了一万英亩土地,又用十二年将其改造成了世界上第一个"回归野生森林中心"。在另一些地区,20万英亩的土地亦走在归林的路上。英国生态作家伊莎贝拉·崔依(Isabella Tree)是这一运动的核心人物之一。1980年代,她和丈夫继承了一块祖上的土地,苦苦耕耘了近二十年,换来的却是愈加贫瘠的土壤和农场的倒闭。她随后加入了归林运动,将名下3500英亩土地交给大自然打理。今天,仅靠生态旅游一项,她的年收入就有460,000英镑,差不多是农业补贴297,550英镑的一倍。

归林的观念如此深入人心——2018年英国大旱,为了让蜻蜓和蝴蝶获得最大限度的庇护,有人提出了"不割草计划"。话音未落,那些原本被主人铲得青皮毕现的前园后院,画风一转,变换成了"野草当阶生,偶坐蝶成群"。

我找不到比"公共意识"更坚韧的东西了,我觉得它就是附近的内核。被地方政府买下并移交到民间社团手中的村礼堂和图书馆、份地、自然保护区、野生森林,甚至NHS、二战后曾为英国近半数人口提供住所的政府廉租房,以及至今遍布英国的公立学校等等一切公共设施,都是这种"公共意识"的产物。

五　边界

我的30英里第二站,是一个叫"再想象资源中心"(Re-Imagine Resource Centre)的企业型民间社团。它在脸书上四处广告:"无需食物券,任何人,只要支付2.5英镑,就可以捧走10件食品"。我将信将疑地点开照片,一件件放大侦察,竟然都是好货,除了新鲜奶制品和果蔬得马上消灭以外,包装食品大可储放一两年。10件算下来,总值20—30英镑不等,分量还不轻。如果不是耶稣显灵,这就意味着,一个住在它附近的低收入者,只要每周骑自行车前往采购,就可以靠2.5英镑存活下来。当然,不喜生食,燃料费还是要出一点的。

我在英国食物银行工作,食物银行没有冰箱,因此只能供应超市和民众募捐的罐头食品。此外还得有"食物券",它是当地就业中心、医院、公民咨询中心之类的机构开具的,没有它就不能证明贫穷或饥饿的程度,因此也是行政和慈善挂钩的产物,即传统救济法中"经济状况调查"(Means Test)中的一种。

对于英国传统救济机制里的各种小心眼,我其实是有些耿耿于怀的,因为它们正面像菩萨,反面像老虎。毕竟,那几毛钱一听的罐头豆子、浸在保鲜剂里的午餐肉和盒装牛奶,除非得在防空洞里躲纳粹,否则谁会将其视为饕餮大餐?把自己穿成狼外婆,拎着篮子进来招摇撞骗吗?尽管如此,很多人还是觉得这些小心眼颇有存在的必要。这些人多半秉持"劳役即赎罪"的新教主义传统,坚信"福利喂养懒惰"的新自由主义价值观,他们中的很多人也许从未领取过救济金,估计也没怎么吃过罐头食品,却认为扶贫必须严审,宁可错杀三千也不能放过一个。

所以当我看到"不需食物券"几个字时,心中那点小激动是在所难免的。埃莉诺·奥斯特罗姆在"驾驭民间公共领域"的方法梳理中,最先强调的就是"边界"[1],而许多公共事务也表明,单有公共意识是不够的,还得有一个让公共意识畅行的公共空间,拆掉旧有的边界,或重新定义边界,即是对这个空间的重塑。"食物券"是一条横跨在"有资格的穷人"和"没有资格的穷人"之间的边界,我早就等不及它被拆除了,正好天气也十分配合,我关了网页,二话不说便跨上了自行车,朝"再想象资源中心"驶去。时值2019年仲夏,大麦刚熟,金色的麦穗在微风里摇

---

1 Ostrom's Theory: the first one is to define clear group boundaries.
  https://www.slideshare.net/PRAGYAShrivastava1/economics-38535238

曳，宛如金丝牦牛光崭油亮的毛皮。大朵的白云悬浮于蓝天和村际公路之间，车辆稀少，下坡路宁静而平缓，我的目光不时和鸟羽相撞，不知不觉就到了目的地。

"再想象资源中心"坐落在"毕渠弗垃圾回收站"（Witchford Recycling Centre）里，想象中的垃圾山和焚烧炉并没有出现，竖立在我面前的，是一片科技园式的现代建筑。"再想象资源中心"面对着一个小停车场，考虑周到地设置了自行车停靠点和特殊人士通道。走进高阔的拉闸门，一个阿里巴巴式的藏宝洞便从脚底一路向前铺排开来。所经之处，布满了颜料、彩笔、布匹、纸张、塑料珠片和镶花挂饰……一个大型童话剧所需要的一切布景材料，似乎都能在这儿淘到。几个小孩小猴似的爬上爬下，看到有什么合适的就扔进购物篮里。那种超市标准手提购物篮，不管什么宝贝，只要装满，一律6英镑。

宣称"2.5英镑"的食品则一筐筐地摆在入口处：土豆、红萝卜、番茄之类的时令蔬菜，甚至进口香蕉和哈密瓜，一样不少。入口处转左，通向一间不大不小的厨房，里面也有几排货架，盛放着大米和面条。透过冰箱柜门，还可以看到牛肉、奶酪、芝士之类的冷藏食品。

踌躇片刻之后，伴随着加快的心跳，我掏出了两枚事先准备好的2.5英镑硬币，递给了收银台后一位高挑黝黑、目光如炬的混血姑娘。

"我给你开个卡好吗?"混血姑娘说。她看起来正值壮年,一头浓密的非洲卷发紧紧地扎在后脑勺上,显得非常利落。"开了卡,有什么新的食品到货,我们就可以随时通知你,"她又说,"我们的食品都是赶在超市要扔掉之前从货架和货仓里打捞出来的,所以每次都不一样。"

可这不是还有一年多才过期吗?我顺手拿起一袋米。

"超市不单只淘汰即将过期的食品,包装有瑕疵或编码错误的食品也一概扔掉。扔的时候,还不会拆包装,导致塑料和食品一起葬身垃圾掩埋场。食品释放出毒气,塑料几百年都不降解,造成巨大的污染。想象一下,全球每天扔掉350吨的食物,英国每年也有超过百万吨的食品被推入掩埋场……"

"你是怎么打捞食品的呢?是直接跑到超市的蓝色(不可回收)垃圾箱里,像潜泳员那样跳进去吗?"

"哈哈,当然不是,我这不是一个民间企业社团嘛!是经过了正式注册和审核的,所以超市有食品过剩,就会提前给我打电话,然后我就会开个货车杀过去。"

"是我们本地的超市吗?"

"对,全是附近的超市。比如过两天,我就得到附近一家绿色农场打捞几只鸡,那可不是工业养殖的鸡哦!"

"走地鸡吗?恐怕会很贵吧?"

"一样的,全在2.5英镑以内。但你要早点来,晚了就给人领走了。我们还开设了一个社区食堂（Community Larder），所有打捞食品全部免费赠送。别看它规模小，最近两年内，它可为这一带的居民提供了近35,000多顿正餐呢。"

我惊叹地睁大眼睛。

"这个2.5英镑的新项目，叫社区食品室（Community Pantry），是对此前社区食堂的一个补充。目的是建起一个会员制，稳定用户源，2.5英镑就像是会员费。社区食品室开放的时间是每周五10到12点，先来先得哦。"混血姑娘边说边递给我一张崭新的会员卡，除了名字和联系方式，亦没有任何多余的填项。

世上不少地方，谁可以、谁不可以使用公共资源，是受地方文化限制的。在一些乡村，你甚至先得有那儿的祖先，才能饮用当地的井水——这么一比较，英国民间公共领域的进步性就彰显出来了。原来不仅"无需食物券"，性别、年龄、种族、国籍、学历、签证种类，是保守党还是工党，是"川粉"还是"川黑"，也一概无须考虑。边界能拆就拆，门槛低到几乎没有门槛，像圣诞前夕，全英各大教堂为孤寡人士举办的聚餐，管他总统还是乞丐，中国人还是爪哇人，订餐时一律不问来路，订好餐位就可以开吃。这种鼓励公共参与的精神之高亢，甚至完美地解释了"companionship"（陪伴）这个英语单词。在词根学里，

"panis"指的是"坐在一起分享面包"的意思。

不仅参与的门槛低,运行的门槛也很低。混血姑娘告诉我她叫露丝·马利(Ruth Marley),一半美籍,一半英籍。七年前,她把脑中的想法写进了一份"申请书",并在政府网站上按下提交键,旋即就通过了。我后来上英国政府网站查询"如何申请为民间社团",果然挺容易,写明目的,再申请一个用来收取公益基金的银行账号,并保证其绝对的公开性和透明度就差不多完成申请了。至于兴趣小组或年收入5000英镑以下的社团,甚至不用申请,公共领域的自治权,可见一斑。

申请成功之后,下一步就是争取地方政府的支持了。露丝·马利无疑是这方面的高手,脑洞大,口才还出奇地好。由地方政府出面,与地方政府签约在先的"毕渠弗垃圾回收站"便以低廉的租金,供出了仓库和铺面。附近商家更是积极捐赠,各种装饰材料的边角料,一箱箱地送过来,再在脸书上打个广告,急于搞舞台剧的老师们就带着学生跑过来了。至于打捞的食品,一部分来自附近超市,另一部分,则源自与"公平分享"(FareShare)的合作。

"公平分享"是一家大型连锁打捞食品货仓,专事收集过剩食品。在露丝·马利的描述中,它像是有几个篮球场那么大,英国所有的大型超市都和它签了约:条件只有一个,从它那里流出的食品,必须无偿赠出,不能进入任何售卖环节。第一家"公平分享"建于1994年,是在"危机"(Crisis,一家帮助无家可归人士的慈善机构)的名下创立的,旋即便以伦敦为中心遍地开花,为全英1000多个以"食物救济"为主的民间社团提供着食品来源。这些民间社团,像水母的触角,游弋于一个宽广而幽暗的底层社会。二十五年来,通过这些触角,"公平分享"为穷人和低收入者供应了23.68亿顿餐食,总值17.99亿英镑,"再想象资源中心"就是它那为之骄傲的触角之一。

对于这套"打捞—收集—分发—享用"的行动,露丝·马利将它归根于"飞根主义"(Freeganism),即通过消费回收的食品和物资,改善恶化的环境,同时也为消除贫困开拓新的可能。

由于参与和运行的门槛都很低,飞根主义者便逐年增多起来。不单露丝·马利的社团在分发打捞食品,附近小镇上,做同类工作的,还有一个叫"灯塔"的社区食堂(Lighthouse Pantry)。成为其会员的程序也同样简单,只需在一张表格上留下姓名和联系方式即可。会员费每周3.5英镑,可任意领取十件食品,外加四种免费水果或蔬菜。新科技也被利用起来,2016年,一个叫"Too good to go"(天物不可弃)的应用软件新鲜出炉,下载后输入地名,就可以联系到各种超低价或免费送出处理食品的餐馆。在伦敦的闹市区,不论是卡姆登区(Camden),考文特花园

（Covent Garden），抑或Soho，刷一下手机，便可像嗅觉灵敏的猫一样，一路顺着谷歌地图，找到那些餐馆。至今，已有15个国家2970万飞根主义者在使用这个软件，合作商家多达75,000家。

还有什么可犹豫的呢？我迅速填好了会员卡，将我最喜欢的印度袋装米饭还有久违的哈密瓜扛到了自行车上。

在走访社区食堂的同时，我还专程趁着每周一天的公众开放日，去参观了一趟附近的垃圾掩埋场，它离我家竟然不到七英里（约合11.27公里）。庞大而不可降解的垃圾坟地，远看像一座座连绵起伏的人造山丘，机器爪一刻不停地刨土挖埋。挖得太深，没有氧气，埋了十年的报纸，展开来还可以品读；太浅，臭气熏天，海鸥循味而来，叼啄潜在的藏尸。不管埋多少米，不可降解就是不可降解。在足以让恐高症患者昏厥的分类车间上空，工人们像分散于太空的星体一样，各自戴着面具，穿着连体防护服，孤零零地站在高耸的电动传送带一端，连续不断地将不可降解垃圾从普通可回收垃圾里挑拣出来，每天八小时，如此重复——这个画面，让我对食用打捞食品的身体充满了敬意。

不仅如此，寻觅打捞食品的体验，也比超市买菜的体验好多了。在超市里，物欲的满足感消失得像德国艺术家克里斯蒂安·扬科夫斯基（Christian Jankowski）的箭一样飞快(《超市狩猎》,*The Hunt*,1990年)。自动售货机更将人与人之间的互动体验消解至零。与此相反,到民间社团里觅食,却伴随着一股持久的幸福感。额外的骑行、体力的消耗、被延迟的欲望等,似乎都不能消解这种幸福感——它包含了惊喜(陈列柜里的食品每次都不尽相同)、确幸(对不济的命运和瘪小钱包的掌握)、感激(对陌生人的仁慈以及参与者的艰辛付出)、正义(不让地球毁于垃圾和毒气的坑洼)……在所有这些丰富性当中,还掺夹了一种平淡而柔韧的友谊,一种多于熟人和水果小贩之间的古老默契,与其说它是"友谊"(friendship),不如说它更像是一种来自同温层内的"抱团"(solidarity),一种在地的点赞——而这一点,对我这个"陌生人"来说,实在是太重要了。它的在地性、附近性、现场感,它所提供的关于"融入"的即刻体验……一切都正是我所需要的。

带着一股日新月异的融入感,我起了个大早,来到了我的30英里第三站,它是位于剑桥大学的西路音乐厅(West Road Concert Hall)。据说那里设有为少年儿童创办的音乐课,每个暑假都会定期开放。

不到8点,孩子们就已鱼贯入内,在接待大厅里等待报到了,放眼望去,百多个萌头萌脑的小人儿。看装备,大部分来自工薪家庭,乐器算不上牌子货,屁股上吊着那种平凡的、印有卡通画的书包。

接待大厅径直通往中央演奏厅，它阔大、高耸，像梯田一样向四周延展，音响效果和伦敦最好的歌剧院不相上下。围绕着它的，是一间间装有隔音设备的排练室。一整个早上，我像隐形虫一样，轻轻挤进一道门，又悄悄溜出一道门，从一个排练室钻到另一个排练室，在巴赫（J.S.Bach）的钢琴曲、皮亚佐拉（A. Piazzolla）的探戈舞曲或弗兰德斯与史旺（Flanders & Swann，英国歌唱喜剧二人组）的喜剧音乐里穿梭往来。当孩子们拿出乐器，像驯马师跳上马背那样闪出一道亮丽的音符时，他们身上那些平凡的假象便消失了，取而代之的，是一股真挚的童真和专注，像射入冰块的阳光，出其不意地征服着我。

音乐课的筹划委员会主席莉迪亚·希尔（Lydia Hill）告诉我，这里的音乐课总共分三期，暑假、复活节、圣诞节各一期，每期约一周，全天上课，周末聚演。听起来相当具有吸引力，可我还是不由自主地问了一个克莱尔式的问题："在这么高大上的空间里，和专业素养一流的老师学习，恐怕得不少银子吧？"英国穷人的生活普遍比克莱尔的时代有所改善，感谢民主社会主义时期创下的劳工法和福利制度，但全英依然有140万学童因为出身贫寒，必须申请免费午餐。果腹尚成问题，就不要说那些动辄每小时30英镑的文艺补习班了。

"哦，不贵。"莉迪亚·希尔边说边递给我一份报名表，上面印着：每期80英镑。来自同一家庭的孩子还可享受优惠，两孩150英镑，三孩210英镑等。此外，针对特别贫困的孩子，亦有不同程度的奖励和减免。我瞪大眼睛，简直难以置信。更令人惊叹的是，所有学费全部用来支付场租和音乐老师的工薪，至于幕后运营团队则分文不取。

这支运营团队叫"剑桥郡假日管弦乐队"（Cambridgeshire Holiday Orchestra），是本地工薪家庭中知名的企业型民间社团之一，靠廉价的学费和优异的师资，它每期都能招到数百名学生。而它的执行人员加起来却只有七位，分管宣传、招生、招聘、课程统筹、演出安排各种事宜。切除了行政管理的赘肉，省去了各种繁文缛节，七个人各司其职，神速又高效，至于那些戴着胸花、在幼小的孩子中帮忙维持秩序的则是每期临时招募的志愿者。

如此规模庞大、师资雄厚的音乐课，谁会想到它的发源地竟是一间普通居民的客厅呢？

莉迪亚·希尔告诉我，"剑桥郡假日管弦乐队"在1950年代就诞生了。那也是英国社会真正脱胎换骨的年代，年轻人正迫不及待地打破帝国殖民时代的各种陈腐，莫莉·吉尔莫（Molly Gilmour）就是其中的一员。莫莉·吉尔莫是剑桥本地的一位音乐家，出生于1913年的她，不仅是两次大战的见证者，还是战后重建的见证者。她在自家的客厅里开设了一个小型排练室，和朋友们一起授课，对象是"热爱音乐的孩子",且一概不论出身,势必要将属于上流社会的高雅音乐普及开来,于是"剑桥郡假日管弦乐队"的雏形便出来了。1956年,它获得了一些捐款,从莫莉·吉尔莫的客厅移到了剑桥植物园(Botanical Gardens)。此后的半个多世纪里,它不断升级场地,扩大生源和师资,最终搬进了西路音乐厅。在没有任何政府资金支持的年代,它靠捐款购买了大量的乐器,提供给买不起乐器的学生。在艺术教育资金被大幅削减的今天,它靠廉价的学费和一以贯之的平等主义活了下来。

趁午间休息,我拿出录音笔,逮住了一位叫保罗·加纳(Paul Garner)的小号老师。他看上去五十出头,高大健壮,挥起手臂来,气势蓬勃,像一股招纳百川的疾风。他出身音乐世家,毕业于伯明翰音乐学院,最辉煌的时候,曾作为英国国家管铜乐的一员在皇家艾伯特音乐厅角逐过全英管铜乐的冠军。他还到过全世界许多国家巡演,其中也包括中国。

一番寒暄过后,我单刀直入:"如果遇到家境特别贫寒却天赋过人的学生,你会如何对待他呢?"

他不假思索地说:"我会额外鼓励他,教给他我所知道的关于音乐的一切。"

"如果他穷到连买乐器的钱都没有呢?"

"那我会给他买乐器,并为他全力争取奖学金。"

保罗·加纳的采访录音,我反复听了好几次,每一次都很感动。倘若可怜的克莱尔能活到今天,想必也会感动不已吧!遥想那个在拿破仑战争时代出生的诗人,之所以有机会上学,全凭他的三个姊妹的夭折——毕竟,少了三张口吃饭。但他也只是上到了12岁就辍学了(《克莱尔的死亡:贫穷,教育和诗歌》,*John Clare's Deaths: Poverty, education and poetry*, by Simon Kovesi)。没办法,太穷了,一家老小挤在破旧的瓦房里,靠院子里的一株苹果树贴补房租。当他那做了一辈子雇农的父亲体力不支、终于累倒后,苹果树无人料理,房租问题便立刻迫在眉睫。房租像一头光膀子的狼,自克莱尔的幼年起,就对他穷追不舍,直到他进了精神病院为止。短暂的成名也没有为他带来稳定的收入,彼时伦敦的上流社会还不时以拜访为名,"组团"到郝斯顿,像一群窥穷癖者,不知疲倦地窥视着这个被他们称为"农民诗人"(Peasant Poet)的穷苦人。

在所有的边界中,最难拆除的,恐怕就是阶级的边界了。而剑桥郡假日管弦乐队却霸王硬上弓,一试就是七十年。其实何止它一家?图书馆、自然保护小组、份地小组、老年活动中心、回归野生森林小组、社区食堂……至今,我所走访过的任何一家民间社团,无不做着相同的尝试。分享(commoning)公共空间最大的困难之一,也许就是"如何在分享它的同时,不加进某种领地感(sense of territoriality）或不赋予其某种特定身份"了。当有人说（哪怕出于政治正确的考量，并不真正张口），"这个空间属于富人，这个空间属于穷人，或这个空间属于黑人，这个空间属于白人"时，这个空间就已经伤痕累累了。而民间社团这种停留在附近和邻舍关系上的浅层尝试，或许依然触不到制度性歧视的根源，却展现了一种公共空间的可能性：当底层的邻居和中产的邻居为了某种共同的、切身的、在地的利益（比如共同抵御环境恶化，或合奏同一首曲子）而齐心协力时，一个个开启平行宇宙的对话框就打开了。

六　联结之美

自从以居住地为中心，画了一个30英里的圆之后，我的生活就挂在自行车上了。2019年的整个夏天，我都在彩蝶翩跹的英格兰湿地里穿梭。风吹芦苇的声音、雨水滑过荷叶的声音、野马在硬度适中的黑土上奔跑的声音……这些美妙的声音，被大自然的梭织机织入空间的纤维，带给我一种奇异的时间感。和生活里那些被量化的时间比起来，我体验到的仿佛是另一种时间，一种被法国哲学家亨利·柏格森（Henri Bergson）称为"纯时间"（Pure Time）的时间。与切割成刻度的数学时间（Mathematical Time）

不同,"纯时间"充满了流动性,并与意识的延绵融合在一起。在意识的延绵中,历史和过去渗入此刻的每一个细胞,并更新出新的细胞,时间便打开了新的可能性。[1]

"附近",用可量化的时间来丈量,或许就只是一个"开车1小时31分零3秒"即可横跨南北的地理空间而已,倘若用"纯时间"来丈量,它顿时就变得无限广袤起来。每一片土壤的"此刻"都涌动着历史和过去,每一朵花的开放和凋谢都意味着改变和发生。在一个叫维根(Wicken)的湿地自然保护区里,这种时间感尤为明显。而它的空间,也不再是一幅地表生出的风景静帧,而是住在它附近的人,在千百年来漫长的意识的延绵里,在每一个互相联结的时间点上,对它不断地进行塑造和改变的结果。此时此刻,它仍在改变之中——维根保护区的义工们告诉我,几千年前,他们引进了野马,野马那不含毒素的粪便为屎壳郎提供了永久的搬家合约。屎壳郎驮着野马的粪便,在原本贫瘠的泥土里大行宫,土壤变得养料充足起来,土壤的改变加速着生态的改变,昆虫开始大量繁殖,鸟类也循食而来,宁静的天空底下,四处涌动着蓬勃

---

[1] Henri Bergson examines the time of the mind.
https://www.laphamsquarterly.org/time/pure-duration
https://brocku.ca/MeadProject/Bergson/Bergson_1910/Bergson_1910_02.html
https://www.angelfire.com/md2/timewarp/bergson.html

的生机。

维根通往一个叫瑞奇（Reach）的村庄，那里有一家专门为特殊人士打造的绿色农场，它是我的30英里第四站。每年，露丝·马利的"再想象资源中心"都会为该农场的节日和庆典提供食品或装饰材料，这一行动上的呼应，让我欣喜地看到了两个形态不同的点，在同一个公共空间里的联结。

穿过维根的芦苇丛，骑至一片草场地，我很快就发现，这种联结似乎不止一个。比如我脚下的"自行车和特殊人士通道"，它宽约两米，在草场地中央划出一条平缓的细砂小路，一路蜿蜒向前，融入远方的地平线。车道口竖着一块木牌，上面印着"国民自行车道网"（The National Cycle Network）的字样。打开手机一查，原来英国"国民自行车道网"也是一个民间社团，它是由一个叫Sustrans的慈善机构，在获得了一笔4250万英镑的国家彩票基金（National Lottery）之后筹建的。自1984年始，它就开始修建自行车和轮椅车道了，截至2020年，总计完成的车道超过12,739英里，其中1/3是无汽车车道。它们像细密的白色织网，连接起田野、河流、树林、村庄与市镇，并运用大自然的天然屏障，将闹市和空气污染巧妙地隔绝开来。

英国的自然保护区大多隶属当地自然保护小组的义务管辖区。自行车道的修建因最低限度降低了对野生动植物的侵扰,故而是自然保护小组们的首选。至于在哪里修,怎样才能不伤及生灵,则完全取决于自然保护小组与"国民自行车道网"之间的合作。显然,这两个功能各异的民间社团没有一官半职,却心有联结,并全心全意致力于一种永恒的美。

骑行大约17英里之后,那个叫瑞奇的村庄便从一片金边云里冒了出来。我拿出笔记本,打算先采访一下在村里散步的老人。哦,那个农场啊,一个老人说,有好几十年了!本来是块荒地,土质差得很,翻几层就见石灰,后来一群年轻人去建棚开荒,硬是把它种出来了;另一个老人说,我们经常去它家的店里买菜,能帮一点是一点吧,这年头的幸运者太少了,而且它也不远,走个600来步就到了。

我道了谢,蹬上自行车,一溜烟就到了农场。刚把车停好,一个只有几截竹笋高的迷你小哥就噗呲噗呲地迎了上来,热情地要和我击掌。农场经理汉娜·奥斯丁（Hannah Austin）紧跟其后,用一种幼儿园老师的口吻,把我俩介绍给了对方:"Hello,这是吉姆（Jim）,这是梆（Bang）。"

"吉姆,你几岁了啊?"汉娜代我问道。

吉姆叽里咕噜地应了一句什么,我没听清。汉娜把头转向我,代他回答,"吉姆已经28岁了哦,是我们的老学员了哦！是吧，吉姆？"

吉姆咧嘴笑了起来，开心得跟秋天的南瓜似的，嘴角也像顺溜的瓜藤一样，几乎勾到了耳根。就这样摇头晃脑，一直走到养鸡场，他才渐渐沉静下来，脸贴在栏杆上，专心致志地数起了鸡，很快便进入了那种看小人书的状态。

汉娜告诉我，农场只有18英亩（约合784平方米），土质太差，几个世纪一直空着。1989年，住在附近的一群热心人异想天开，要用它来"种菜育人"，将特殊人士培育成有一技之长的劳动者。出乎意料的是，该土地的产权拥有者，地方政府名下的剑桥郡农场（Cambridge County Farms）竟也一口答应了这项合作，并以几乎几十年不变的低廉租金，将这块地交到了这群理想主义者的手里。

每周两到三天，吉姆都会持特殊人士乘车卡，坐村际巴士来到这里。刚开始，村际巴士公司还嫌绕道，不愿经过这家农场，在一次农场发起的签名请愿之后，它妥协了，从此成为方圆几十里将特殊人士和农场连接在一起的交通纽带。农场的规模也逐渐扩大，不单有大棚暖房，还有恒温粮库、舞台和木工作坊。每周，超过100名特殊人士分批到此学习农艺、养鸡和木工工艺，地方政府按约定付给农场一定的栽培费，即每人每天41.50英镑。这笔钱用来支付看护和指导员的工资，购买农机装置，添置营养土和交纳冬季取暖费。看护和指导员的工资，老实说实在不高，也就和当地平均工资齐平，打开英国慈善机构工资报表，具体到小数点后的两位数都可以一一查到。好处就是，这样一来，农场的开支基本能达到一个持平状态了。能"持平"，就是"永续"（Sustainable），农场因而活了下来，还有了一个可爱的名字，"Snakehall Farm"（蛇廊农场）。

农场还开设了两家便民蔬菜商店，一家在农场的大门口，一家在附近小镇上，由上文中提到的那个叫"灯塔"的社区食堂提供店面，一切遵循绿色农业、环保或飞根主义原则，名字也生态味（Eco）十足，叫"Unwrapped"（不包装）。此前我还专程去了这家店的开幕式，挂着金色颈链的胖镇长亲自到场，和一脸憨笑的特殊人士合了影。因为自磨的咖啡和手工甜点比一般的咖啡馆便宜，那家店一直生意奇好。小镇居民们还经常提着藤篮子，自带空瓶子到那里去买菜，顺便补充洗发水。农场如果有剩余产品，则批发给剑桥郡的几家工人合作社零售点。抛弃了杀虫药和催长剂，依赖传统农业自然平衡法生长的果蔬，个头大小不一，色泽却是极好的，搁超市眼里，好比雅利安人种主义者眼中的残障儿一样都是废品，搁工人合作社的货架上则都是宝贝。

参观完暖房，汉娜带着我走进了木工室。几位看上去有先天学习障碍的青年工匠正在指导员的辅助下，有说有笑地用砂纸打磨着"驯鹿"。两截原木，一截脑袋，一截鹿身，弯曲的树枝做鹿角，再涂上橘红色，便是炙手可热的圣诞礼品了，放在小镇的圣诞露天集市出售。买家通常不是游客，而是每天互相点头致意的街坊邻里，即"附近"的创建者和受益者。

除了"再想象资源中心"以外，附近的许多民间社团，也都不遗余力地与农场进行着各种合作。屹立在农场中心的一架崭新的多功能农耕机，就包含着我的挚爱"以马忤斯流浪者中心"6000英镑的捐款——相当于100只旧衣柜，或500件旧衣服和1000套旧餐具的收入总和。

汉娜指着农场的办公设备对我说，"你看，这全都是附近的装修公司免费安装的，我们只付了一点材料费"。在公共厨房里，汉娜按下炉灶上的遥控器，它就像升降机那样，平稳流畅地降了下来，一直降到轮椅使用者得心应手的高度——这个让我瞠目结舌的装置同样也来自捐赠。募捐者从以马忤斯那样的所谓弱势群体，到玛莎百货公司，"英版星巴克"、Costa之类的大型连锁企业，不一而足。整个农场的运行体系，像深远而清冽的星空。附近居民、地方政府、民间社团、国民自行车和残疾人通道、巴士公司、社区食堂、工人合作社、圣诞露天集市、各家赞助公司等等皆是它的小行星。行星之间纵横交错的联结，以及这些联结迸发的新关系和可能性，构成了民间公共领域的生态区。在某种程度上，它与大自然的生态区是多么相似啊，由野马引出屎壳郎，又由屎壳郎带动起泥土、昆虫和鸟类乃至整片湿地的复兴。

2019年9月14日是蛇廊农场30周年大庆，方圆几十里的民间社团和公益组织几乎都来了，搭棚支架，卖起了甜点、书籍、玩具和各种手工制品。以马忤斯更是一早到场，在南瓜地旁摆起了旧货摊，安静的农场瞬间变成了热闹的墟市。两位扎着头巾的小提琴手，站在葡萄藤底下，用爱尔兰的乡村音乐为这一幕伴奏。我则在农场的另一头，手中牢牢地握着一根擀面杖粗的木棒，和一群农场学员们跳起了莫里斯舞（Morris Dance）。木棒替代热烈的击掌，在手风琴的伴奏下，发出清脆的欢响。我们在旋转中频繁地交换着位置和舞伴，像鸟群般变换着图形。

这是我第一次学跳这种15世纪的舞蹈，很快便被它那简洁明快的节奏俘获，有那么一刻，我甚至觉得自己苦练三年，说不定也能掌握它的秘诀。在此之前，我一直以为，只有地道的英格兰人才具有把它跳出"天鹅湖"的潜质。此时我又想起了克莱尔，想起了他那过人的恋地情结，那些让他魂牵梦绕的关于成长地的细节：穿上未经漂染的米色衬衣跳莫里斯舞，和好朋友一起拔豌豆荚子，将两颗有天然洞眼的石头穿起来，制作象征好运的护身符……这一切，对我这个异乡人来说，显然是陌生的。然而是否一定要像克莱尔那样土生土长，才能融入这一切，变成"这里"

和"此刻"的一部分呢？我在舞伴们眼中的倒影告诉我，不，这并不是绝对的。

七　在地的造乡

在我的居住地附近，民间公共领域的生态区比比皆是。即使是2020年的疫情，也没有斩断它们的根基。恰恰相反，它们似乎比从前更有活力了。

疫情像一道旷日持久的闪电，照亮了各种不良制度酿造的坑洼。自由主义和算法集权主义、地方保护主义和早已变异的全球化之间的矛盾，更加剧了一种近乎返祖的、猎巫时代的两极化。再坚硬的事物，也抵不过各种巧言令色、阴谋论或假新闻的滴水侵蚀。尤其在线上，大数据自带的偏见、互联网的虚拟人设、网络自身的陌生人社会属性、低廉的社交成本……都在迫不及待地把人类变成彼此眼中的异教徒。

然而在线下，疫情又势不可挡地变成了一道神奇的黏合剂，在末世般的惶恐和无法排遣的孤独感面前，催促着人们尽快地联结起来。无法进行肢体接触，人们便在窗台上放置联络信物。为了吸睛，有人还在4月就挂出了圣诞彩灯。我们的份地小组，竟在疫情的高峰期，丧心病狂地搞了一个"稻草人比赛"。一夜之间，耕地上冒出二十几个奇形怪状的稻草人，有的长得像胖乎乎的向日葵，有的像中世纪的骑士，就这样披星戴月地站着，一直站到了圣诞。至今，没有一个稻草人因为主人不同的政治倾向而遭到另一个稻草人的殴打。

凭借从民间社团那里积累的丰富经验，我落脚的村庄，仅在十天之内就建起了一个近百人的"志愿者"团队，我也迅速成了该团队的一员。简单填了一份自我介绍之后，我便收到了一张工作地图，其中黄点为志愿者，红线范围内为每个黄点的负责区域，每个区域用绿色字母划分开来——我属于Z区。Z区内有五户老人，其中三户为独居寡妇。接下来的工作是印制表格：志愿者将自己的联系电话和负责事项，像帮忙去药房取药、遛狗、去超市买菜之类，一一填入表格之中。完了再将表格投入各区居民信箱。整个过程，描述起来像洗衣机说明书一样枯燥，实践起来却其乐无穷。当2020年的秋天来临的时候，我已经和负责区内的三位独居寡妇建立了患难与共的友情。

同样的模式，心照不宣地在整个英国迅速蔓延开来，我们把它叫做"共助模式"（Mutual Aid）。单剑桥郡本地的共助小组就有5300名志愿者。我们在脸书上发布各种求助、捐款或支援信息，除了救人，也救宠物和野生动物，我们还征求上书议会的签名，对各种不合理的决策提出异议。高科技也在帮忙，在英国共助（covidmutalaid.org）

网上，只需输入邮编就可以立刻找到附近的每一个共助小组，它们像缜密的渔网一样，均匀地分布在英国的地理版图上。

至今，我还记得自己推着自行车到附近农家门口收集土豆的情景。一大麻袋沾满泥土的土豆，重达上百公斤，自行车运，要分三次才能运到我的工作地点，即本地食物银行的配发中心，而我只是随便招了招手，就有开着汽车的街坊停下来，三下五除二，为我将土豆送达目的地。整个疫情期间，在全英救济食品需求量猛增三倍的情况下，附近居民马不停蹄地为我们送来了总量以万吨计的食品，从而断绝了路有冻死骨这种情况的发生。每一个小物件：罐头食品的味道、香皂的味道、草纸的味道……构成了某个特定时期的物质生活。这种生活充满了匮乏和焦虑，却也隐含着淡淡的温情和希望。每一件物品，都是通过一个具体的人、一段具体的地理距离传递的。

我的邻居和朋友乔·菲茨帕特里克（Jo Fitzpatrick），自疫情以来，也几乎片刻未歇。疫情最严重的时候，她在路上义务跑了三个月，行程超过2000英里。原来，自疫情爆发后，成千上万的人因感染或有感染嫌疑，接到了医院的隔离通知。不能出门，怎么解决吃饭问题呢？于是中央财务部便给每个地方政府定期打进一笔钱，让地方政府购买食品并分发给隔离者。但地方政府根本没有足够的人手进行实际分发，于是民间社团进场了，先由红十字会的义工进驻食品仓库，整理打包，将食品按人口配额、营养以及素食需要装箱，再由英国搜救队（Search and Rescue Teams）的志愿者以及各种在地民间社团的成员，将标注好的纸箱亲自运送到每一个隔离者的手中。

乔就是英国搜寻队的志愿者之一，除了派送食品，她也派送药品和PPE，地方政府为此支付她每英里45分钱的汽油费。整整三个月，她学会了怎样安排路线，哪片密林可以抄近道，甚至还研发出了一套为保护隔离者隐私而设置的接头暗号系统，简直是二战时期抵抗组织（Resistance）的最佳人选。

村图书馆的"之友"也没闲着。封城并不意味着"图书馆之死"。"之友"很快便推出了网上借书、再由义工送书上门的服务。被指定的书，用报纸包好，放在用户门口，进了门再隔离三天，以确保安全。我经常在村主街上撞见"之友"的义工们，拎着一沓厚厚的书，脸上挂着邮差的微笑。露丝·马利的"再想象资源中心"则每周六为附近的穷困户送菜上门，一直送到第一波疫情解封的那天为止；她还赶制了400多个口罩，免费送给了前线工人。

疫情之初，蛇廊农场就把特殊学员送回了家，但这并不等于歇业，鸡要喂养，果蔬也要除草浇灌，种植和收割的重任落在了农场的教员和志愿者身上。奇妙的是，2020

年的天气格外的好，风调雨顺，为农场的"不包装"绿色生态店提供了充足的货源，"不包装"因此得以推出社交距离内的送菜服务，前线工人成为优先投送的对象。就连"剑桥郡假日管弦乐队"也没有全面停课，它随机应变，推出了在线音乐课——响应历史学家尤瓦尔·赫拉利（Yuval Harari）的观点，科技应该服务于人类的福祉。

一心等待图书馆开门的长颈鹿，疫情期间则加入了精神疾病公益机构"心智"组织的Zoom会议。每周两次，每次两小时，和"心智"的志愿者们一起，通过Zoom为附近的精神类疾病患者提供陪伴和心理解压服务。2020年是Zoom元年，因为Zoom彻底打开了一个全新的数字民间公共空间。此前活跃于线下的本地民间社团，连同各种五光十色的兴趣爱好小组，像"斯多葛哲学研究组""AI研究组""冥想小组""西班牙语小组""瑜伽小组"之类也几乎全都把家搬到了Zoom上。有个叫"国际诗歌小组"的，还标明了从开普敦到洛杉矶再到伦敦的时差，打开Zoom窗探头进去，里面果然端坐着各种奇装异服的国际友人。整个2020年，只要不工作，我就会泡在Zoom上。穿着棉拖鞋，抱着暖手器，坐在Zoom前参加读书会；或者捧着一杯水果茶，歪着脖子，看野生菌类专家在Zoom上展示那种能把人五秒内毒死的本地蘑菇。

关于公共意识、民间公共空间和凝聚力的讨论，也比以往任何一个时候都多了起来。在我的附近，一个叫"剑桥民间公共领域"（The Cambridge Commons）的民间社团横空出世。每周三晚，它通过Zoom把本地居民聚在一起，讨论着如何从地方事务着手，改变疫情引发的社会问题——细想一下，这也是环境使然，英国纪实记者、生态作家乔治·蒙比奥特就不止一次地说过，那种以工厂和作业基地为核心的劳工聚合/抵抗模式，早已随工会的式微，零工经济、Soho经济的出现而日趋瓦解了，人类的工作也变得越来越只剩糊口的意义。民间公共领域因此成了人类仅剩不多的宝藏，它的公共意识、在地性、无边界、联结性……它的所有特质都让它天然地具有一股自下而上的力量。

所有这一切，都发生在一个叫"附近"的小世界里。每当我对现实感到绝望的时候，它们就像热带雨林中的金丝猴一样，从树枝上跳下来，在我的后背轻拍一下。听说1960到1970年代，许多北美人不满现实，抱着锅碗瓢盆跑到偏远地带，为了造出一个理想的栖息之地回归自然，建生态村，发展一种A. C. 麦金泰尔（MacIntyre）认可的社群主义，当然也没什么不好，只是路径有些非凡。如果类似的"造乡"（Placemaking）在附近就能展开，那就再好不过了。通过对地方记忆的挖掘，对社会关系的深耕，对身份认同的培育——就像法国人类学家马克·欧杰（Marc Augé）所设想的那样[1]，将公共意识，这一源自敞田制时代的思想遗产秉承下来，再将自己变成一颗小行星，通过与其他行星的联结，进入民间公共领域的生态区，继而一起分享公共资源，改进公共空间，最终将附近变成"恋地之地"。

这一切，听起很宏大，却绝非是一个缔造个人里程碑的过程。对我来说，它是陌生的个体与在地建立私密关系的过程，是化解"无乡的焦虑感"的过程，是一个雨滴与溪流的汇合过程。尽管雨滴汇入溪流的运动，较之于时代的电闪雷鸣，是如此微乎其微，但我却偏爱它的微小。英国文化历史学家大卫·弗莱明（David Fleming）曾说过一番意味深长的话："大问题并不需要大规模的解决方案，一个行动上的基本框架，外加无数微小的对策就足够了。"[2]

---

[1] 法国人类学家马克·欧杰定义的"地方"是：对历史记忆的挖掘，对社会关系的深耕，对身份认同的培育。这些理念出自《非地方》（Non-place）。
https://www.oxfordreference.com/view/10.1093/oi/authority.20110803100237780
另：欧宁在《恋地与造乡》一文中，亦用中文概括过，并将其称为马克·欧杰三要素。
https://zhuanlan.zhihu.com/p/38087021

[2] https://www.flemingpolicycentre.org.uk/lean-logic-surviving-the-future/

数据和资料引用出处（按出现顺序）：

Some 2,380 people have died after being found fit for work and losing benefits, Department for Work and Pensions (DWP) figures show.
https://www.bbc.co.uk/news/uk-34074557#:~:text=More%20than%202%2C300%20died%20after%20fit%20for%20work%20assessment%20%2D%20DWP%20figures,-27%20August%202015&text=Some%202%2C380%20people%20have%20died,Pensions%20(DWP)%20figures%20show.&text=The%20DWP%20said%20no%20link,being%20deemed%20fit%20for%20work.

2003, there were 4,620 public libraries in the United Kingdom
https://www.statista.com/statistics/290207/number-of-public-libraries-in-the-united-kingdom/

Libraries in the United Kingdom - Statistics & Facts:
there were 4,145 public libraries in the United Kingdom.
https://www.statista.com/topics/1838/libraries-in-the-uk/

Community Libraries Frequently Asked Questions
https://www.northamptonshire.gov.uk/councilservices/library-service/Documents/CommunityLibrariesFrequentlyAskedQuestions

case study: Community managed libraries: Somersham library, Cambridgeshire, East
https://www.gov.uk/government/case-studies/community-managed-libraries-somersham-library-cambridgeshire-east

The Libraries Taskforce report (March 2016) reports 214 "community supported or community managed" or 382 "when commissioned community libraries are included". 590, this figure constantly updated from media reports.
https://www.publiclibrariesnews.com/about-public-libraries-news/list-of-uk-volunteer-run-libraries

11 community managed libraries in Cambridge 911 volunteers
file:///Users/mac/Downloads/LIBRARY%20SERVICES%20OVERVIEW%20DOCUMENT%20(1).pdf

There are just over 168 thousand charities operating in England and Wales as of March 2020
https://www.statista.com/statistics/283464/number-of-uk-charities-in-england-and-wales/#:~:text=Number%20of%20charities%20in%20England%20

and%20Wales%202000%2D2020&text=There%20are%20just%20over%20 168,160%20more%20on%20the%20register、

Over a third (36%) of people volunteered formally (ie with a group, club or organisation) at least once in 2018/19.
https://data.ncvo.org.uk/volunteering/

The voluntary sector contributed £18.2bn to the economy in 2017/18, representing about 0.9% of total GDP.
https://data.ncvo.org.uk/impact/

In 2019, agriculture contributed around 0.61 percent to the United Kingdom's GDP
https://www.statista.com/statistics/270372/distribution-of-gdp-across-economic-sectors-in-the-united-kingdom/#:~:text=In%202019%2C%20 agriculture%20contributed%20around,percent%20from%20the%20services%20 sector.&text=The%20vast%20majority%20of%20the,particular%20keeps%20 the%20economy%20going

Charity and the Government of the Poor in the English Charity-School Movement (P786) by Jeremy Schmidt

Charity Organization Reconsidered, by James Lei

The Legacy of Thomas Chalmers, By John Roxborogh

The Letters of John Clare, by John Clare

Pomes Chiefly from Manuscript, by John Clare

Its only Bondage Was the Circling Sky: John Clare and the enclosure of Helpston, by John Felstiner

here are the median values for the adjusted income data in £ per week: 1995/96 £262.55
http://answers.google.com/answers/threadview/id/265547.html

Common Right in Land in England 1475-1839, by Gregory Clark & Anthony Clark

Brief History of Allotments in England, by BK https://bkthisandthat.org.uk/

Who Owns Britain, by Kevin Cahill

英国民间观察：附近、公共和在地的造乡

Great Somerford has Britain's first allotments. Enclosure of common land, facilitated by the Inclosure Act 1773
https://en.wikipedia.org/wiki/Great_Somerford

There are an estimated 330,000 allotment plots in England
https://www.theguardian.com/lifeandstyle/2020/aug/10/interest-in-allotments-soars-in-england-during-coronavirus-pandemic#:~:text=There%20are%20an%20estimated%20330%2C000,has%20also%20provided%20many%20sites

The Tragedy of the Commons, by Garrett Hardin

the UK deer population is thought to be up to 2m, more than at any time since the last Ice Age
https://www.bds.org.uk/index.php/advice-education/why-manage-deer#:~:text=Protecting%20deer%20and%20the%20countryside&text=Although%20an%20accurate%20assessment%20is,%2C%20are%20indigenous%20(native

Half of England is owned by less than 1% of the population
https://www.theguardian.com/money/2019/apr/17/who-owns-england-thousand-secret-landowners-author

Why do farmers get paid by taxpayers?
https://www.bbc.co.uk/news/science-environment-54238571

The largest single payment – £473,000 – was paid to a Sussex farming firm run by the 18th Duke of Norfolk,
https://www.theguardian.com/environment/2019/jan/27/revealed-the-mps-and-peers-receiving-millions-in-eu-farm-subsidies-cap

Big farms will no longer get such huge EU subsidies, but Owen Paterson, the Environment Secretary, has called for more reforms to stop the cap.
https://www.telegraph.co.uk/news/earth/agriculture/farming/10143126/Big-farms-to-see-European-subsidies-slashed.html

Only around 13% of the UK is covered in woods and forests
https://www.woodlandtrust.org.uk/blog/2018/04/woods-forests-facts/
In Europe, forests cover approximately 33% of total land area,
https://www.nature.com/articles/sdata2016123#:~:text=In%20Europe%2C%20forests%20cover%20approximately,following%20growing%20urbanisation7%2C8

Rewilding Britain
https://www.rewildingbritain.org.uk/

Topophilia and Quality of Life: Defining the Ultimate Restorative Environment, by Oladele A Ogunseitan

Trees for Life establish the centre on 10,000acre estate in the highlands
https://news.stv.tv/highlands-islands/worlds-first-rewilding-centre-to-open-near-loch-ness?top

Wilding Knepp: The Return of Nature to a British Farm with Isabella Tree: Isabella Tree annual income: £460,000 https://www.youtube.com/watch?v=kvD1DGSS8Aw

Re-Imagine Resource Centre
https://www.govserv.org/GB/Witchford/525246767513269/Re-Imagine-Resource-Centre

in the 25 years since launching FareShare has provided food equivalent to 236.8 million meals – all provided to people in need via our network of frontline charities, and worth £179.9 million in costs avoided by the voluntary sector if they bought the same food and drink.
https://fareshare.org.uk/what-we-do/our-history/

29.7million happy users fighting food waste
75,000 BUSINESSES BY 2020
Waste Warriors fighting food waste across our 15 countries
https://toogoodtogo.org/en
(This date was from 2020.12.14)

This means an extra 1.4 million children will be able to rely on at least one free, nutritious meal every school day.
https://www.childrenssociety.org.uk/what-you-can-do/campaign-change/fair-and-square-free-school-meals-all-children-poverty#:~:text=This%20means%20an%20extra%201.4,together%20can%20really%20get%20results

John Clare's Deaths: Poverty, education and poetry, by Simon Kovesi

It was created by the charity Sustrans who were aided by a £42.5 million National Lottery grant.
https://en.wikipedia.org/wiki/National_Cycle_Network

In 2020 the NCN was recorded as having 12,739 miles (20,501 km) miles of signed routes.
https://en.wikipedia.org/wiki/National_Cycle_Network#:~:text=It%20was%20created%20by%20the,km)%20miles%20of%20signed%20routes

Snakehall Farm
https://prospectstrust.org.uk/

Topophilia and Quality of Life: Defining the Ultimate Restorative Environment
https://www.ncbi.nlm.nih.gov/pmc/articles/PMC1277882/

Yuval Noah Harari and Tristan Harris interviewed by Wired
https://www.youtube.com/watch?v=v0sWeLZ8PXg

The Cambridge Commons
https://www.thecambridgecommons.org/

George Monbiot – The invisible ideology
https://www.youtube.com/watch?v=t-cP1prsBIo

Non-places: Introduction to an Anthropology of Supermodernity: An Introduction to Supermodernity, by Marc Augé

David Fleming: large problems don't need large-scale solutions.
They require small solutions with large frameworks for action.

发自英国

触碰

撰文　波比·塞拜格-蒙提费欧里（Poppy Sebag-Montefiore）
译者　牛雪琛

1999年至2007年间，我时常住在中国。我曾在BBC北京分部担任记者，最初我并不是因为这份工作来到中国的，但是这份工作让我在中国住了很久。还记得我报道的第一则新闻，是关于中国发射首架载人航天飞船的。我们播报了宇航员杨利伟从太空传回的消息，当时他正在独自环绕地球轨道，他的声音带着电波的嗞嗞声，他说："感觉良好。"好的方面可能已经被描述了很多遍了，但当时是2003年，在我们看来，中国正在从社会主义经济转变为市场经济，从发展中国家转变为全球超级大国。我们的新闻焦点也从激动人心的发展和希望，转向高速现代化发展可能造成的后果：污染；城市的外来务工人员的生存状态；土地被非法没收并出售的人们……这是一个史诗般的故事，但低谷部分令人感伤。在派驻期快结束时，我已采访过许多处于不安、恐惧状态中的人，以至于自己也受到了影响，几次特殊的经历之后，我变得有些妄想症似的，回到家后

触碰

还会检查一下窗帘的后面。

在变成这种状态之前,我深深热爱着中国。每天醒来,我都像婴儿观察世界一样地吸收新鲜事物:中文,中国人的生活方式,每天都有各种感动,很多时候这些感动来自朋友、陌生人、打扫我家旁边街道的女士、卖饮料的小贩、餐馆老板、下棋的老人,以及很多很多我不认识的人。大多数人我都没有机会再次遇到了。我被拽着、推着、拉着、靠着,我的手被握着。正是在这些微小的、亲密的、姿态性的时刻,我开始渐渐看到宏观变化如何烙印在人们的关系和内心。

人与人之间的触碰有自己的语言,而且其中的规则与我故乡的规则正好相反。在北京的街头,人与人之间有无数的触碰。人们在街上擦肩而过时手臂互相撞到或蹭到,无须道歉,甚至无须躲开;排队的时候,陌生人有可能会整个地靠在别人身上。似乎每个人都可以以某种方式接触其他人的身体。买家和小贩在讨价还价的时候会握着彼此的手臂;人们打牌的时候会挤在一起;到了晚上,女人们会像在跳交谊舞那样手挽着手,像跳华尔兹一样簇拥成群地穿过街角。

在公共场合,陌生人之间的触碰像一首有着丰富曲调的小曲,曲调中既不包含性,也不涉及暴力,但也不能说是完全不带感情色彩的。没错,有时候由于空间不足,你可能会被人靠着，或是被踩几脚。不过也有些时候，你可以选择想靠着的人，或者被他人选择。再比如，当你拿着大蒜讨价还价准备离开时，你可能会感到有人抓住了你，你也会抓住对方的手臂。触碰是一种非常精妙的交流工具，你可以通过触碰来表达你对他人行为的赞赏，比如他们微笑时眼中闪烁的亮光，协商时的直率，还有他们展示出的善意。

这种触碰使我既振奋又有些不适应。有时我觉得自己像弹力球一样，在不同人之间弹来弹去，跳来跳去。被城市中不同的手臂推着，拉着。如果说这个国家像一个过分严格的父亲，那么这个民族、社会或街上的人就是安抚人心的母亲。人们触碰彼此的方式，有时感觉像摇篮般温柔而滋养。也有些时候，太多人的触碰可能会带来另一种形式的压迫感，但是大多数情况下，触碰就像一种润滑剂能减少城市日常活动和互动中的摩擦，使人感到如至家中。

我想记录下这种无意识的触碰，把它保留下来。我感觉陌生人的身体之间这种轻松的相处状态，可能无法在高速推进的城市化进程中幸存下来。这种触碰非常常见，非常显著。我将相机从固定机位的采访拍摄中解放出来，带着它走到街头。

几周前，我发现了一卷标记着"触碰 I"的录像带，

触碰

它是我2005至2006年间在北京拍的。斜斜的阳光照在人们的脸上，反射出粉金色的光。市中心附近开门营业的服装店里大声外放的电子音乐一直飘到门外宽阔的步行街上。顾客在门口排成长队，我的相机对准了这条长队上的人与人之间的亲密感。

我特别注意到两个男人，一个年长些，可能六十多岁，身着军装式的外套，戴着灰色的羊毛帽子。他前面站着一个四十来岁的男人，穿着淡紫色的外套，外套表面溅上了小小的黄色油漆斑点。这两个人互相靠着，但都没有留意到这一点。穿着卡其布衣服的人转身看在他身后排队的人有没有变多，每次他这么做都会撞到他身后的人。

他们越来越靠近队列的前面。我也随着他们移动，音乐的声音越来越大，心脏也跟着跳动，就像这音乐是从人的身体内放大到街道上一样。穿淡紫色外套的男人开始扭动身体。随着咚咚的音乐，他左右摆动着。他站到了队列旁边，一边跳舞，一边也在让身体保持温暖。每次踩准鼓点，他的右臂都会随着音乐节奏不断撞到穿卡其布外套男人的肚子上。穿卡其布外套的男人并没有躲开，他完全接受，就像他完全没注意到似的。他很自在。现在在我看来，这两个人完全不认识这件事实在让人难以置信。他们按理说关系应该非常亲密才行，比如是朋友、同事，或者家人，最有可能的关系是父子。然后我快进录像带，跳到下一幕。这两个人被放大了——我带着相机走到了他们两个身边——他们俩的面孔占满了镜头。我问道,"你从哪里来?"

"河北。"穿淡紫色外套的男人说。

"湖北。"穿卡其布外套的男子说。

河北位于黄河以北,湖北地处洞庭湖以北。这两个省份相距约九百六十五公里。

我问:"你们是怎么认识的呢?"

他们俩同时回答了我:

穿卡其布外套的男人说:"我们不认识。"

"不认识。"另一个人也说道。

在伦敦的沙夫茨伯里大街(Shaftesbury Avenue)上,坐落着一家名为幸运小屋的迷你市场(Lucky House Mini Market),沿着其上一个昏暗破旧的楼梯往上走,就能看到一家传统中医诊所。范医生六十来岁,大约三十年前离开中国。我回伦敦的时候,他描述给我的是一种乡土式的相处之道:农民之间的触碰。

在北京,我一直很难找到其他人和我一起思考这种触碰,因为这种触碰对他们来说太过显而易见,以至于他们反而视而不见了。但是范医生在用指关节给我做足底按摩的时候告诉我,知识分子和统治阶级总是会跟其他人保持一个彼此尊重的距离,比较拘谨。我住在中国的那段时期,正值大规模人口迁移和城市化的高峰期,当时的北京是一个由很多村庄组成的城市,这些村庄彼此重叠,相互环绕。范医生说,在毛泽东时代,人与人之间确实靠得更近,同性别的男人与男人、女人与女人之间,尤其明显。那个年代将城市里的"知识青年"下放到农村向农民学习,也许,那些彼此都见过对方胼手胝足地劳作的人,自然会更亲近一些。

触摸是中国传统医学实践的重要组成部分。医生会通过感受病人手腕上的六种不同的脉象来做出诊断。按摩可用于预防和治疗疾病。皮肤上的穴位与特定的内脏相关联,触摸这些穴位可以释放毒素,减轻炎症。有一次,我从上海前往东中国海的一个小岛,需要坐11个小时的船。途中我痛经很严重,住我下铺的一位陌生女士握住我的手,找到了手上与子宫相对应的穴位。她为我按压那个穴位,然后疼痛就这样逐渐消失了。

在中文里"养生"的意思是"养育生命"。它是指人们通过按摩、运动和饮食等医学手段,来积极主动地追求健康。这种健康观不只意味着加入健身房会员和注射螺旋藻,更是一种通过积蓄身体能量来提高健康水平和幸福感的古老观念。这种健康观中还杂糅着一种人们由于缺乏医疗福利而产生的担忧——有必要避免在年老后成为自己唯一的孩子沉重的经济负担。当我住在北京时，养生还没有在城市里的老年人中变得太过商业化。养生是一种身体智慧，是人对身体需要的满足：有时需要人细致谋划，有时又需要人遵循根深蒂固的本能去行动。正因如此，人们才会晚上聚集在舞厅跳舞，早上又一起去公园锻炼身体。

从某种角度来说，这种大家一起聚在街头满足身体需求的活动，像一种抵抗，是人们之间的密谋。尽管这种团结一心可能在某种程度上也受到社会主义的熏陶和鼓励，但它还是掌握在人们自己手中，像是一种个人自治的形式。在这个地方，印在纸上发表的和广播里播出的话都不一定可信，这里就像一种感官层面的公共空间，它使人们能感受到彼此。这样聚在一起也可以使人们从彼此身上获得快乐和活力，而无须从他人那里索取任何东西。这是一种互惠、开放、关注个体需求的活动。

我还记得我第一次放下防备，接受陌生人自信、自然的碰触的时刻。当时我在中国甘肃省西北部的那座位于黄灰色山脉间的拉卜楞寺里，和其他人一同观看藏传佛教的节日庆典。这时，一个大概八十来岁的男人从我身后走过来，用双臂环住了我的腰。我转过身去，一开始感到受了冒犯，后来变得困惑。因为他甚至都没看我一眼，只是把脖子搭在我的肩上，望向演出的方向。他紧紧地抓着我，对他来说，这样做只是为了能在站着看表演的同时不摔倒。

触碰

他像使用自己身体的一部分一样借用了我的身体。我判断了一下他这么做是不是别有用心,然后发现他并没有其他目的,我记得我当时忍不住为这个男人靠着我而感到高兴,几乎有点欣喜若狂。一个老人可以用我的身体来帮助自己站着看演出,这很棒。我让我的朋友从后面和前面给我们拍了照片。

照片中,我的脸神采奕奕。这种感觉可以与站在自己喜欢的画前感到的精神振奋相提并论。但这种触碰更为强大:它随时都可以发生,往往是在人最不经意的时候,而且它是一种切身的体验,它的媒介是另一个活生生的人。这种触碰能带给你一种弗洛伊德所形容的"海洋般的感觉"(oceanic feeling)——当婴儿还不知道自己身体的轮廓,在自我还没有形成之前,当个体与其他一切融于一体时才会有的那种感觉。

我有时会疑惑,触碰会不会有其阴暗的一面。如果他人身体的这种可接触性,被那些拥有权力的人当成他们的一种权力,这会不会就是地方官员雇佣暴徒施暴、阻止人们向"上级"申诉的部分原因呢?人与人之间的亲和和随意是否助长了官员中间的腐败,让他们更容易去倚靠其他领导,从而给别人施加影响?

当时在中国,不论在哪个年龄段,异性朋友和同僚之间的接触都很克制，几乎是一种禁忌。如果我在道别时拥抱或亲吻我的男性朋友，他们会感到尴尬和局促。但是同性的朋友和同事，尤其是年轻人之间，肢体接触非常普遍。女人们常常挽着胳膊走路。男人们会互相揽着肩膀走路。建筑工地上的工人会坐在彼此的腿上。

柏拉图式的触碰也有自己的情欲元素。它让你能直接感受到一种只有友谊才能带给你的爱、活力和同志般的情谊。朋友之间的触碰被部分允许，并变得尤为显著。上个世纪，人们一度认为性只限于婚姻，而即使在婚姻中，性也不应该分散他们对"革命"的热爱。

在这些观念下成长起来的老一辈夫妻，在公共场合肢体动作都相当拘谨。我曾经坐在北京后海的湖边，和一些老人谈论他们在家里与配偶之间的触碰，他们显得实事求是、不带感情。一位女士告诉我，性就是性，从来不会包含接吻。另一位老人告诉我，他和妻子的关系是"我给她搓背，她给我搓背"。

上世纪90年代末，中国有一篇畅销短篇小说《我爱美元》(*I Love Dollars*)，作者朱文。小说中的叙述者也是一位名叫朱文的作家，当他的父亲来大城市看望他的时候，他觉得自己能为父亲做的最好的事情，就是帮他跟别人发生关系。朱文沉思道："仔细想想，我意识到父亲是一个性

触碰

欲很强的人,只是他生不逢时,在他那个时代,性欲不叫性欲,而叫理想主义。"

我的感觉是,北京的老一代人对身体和亲密生活的主要体验,反而是在街上发生的。

搬回伦敦后,我每年都会回北京待几周。2008年夏季奥运会时,我回到北京。2001年北京申奥成功的那晚,我也在北京。当时街头突然开始了自发的狂欢活动,人们把汽车丢在路中间,所有人都兴高采烈。中国终于被世界接纳了。七年过去了,北京人似乎一直在默默忍受。2001年北京的大部分城区都被推倒重整,取而代之的是一座现代化的城市。在精心筹备奥运会的过程中,北京被彻底打扫了一遍。城市的"精神文明委员会"禁止了一些不文明行为,比如随地吐痰、排队不守秩序,以及轻率的肢体语言。政府给老年志愿者们发了红袖章和一个电话号码,如果他们发现问题可以打电话报告。这些志愿者们经常坐在人行道旁的长椅上,看着自己的这块地方。

这座城市被套上了紧身衣。我没有去看比赛,我拿出相机记录人们触碰彼此的方式。现在已经很难找到那种旧日的触碰方式了。沿着林荫大道,我的取景器里满是年轻夫妇和恋人紧握的双手和挽着的手臂。

触碰被从街头移至家中,从公共场合转移到私人生活中。它正变得越来越私人化，越来越与性相关。如今的年轻一代在街上展现出一种全新的、被解放了的性观念。他们互相向对方倾注温柔、注意力和关怀，有时他们的姿态有一种全球化的、浪漫的、好莱坞式的风格。在《我爱美元》里，朱文的父亲读了朱文的一些作品后，抱怨这些作品都是关于性的，他说："作家应该带给人们一些积极的东西，一些值得尊敬的东西，理想、抱负、民主、自由，诸如此类。"朱文回答道："爸爸，我告诉你，所有这些东西，都存在于性之中。"对于朱文父亲这一代人来说，性被强行升华为理想主义，而对朱文来说，则是那些崭新的、可能难以实现的理想被升华为性。

城市发展得越来越快。人们不能像以前那样从别人身边挤过去，新的中产阶级有了自己的空间。超市接管了街边的市场，讨价还价消失了，甚至连交流的需要都变得很少，事实上顾客们经常一边买东西一边跟别人打电话。现在有大量外来务工者居住在这个城市，但他们通常是与市民隔绝的，他们睡在建筑工地的宿舍里，不享有和城市居民一样的权利。以前，我几乎分不清打工者和城市居民，但是现在他们之间的差异惊人，从衣着、面孔、困窘的程度等方面都可以区分。城市居民会和外来打工者保持距离，人们越来越恐惧这些移民劳工，担心他们可能想要得到城市居民拥有的东西。人们开始把他们描述成肮脏、危险、需要远离的人。他们成了不可触碰者。

不知怎的,那种寡淡又老套的苏联风格的房间——白色的墙上挂着一幅领导人的画像,墙漆可能被蹭到衣服上——成了某些人的背景墙,在它面前,人们好像对自己的身体有某种社会掌控力。而晚期资本主义的建筑、基础设施和公共空间——私人拥有、专人巡逻的闪闪发光的商场、钢塔、地铁——成了鼓励更多的公共规范、更好的行为、更多的自我意识,以及和陌生人保持更远距离的空间。

我曾在北京的一家诊所里接受按摩治疗,那家诊所是一家大型中医院的分所,我第一次在那里看到按摩师戴上了扎人的塑料手套。他告诉我,现在城市里的人鱼龙混杂,这样做是为了卫生。

突然之间,按摩和针灸并不是唯一的治疗方法了。治疗心理疾病的谈话节目都上电视了。人们不再通过触碰来治疗疾病,而更倾向于坐在严格禁止身体接触的治疗师的房间里。治疗师是一个崭新的职业,中国现在还缺少经验丰富、值得信赖的心理治疗师,一些认为自己应该更多了解自己内心生活的人,开始受训成为治疗师和分析师。在未来几年内,中国的主要城市将会有40万名合格的心理咨询师。

2007年搬回伦敦后，我很想念那种公众场合的触碰。我经常在街上撞到别人，走在我身边的朋友们会很尴尬，帮我道歉，因为被我撞到的人很生气，但我却意识不到。不过很快，我又适应了伦敦的街道，对陌生人带来的喧嚣和拥挤，变得和其他人一样易怒。然后，我做了一件每一个生活在21世纪初，并且有一个感官研究计划的人都会做的事：找一位神经科学家聊聊。

弗朗西斯·麦格龙（Francis McGlone）的工作，主要针对我们皮肤中一种被称为C-触觉（C-tactile afferents）的神经感受器。它们最近才在人类身上被发现，存在于人体有毛发的皮肤里，尤其是背部、躯干、头皮、脸和前臂上。它们会对缓慢、轻柔的触碰做出反应。C-触觉不存在于生殖器里。每当受到抚摸的刺激时，C-触觉会让人产生愉悦感。这种愉悦感不是性快感，而是母亲和婴儿之间的触碰所带来的那种感觉。神经学家称之为"社会触碰"。

这些神经纤维非常古老，它们诞生于生物生命的早期，早在语言能力形成之前，甚至在那些告诉我们移开手使其远离疼痛的感觉器官形成之前。这表明它们对保护生命和健康至关重要。在远古时期，我们需要周围有人帮助我们梳理毛发和清除寄生虫。对这样待在一起的奖赏就是愉悦。

麦格龙对现代性压倒了进化过程的那些时刻很感兴趣。他认为，我们从出生起就需要C-触觉的刺激，这样才能使大脑的社交部分功能得到发育。我告诉他我在北京注意到的现象，他说可能穷人需要比富人更多地聚在一起，因为他们更依赖彼此生存。据他描述，在科学家的世界里，每个人都在独自进行研究，完成各自的工作。他说，社交距离也有它的用处，它让大脑得以处理其他事情。

但弗朗西斯·麦格龙将人们聚在了一起。他在利物浦约翰摩尔斯大学（Liverpool John Moores University）成立了一个体感与情感神经研究小组（Somatosensory & Affective Neuroscience Group），组内的科学家和心理学家致力于研究C-触觉与我们情感生活之间的关系。珍恩·莫顿（Jayne Morton）是柴郡警察局的按摩治疗师和职业治疗师，她说我的描述让她想起了她长大的地方，20世纪70年代的威拉尔（Wirral），她的父母曾经在那里经营社交俱乐部。男人们会在俱乐部的一个房间里躺在彼此身上，而女人们会在另一个房间里手挽手地挤坐在一起。这些男人服完了兵役，他们需要和有类似经历的人保持密切联系。而女人们，习惯了男人们不在家时和其他也在家带孩子的朋友们在一起。

20世纪80年代初，大量教堂关闭了，学校和俱乐部也关门了。人们分散开来。晚上人们会和家人待在一起。后来，威拉尔变得更加多样，文化更加多元，但始终再没有大型聚会中心了。珍恩说，80年代那会儿，由于离婚率提高，为学校组织家长活动变得更加困难，因为继父母和父母通常不愿意待在一个房间里。

这让我想到，当社区分裂后，夫妇们的关系是否也变得更加脆弱？我曾在北京街头看到的各种各样的亲密接触，对它们的需求现在是否都压在了一个人身上？在一个团体里，也许我们能够重温一些幼年时的亲密，比如母亲温柔的抚摸。我们现在仍旧渴望那种关怀，它让我们感觉很好，让我们感到自己是周围世界的一部分，和信任的人在一起——即使这种信任只是在一瞬间里做出的决定。

分开时弗朗西斯和我握了握手。我们见面的时候没有触碰过对方，前一天晚饭后说再见时也没有。我们面对面地、以客气冷淡的专业态度聊了好几个小时。但当他指引我沿着大学里特建的走廊走出去时，他拍了拍我的背。这个行为让我觉得他认为我是安全的。这让我感觉很好。

英国脱欧公投的结果令人震惊，知识分子和世界主义者都在反思他们自己已经变得多么"不接地气"了。学者们称自己与群众失去了接触，一位主持人承认BBC与群众失去了接触，整个伦敦更是被认为与外部失去了联系。现在，话语几乎失去了公信力。我们处于后接触、后真相的状态中。现在的社会还能如何沟通呢?

当人们感觉彼此之间遥不可及的时候,焦虑和恐惧很可能都会激增。人们不光感受到和精英阶层之间的距离,还感受到和其他大多数人之间的距离。教堂、社区中心已经关闭;临时工合同越来越多,人们社交的机会越来越少。很少有什么地方可以让人们挤在一起,彼此分享,用双手创造世界。

这种原子化的分散状态也许会使一些人感受到移民群体的威胁,因为他们似乎拥有大多数人所没有的东西——发挥作用的"社区"。新移民通常会因为工作、信仰、饮食习惯、母语接近而彼此亲近,建立起移民内部的关系网。他们需要依赖彼此生存下去。触碰的意义在于它是可视的、可见的。如果没有足够的凝聚力,那么那些已经感到被孤立的人,会进一步感到被排斥在移民社区那种可见的亲密感之外,也会感到被排斥在那些使我们团结和互惠互利的纽带之外。

生命中最紧急的时刻——出生和哀悼——都要求我们与最亲近的人保持越来越远的距离。我们与所爱之人以及和其他人之间的距离远近也受到宏观力量的影响:经济、意识形态、身份认同。这座大都市深深地将自己烙印在我们生活的细节之中。我的实验(样本容量:1)表明,无论身在何处,我们不会永远只能这样。只需要在一个持不同观念的世界待上几个月,我们的身体就会随之做出反应,适应环境,人与人之间的距离可以再次发生改变。

发自中国、英国
原载于《格兰塔》(Granta),英国

冲绳漫步

撰文　许知远

一

它就像是一头巨鲨,俯冲下来。这个小小博物馆的二楼露台,是观看美军基地的最佳去所。我睡眼惺忪,端着一杯迅速冷去的咖啡,等待着飞机的起降。

是B-52,F-15,抑或运输机?我分不太清。我在部队大院长大,父亲差点被派往老山前线,在各式战争电影中度过少年时期,军事行动与武器从未对我产生吸引力。我多少吃惊于同学们对舰船、冲锋枪与导弹的热忱,私下感觉它们总与迷狂、偏执相关。

从露台望过去,军事基地是水泥跑道与绿地和低矮房屋的组合。比起围墙外拥挤的民宅、加油站与街道,它过分空旷、静默。那些轰炸机、战斗机、运输机,像是大号的玩具,与我一样昏昏沉沉。玩具启动时,噪音尖锐、排山倒海般涌来,似乎真会刺破你的耳膜,眼前的一切都变得失真、凝滞。

讲解员脸上挂着某种确认的微笑。半小时前,他向我展示了卡车、民航机、战斗机的噪音列表,它们的峰值递进跃升。他个头不高,三十岁上下,黝黑、精干,他就出生在此。占地近20平方公里、停泊近百架军用飞机的嘉手纳(Kadena Air Base),是美军在远东地区最大的空军基地。1944年,它原本为日本陆军航空队所建,1945年,美军接管了它。地理位置给了它显著的优势,从这里起飞,两小时内即可抵达朝鲜半岛,它是美国亚洲战略的重要支点,此刻东亚秩序的象征。

对于讲解员,这一秩序以如此具体的方式进入他的生活。噪音、燃油味,从来是日常生活的一部分,这些"鲨鱼"随时起飞,随时降落。在一张嘉手纳町的老照片里,那个黑白的、匮乏也悠然的世界,被战机、水泥跑道、围墙挤压。

这是冲绳命运的缩影。它只占日本国土的1%,却承载了75%的美军基地。除去规模最大的嘉手纳,还有40处大大小小的基地,超过2万名美国士兵驻扎于此。全岛面积的五分之一皆是军事禁区。

这也是我对冲绳的最初印象。20世纪90年代的新闻上,美军士兵强奸冲绳少女,接连不断的抗议,时常出现。我从未对此产生兴趣,不知冲绳在哪儿,与关岛、塞班岛有何区别。在我的青春里，美国以一个灵感与希望，而非霸权的面貌出现。技术与商业是时代的新叙述，地缘政治、军事冲突退隐了。冲绳的冲突，就像是即将消失的历史力量的偶然回响。或许，也是一种"必要之恶"，比起日本的再度军事化，美国人的存在似乎更令人安心。

我对冲绳的真实兴趣，与中国自身相关。随着中国影响力的戏剧性攀升，人们开始议论朝贡体系的归来。14至18世纪，中国是整个体系的核心，周围国家向中心朝贡展开贸易、文化交流。琉球王国，冲绳的前身，是这个朝贡系统的重要一环。

2016年，首次前往那霸，我特意在久米村的小巷中闲逛。这是中国人后裔的居所，14世纪末，三十六位不同姓氏、职业的福建人被明王朝派遣至此，促进琉球与大明的关系。那个寂寥的午后，在一家仍营业的餐厅，眼眉皆细长的年轻厨师用破碎的英文告诉我，他的祖先就来自中国。

在一杯啤酒与一份金枪鱼，以及注定无法深入的交谈后，我走进福州园。1992年它由福州政府所建，有力地提醒着历史的延续，福州曾是财富、文化的来源，辐射至琉球王国、日本九州与菲律宾。我还在孔庙的红墙前发呆，想象四个世纪前，琉球人如何理解孔子的模样，又怎样念诵《论语》。身份优越感的诱惑难以抵挡，即使它仅来自过往的荣耀。

我刻意忽略了美军基地，路过那些铁丝网围墙时，并未多想，将剩下的时光消磨于海滩上。蓝绿相接的海水，是此刻冲绳的形象，一个让你遗忘现实的度假地。一部叫《恋战冲绳》的香港电影，加深了我的印象，情节早已忘记，却记得《伟大的伪装者》(*The Great Pretender*)这首歌，里面有种玩世不恭的深情。后来，我意识到自己也是在伪装些什么，刻意回避深层的冲突。

二

这一次，我站在冲突的中心，它比我想得更复杂。

十五年前，当地人建造了这栋博物馆兼观察台的二层小楼，期望它展现冲绳人的痛苦，并吸引到游客。历史的伤口，亦是牟利的景观。

2019年有五十八万人到此。除去来自世界的游客，还有大批日本学生将此作为修学旅行的一站。这些少年会怎么看待这些基地，美国人显著的、压迫性的存在，历史伤痛、地缘冲突，发出刺耳噪音。

对美国的态度，象征着日本进入近代世界的矛盾情绪。1853年，佩里（Matthew Perry）将军打开了闭锁的日本，1941年，日本人充满愤怒地袭击了珍珠港，要洗刷常年的屈辱，1945年，麦克阿瑟（Douglas MacArthur）击败日本，又重新塑造它。从佩里到麦克阿瑟，美国是入侵者，也是解放者，象征屈辱，亦是希望的来源。

冲绳的故事更为复杂。1609年起，琉球王国就处于中国与萨摩藩的双重统治下，它将自己伪装成一个忠诚的朝贡国，掩饰这双重关系，也扮演起中日贸易的沟通者。这贸易是萨摩藩的重要财政来源，并促使它挑战幕府，推动了明治时代的来临。

一个中央集权的日本，即刻展现出扩张欲，一个衰落的中国，让出了空间。1879年，东京废除琉球王国，将之变成了冲绳县，进入日本版图。朝贡体系解体了，东亚权力中心转移，前往北京国子监的琉球青年，变成了在东京求学的冲绳学子。他们也注定承受边缘者的困境，低人一等、身份不明。

当美军跨越太平洋，准备进攻日本时，它却率先承担了代价。冲绳之战是太平洋战役中最惨烈的一役。美日两军伤亡惨重，还有四分之一的冲绳人因此丧生，多年来，他们一直被灌输对天皇的盲目效忠。

接下来的二十七年，它被美国统治，又非关岛、塞班这样的托管地。冲绳人原以为美国会带来解放与民主，却发现陷入新的压迫，冷战更令它面对地缘政治的巨大压力。冲绳人又将希望寄托于重返日本的斗争中，它于1972年回归日本，并未获得期待的归属感。他们的命运被自己的地理位置所决定，找不到自我身份。交替的期望与幻灭，似乎是这个岛屿的主旋律。

当我在嘉手纳体验恼人的噪音时，冲绳的情绪又到了一个新阶段，抗争仍在继续，人们却也陷入疲倦与麻痹。人人抱怨着噪音，却未准备搬迁，阳光、海滩外，这里的医疗、教育与社会福利富有吸引力。经济发展迟缓、就业率低，却有种独特的基地经济。日本政府以高额补偿，来交换军事基地的存在，像是一种慢性、难以戒除的腐蚀。

基地与社区的界限，也比我想象得更暧昧。围墙内有农田，只要有通行证，农民们可以去耕种。依靠基地美军的消费，附近社区发展起自己的商业空间。很可惜，野国总管的墓地，也在军事基地中，无法参观。他把番薯从中国引入琉球，接着自萨摩藩传入日本。日文中，番薯的发音正是萨摩（Satsuma）。这种食物对人类文明影响深远，它促成了中国人口的爆炸，压垮了清帝国。

三

这家斜坡之上的餐厅，简约随意，线条硬朗，颇有布鲁克林风格。墙上所贴66号公路的标牌，令你想起凯鲁亚克的混乱、迷人的旅程。餐厅还摆放着一台老爷车，艳红车身分外夺目。它的口味是美国式的，菜单上是沙拉、炸鸡与波本威士忌。透过窗廊,你看到粉色的吊角屋檐,这典型的闽南风格,提醒着人们琉球王国时代的延续。

偶尔,噪音刺破这悠闲,提醒你冲突的继续。餐厅紧邻的普天间军事基地,是此刻冲绳的中心议题,二十年来,它的搬迁与否,总激起舆论风暴。这次短暂的停留期,我没遇到抗议人群,却总在《冲绳时报》的头版上看到相关消息。

我与藤田相约在此。他有张可爱的圆脸,留着整洁的寸头,是一位救援直升机飞行员。七年前,为了蓝天、海滩、缓慢节奏,以及和善的冲绳人,他从东京搬到这里。

"那时,只会三个英语单词,No, Thank you",说起前往澳大利亚的往事时,他坦率、诙谐。那次行程不仅令他学会驾驶直升机、讲英语,更开启了一次发现之旅。"我头次对日本历史发生了兴趣,想知道做一个日本人意味着什么",他说,单一民族的日本人,很少意识到他者的存在,容易陷入自我封闭。

我们还说起鲸鱼,这海洋中的庞然之物,让我着迷不已,像是某种神秘、不可阻挡的力量。它也是日本开放之动因,美国人希望保护他们的捕鲸船,强迫日本打开国门。我们就鲸鱼肉的味道展开了小小的争论,我觉得它实在太难吃了。

餐厅老板Muncha先生,随即加入了谈话。他消瘦、爽朗，喜欢戴着戴棒球帽做菜，络腮胡须带来少许不羁，增加了他的美式做派。没有藤田那样敏感，却有种特别的天真。对他而言，美军基地带来的并非不安，而是机遇。美国军人是他客人的主要来源，他们常在此饮酒、欢笑。在笑声中，地缘政治的压迫乃至噪音，都消退了。天真，即使是幼稚的，也是对沉重历史的最佳的解毒剂。

同声传译设备不足，我们用英语沟通。发音、语法各异，却有种意外的默契，两杯波本入腹，气氛更为热烈。或许，这也是人生命运的另一种呼应，我们都是英语为中心的世界的边缘人。

他们着迷于谈论冲绳的身份，认定它对日本至关重要。这重要性的表现方式，让我不无意外——因为美国村的存在，冲绳要成为语言、文化的基地，吸引各地的日本人来此学英语。他们多少遗憾于，看起来这样西化的日本，人们的英语为何这么差，连基本的交流都成障碍。

这建议令我困惑，一个东京人、名古屋人、北海道人，为何不去纽约、伦敦，而要来冲绳学英文？我抑制了自己的困惑，点头了事，也多少意识到这不过是种朴素的身份确认，每个人、每一代、每个地区，都在寻找自己的独特之处，尽管很多时刻，这独特不过是想象出来的。

也是带着这困惑，我前去拜访玉城丹尼。在冲绳，甚至整个日本，没人比他更代表身份的困惑。

**每个人、每一代、每个地区，
都在寻找自己的**

之处，

**尽管很多时刻，
这独特不过是想象出来的。
——
许知远**

四

"琉球国者,南海胜地而钟三韩之秀。以大明为辅车,以日域为唇齿。在此二中间涌出之蓬莱岛也",我一字一句地读着屏风上的汉字,熟悉却吃力。

一个春日午后,在县政府宽大的会议室中,我等待玉城丹尼的到来。睡眠不足以及午餐的一杯啤酒,皆让我迷糊。但这屏风激起我的兴味,它该是明朝年间的文字,出自本地一位宿儒之笔。它直截了当地说出了琉球王国的地位,它夹在中国与日本之间,却有"蓬莱屿"的自信,在落款处,它自称"万国津梁"。

对于玉城丹尼来说,这是他试图重塑的冲绳形象。"中国、韩国、朝鲜、菲律宾、泰国、越南……,冲绳与亚洲各地区很近,四个小时的飞行圈,覆盖了20亿人口",在这位县知事头脑中,冲绳应成为现代之"万国之津梁",它是20亿人的贸易中心,要为亚洲和平发挥作用。

这是期待已久的见面。在沉闷的日本政界,玉城丹尼是个不折不扣的异端。出生于1959年的他,是一名美国海军陆战队员与冲绳女招待短暂情感的产物。这也是充满伤痛的结合,他出生前,父亲就已离开。这带来注定苦涩的童年,他的混血面孔,不知所终的父亲,皆引起嘲弄。自小,他就被称作丹尼(Denny),十岁时,他更名为玉城康裕，也没人把他当作本地人。

他将逆境转化为动力。长大后，他成为一股轻松的美国风的代表，他做过歌手与吉他手，还是一名广受欢迎的DJ。意外进入政界后，他将身份困境反变为某种优势。在竞选中，他力图使选民相信，他的血统，能助他更好地与美国协商，使冲绳在东京、华盛顿间获得更平衡的关系。"我父亲的国家不可能拒绝我。只有丹尼可以这么说"，他曾这样开玩笑。或许这奏效了，尽管他的政治立场与执政党相左，却出人意料地赢得选举。

面对这样一个多姿多彩的政治人物，我该问些什么？我手中攥着一张提问清单，这是对方反复修改的结果，每一个问题已由相关部门做出周详的解答，他们还要求，必须按照顺序提问。官僚们，期望稳定而非意外，对他们而言，这是一次例行的外事，知事接受了一位中国记者的采访。

楼道中的脚步声由远而近，知事走进房间，与每个人微笑、握手。他窄脸，鼻梁挺拔，眼窝轻微凹陷，头发卷曲，仪态有种美式的轻松，你想叫他丹尼，而不是玉城知事。

我们在过分宽大的沙发上坐下，背后即是那幅屏风，五个世纪的历史延续，弥漫在空气里，可惜，我们无法如往日中国人与琉球人一样，用汉文笔谈。

"当时，琉球国派人到中国，学习知识与技术，回来后掌握这个国家的中枢系统，中国对琉球的影响非常之深，"他主动谈起与中国的交往，"冲绳虽小，我却觉得，它可以发挥国际化的特长，与中国实现一个更大范围的合作。"

我问他，出任知事两个月，给他带来的最重要的变化是什么？"走在街上，从小孩到老人，都与我打招呼，觉得自己有点像冲绳的父亲，感到责任"，他说。

解决美军基地，是这个父亲角色最棘手的问题。"我就是在基地附近的小镇上出生的，日常生活中就是军人的环境，周围很多人与基地做生意。我也深受美国文化的影响，包括喜欢摇滚乐"，他说起与美国的复杂关系。

他期望，不要再建设新基地，并展开与日本、美国的直接对话。倘若，基地关闭，冲绳经济如何维持？他则计划，冲绳利用地理位置，成为新的贸易中心，"距亚洲各国都很近，吸引外资，把经济自主率提升上来"。

几个问题后，他意识到，与提纲并不相同。我也发现，比起冲绳的历史变迁、身份认同，玉城知事的个人体验，更让我好奇。在这地缘政治的夹缝中，一个被高度符号化的政治人物的内心世界是什么？我记得，他在Twitter上偶尔也流露感伤，"玉城丹尼，不管你多么努力，也不能称为一个日本人，你只是'未完成的一半'"。

"因为长相，我受到很多欺负，2岁到10岁时，我被寄养在别人家里",他说起自己的童年。养母的一段话对他影响甚深,她说,你看10个手指头,粗细都不一样,每个人也是不一样的。她让他接受自己的特殊性。

我问他,一个政治人物,必然遇到很多挫败与不适,他会怎样应对?他掏出手机,给我看上面的歌单,不少是重金属风格。特别烦躁时,那就听摇滚乐,转移心情。他还说,政治人物与DJ不无相似,他们都是现场工作者,迅速接收信息,作出判断与回应,"我感到,广播能跟各位心意相通,对于政治人物,心意相通也很重要"。

他最喜欢的歌手埃里克·克莱普顿(Eric Clapton),一位英国歌手。提到那首《泪洒天堂》(*Tears in Heaven*),甚至轻声吟唱起来,冲绳式英语弥漫在屋内,也包围了汉字屏风。我突然意识到,失去儿子的克莱普顿,与从未见过父亲的丹尼,或许在歌声中情义相通。

在某种意义上,他就是冲绳苦闷、焦灼、困惑的化身。他也了解如何将这一切转化成新的可能性。在他眼中,冲绳不应被过去吞噬,而要大胆地畅想未来,成为亚洲的新桥梁,它曾经扮演过,将来仍可能扮演。

我问他,如果努力都失败呢?他沉吟了一下,自言自语地说,那怎么办呢,只能说干到我成功为止,我一直努力着。

半小时转瞬即逝。会议室内的人盯着我,提醒我时间已到。我突然想问他,是否寻找过父亲。这样的问题,太过私人,在日本社会,实属一种冒犯。丹尼却有种意外的轻松,似乎终于有人和他谈心里话。

他说,当自己的孩子出生后,觉得应该和他说他爷爷的事情,想过去美国找父亲。很可惜,没找到。作为冲绳知事访美时,他也暗暗期待,父亲会突然出现。

告别时,我问这位意外的政治人物,希望自己留下怎样的遗产。"一个多元化的世界,我想改变到目前为止那个生硬的政治家的感觉,想要大家很欢快、一起努力的感觉",他说。

一丝暖意触到心头,我期望,他离任后的某一刻,我们能在海边喝啤酒、唱歌。

五

我试着去想象他们的绝望。坑道狭窄、悠长、潮湿,光线昏暗,时空丧失了意义,你不知自己走向何方。

1945年春至夏,4000名日本海军士兵,藏身于此。冲绳是太平洋战争的最后一役,亦是最惨烈的之一。125,000千名美国军人,110,000日本军人以及75,000名平民付出生命。这坑道亦是昔日战场,当时的日本海军司令部。对其中大部分人,战争不是射击、肉搏,而是在恐惧、饥饿、伤痛中的无尽的等待，很多人用手榴弹结束了自己的生命。

"这都是手工挖掘的，没借助任何机器"，川崎先生说。他领我沿台阶而下，途经参谋室、发报室、医护室，到处是残破的镐头、铁锹，一个地下世界逐步展现，昔日大军已成幽灵。

四十岁上下的川崎先生，是这家旧海军司令部纪念公园的讲解员，身上有种小学教员式的拘谨。像很多本地人一样，他很少从家中听到冲绳之战的记忆。这是冲绳史上最悲惨的时刻之一，本地四分之一的人口因此丧生，每个家庭也皆有惨痛故事。这也是充满历史嘲讽的一刻，长期处于帝国边缘、被漠视的岛屿，又要为帝国付出不相匹配的代价。

川崎先生记得，父母从未提过这段历史，只偶尔，祖父会谈起。长大后，他碰到战争经历者，"他们往往边说边哭，我也边听边哭"。冲绳的眼泪与广岛、长崎或东京不同，似乎更为纠结。

这个纪念公园也象征了这种纠结。它在1970年建立时，冲绳仍处于美国人的管理之下，冲绳人期望重回日本。你很难说清，这个公园是对美国胜利的庆祝，还是对日本死者的哀悼，或是对冲绳人的牺牲的告慰？

慰灵塔被设计成军舰，事实上，死于地道中的并非正规海军，他们的主力已去支援首里城，留下的是机械师、维修工等非作战人员。1944年8月12日,几千名日本士兵夜以继日修建战壕,期待以此痛击即将登陆的美军。为了保守秘密,他们手工完成了挖掘,甚至四周的居民都不知有这样一个浩大工程的存在。

它注定是个笨拙、无用的工程。1945年6月13日,大田司令在隧道中自杀。几个月来,他们没有发起任何像样的进攻,偶然冲出战壕,也是为了逃生。大部分时刻,他们只是在潮湿、饥饿与绝望中等待。天皇玉碎的情感不断松动,大田在自杀前解散了残余的军队,让士兵们各自逃生。

"这战争是没有意义的",川崎先生激动起来,之前的拘谨突然消失,"他们一开始就知道自己的必死无疑"。他说起这份工作的使命感,他有责任让更多的日本人,尤其是年轻一代了解战争的无意义。这是令人动容的一刻,他该也属于日本和平主义运动的一员,这是战后日本最重要的潮流。和平是对伤口的弥合,也是对未来的期待,它助你获得一个新身份。

从战壕向外走,我们路过一株松树躯干,建造者用来它支撑墙体,如今早已干枯。它过分弯曲,婀娜又狰狞,就像一条盘旋的蟒蛇,在昏黄的灯光下,尤显神秘。

一种困惑袭来。困死其中的士兵令人同情,他们从未寄出去的信件也让人心酸,但他们只是历史的受害者吗?他们不也是侵略、屠杀的执行者吗?你真的可以将所有责任都推给东京的指挥者吗？甚至东京的指挥者也不愿意承担责任。日本人迷人的暧昧，在这一刻显得可疑。在对历史的悔恨与对和平的憧憬中，他们似乎放过了本应承担的道德责任，将一切皆归咎于不可抗、不可解释之力。而那个代表着不可抗、不可解释之力的天皇，不仅安然度过战争危机，还将生命延续到1989年，此刻，日本再度以经济强权的面貌出现。

与川崎先生告别后，我坐在长凳上发呆，刺耳的噪音再度袭来。几天来，这声音无处不在，无远弗届，甚至进入我的梦中。梦中，我顺着坑道不断下滑，愈来愈快，不知何时触底。噪音穿过泥土，刺入我耳膜。我被疼痛惊醒，身心疲倦。

清晨，我走出酒店。三月的冲绳，气温宜人，阳光温柔，令你忘却任何梦魇。我在那霸的小巷中闲逛，在便利店买到了当日的《琉球新报》与《冲绳时报》，尽管报名表明不同的时代精神，头版新闻却是一致的，边野古军事基地惹人争议的搬迁。

我把目光从报纸上移开，看到一家麦哲伦咖啡（Magallanes Café）。我愣了一下，想起多年前读到茨威格笔下的麦哲伦，他如何鲁莽、无畏地开始了一场跨越太平洋的旅程，即将胜利前，死于一场与菲律宾土著的莫名冲突。死前，他对于自己的壮举毫不知情，他将是第一个环球旅行者。

　　他也来过冲绳吗？我不知道。但这咖啡馆名字却流露了冲绳人的胸怀，它是环球旅途的重要一站，它属于整个广袤的太平洋，随时接纳、拥抱来自任何角落的探索者。

发自日本

001	Five Brothers	Jan Christoph Wiechmann
033	Prisoners of the Fourth Floor	Ewa Wołkanowska-Kołodziej
061	Women in Mining	Eleonora Vio
107	The Missing	Taina Tervonen
161	Wandering Around	Liu Tao
181	Dry, the Beloved Country	Eve Fairbanks
211	Cubana Be, Cubana Bop	Tom Miller
241	Placemaking in Vicinity: Communities in Britain	Wang Bang
317	Touch	Poppy Sebag-Montefiore
335	A Stroll in Okinawa	Xu Zhiyuan

撰稿人

简·克里斯托弗·韦彻曼（Jan Christoph Wiechmann），德国记者，毕业于亨利-汉南新闻学校（Henri Nannen School），目前是《亮点周刊》（*Stern*）驻纽约的记者。

魏玲，作者，曾供职于《故事硬核》、《时尚先生》（*Esquire*）、《人物》等机构从事特稿写作。

艾娃·沃卡诺夫斯卡-科沃杰伊（Ewa Wołkanowska-Kołodziej），出生于立陶宛的首都维尔纽斯，是一名自由记者，关注点聚焦于华沙的社会议题，主要为波兰重要的观点性报纸《选举新闻报》（*Gazeta Wyborcza*）撰写长篇报道。

韩见，转型过猛成了银行职员的前媒体人，正在努力积蓄成为自由人的力量。

艾丽奥诺拉·维欧（Eleonora Vio），记者，常驻米兰，同时关注欧洲、中东、亚洲等地区，聚焦的议题包括宗教及右翼极端分子、性别权利与移民问题。

赵洋，本硕毕业于北京外国语大学，现在英国诺丁汉大学攻读英语文学博士学位。"译者的幸福，在于触碰作者的灵魂，再跨过私人灵性交流的边界，将所得所思与读者分享。"

泰娜·特沃宁（Taina Tervonen），记者，关注移民、家庭和生活类议题，用法语和母语芬兰语写作。除了记者身份，她还是一名译者。目前她正在搜集波斯尼亚战争中失踪人口的相关信息,为他们制作第一部文献档案。

大婧,1992年出生于上海,毕业于上海外国语大学,现为图书出版从业者,业余时间从事英语及日语笔译。

刘涛,1982年出生,38岁,是一名来自中国安徽合肥的街头摄影师。从2011年开始,在城市的一片区域重复拍照、每月末分享在网络中,至今已经十年。

伊芙·费尔班克斯(Eve Fairbanks),记者,出生于美国弗吉尼亚州,作品发表于《纽约时报杂志》(*The New York Times Magazine*)、《新共和》(*The New Republic*)和《外交政策》(*Foreign Policy*)等媒体,目前正在撰写一本有关前种族隔离时期的南非的书。

籽今,单读编辑,偶尔写作。

汤姆·米勒(Tom Miller),1947年出生在美国华盛顿哥伦比亚特区,1960年代开始新闻写作和文学创作,现就职于亚利桑那大学拉丁美洲研究中心。米勒于2017年发表《古巴的冷与热》(*Cuba, hot and cold*),以文集的形式对古巴的社会、文化、习俗等加以纪实性叙述,本辑《单读》收录了该书第一章的全部内容。三十多年来,他坚持用亲身经历讲述古巴的各种故事,因而被《旧金山纪事报》(*San Francisco Chronicle*)誉为"最好的非虚构作家之一"。

李雪顺,1969年出生于四川省武隆县,教授,译者;主要译著有《寻路中国》(上海译文出版社,2011年)、《江城》(上海译文出版社,2012年)、《大河恋》(中信出版集团,2018年2月)、《写作这门手艺》(湖南文艺出版社,2018年8月)等;译著荣获"文津图书奖""南国书香节南方阅读盛典金南方2011最受读者关注年度引进图书""新浪中国好书榜第一名""新京报年度畅销好书""重庆翻译学会优秀科研成果奖""乌江文艺奖"等荣誉。

王梆,出版有电影文集《映城志》、法文版漫画故事《伢三》以及数本短篇小说绘本集。电影剧作《梦笼》获2011年纽约NYIFF独立电影节最佳剧情片奖，小说曾获《广西文学》小小说奖。文学作品曾发表于《天南》、《广西文学》、《长江文艺》、《芙蓉》、《花城》等杂志。

波比·塞拜格-蒙提费欧里（Poppy Sebag-Montefiore），记者、作家，曾就职于BBC北京分部，并为第4频道新闻（*Channel 4 News*）撰写中国故事。本辑《单读》收录的文章《触碰》获2021年手推车奖（Pushcart Prize）

牛雪琛，毕业于外交学院，曾任国际新闻编辑、记者，"翻译是一件可以同时享受阅读和创作的事"。

许知远，作家，单向空间创始人，《东方历史评论》主编，谈话节目《十三邀》主持人。著作包括《那些忧伤的年轻人》《新闻业的怀乡病》《祖国的陌生人》《一个游荡者的世界》《青年变革者》等，其中部分作品被翻译成韩文、英文与法文。

《单读》荣誉出版人

龙 瑾	昕 骐	唐 胜	苗 蕾	袁小惠	宋 莉	白晓萱
杨 茜	邵竞竹	徐苗溪	肖洪涛	阙海建	言木斤	祝 兵
朱晓舟	刘思羽	刘小军	何海燕	霍 冕	李顺军	吉云龙
傅晓岗	王树举	菜 菜	唐 莺	叶晓薇	小 花	蒋和伶
禹 婧	杜 燕	梅 卿	王炜文	唐静文	谢礼兰	安 木
喻庆平	徐 铭	路 内	鲍鲸鲸	綦郑潇	吉晓祥	陈 硕
孙博伟	黄 岩	侯芳丽	荔 馨	王剑光	任浩宁	王学文
薛 坤	贝 塔	张 蕾	刘红燕	苏七七	廖 怡	章文姬
李润雅	潘露平	王元义	王 滨	刘 颖	张 维	王作辉
恩 惠	吴俊宇	洪 海	尤 勇	涂 涂	童 瑶	冯婷婷
王小冬	宁不远	桃 二	段雪曦	郭旭峥	粥左罗	武卓韵
关小羽	王小好	徐 舸	杜 蕾	杨怀新	桑 桑	光 妹

冯丹帅　初　孔晓红　郭东晓　王大江　姜　静　冯欢欢

张　华　李　峰　李　莉　马　那　若　菲　王一恒　闫　蕃

李伟峰　吕墨杨　余　勇　伍　瑾　张若希　张海露　孟　哲

景　上　刘婧璇　刘　婷　董涌祺　董怡林　刘　伟　高晓松

梁　鸿　姚　晨　祁玉立　西　川　张宇凌　秦海燕　于忠岩

李佳羽　七　茗　罗　君　段孟然　马　丁　邵竞竹　喵小乐

刘亿帅　薛亦丁　马　静　洪　海　李泓堃　顾晓光　邹　頔

裔照珺　方照雪　胡应兵　杨宁军　尹铁钢　王文雁　管洛克

李　强　马塞洛　汪　莎　四　自　李大兵　孙　起　王琼林

唐步云　于震坤　娄广博　金　颖　陈菊芳　查涟波　王明峰

李亦寒　枕　梦　曹　越　向梦月　王　峥　李　杨

李浩宇李浩翰　福璞美术馆　进步文化传媒　浙江台主持人张茜

雁楠山人　小明胜意　姚远东方　大志小冰　李鑫闻敬

听筝读诗　俐安心语　白鹊艺术　上海彩虹室内合唱团

SoulSaint WONG　JOYOU 悦随文化　文域設計謝鎮宇

MUWU Studio　Jassie　sunsun　Grace　mybrightash　Rick Yang

（以上排名不分先后）

图书在版编目（CIP）数据

单读.26,全球真实故事集/吴琦主编.-- 上海：上海文艺出版社,2021
(2025.03重印)

ISBN 978-7-5321-7925-1

Ⅰ.①单… Ⅱ.①吴… Ⅲ.①社会科学－文集 Ⅳ.①C53

中国版本图书馆CIP数据核字(2021)第041559号

发 行 人： 毕 胜
责任编辑： 肖海鸥
特约编辑： 罗丹妮 刘 婧
书籍设计： 李政坷
内文制作： 李俊红

书　　名：单读.26,全球真实故事集
主　　编：吴琦
出　　版：上海世纪出版集团　上海文艺出版社
地　　址：上海市闵行区号景路159弄A座2楼　201101
发　　行：上海文艺出版社发行中心发行
　　　　　上海市闵行区号景路159弄A座2楼206室　201101　www.ewen.co
印　　刷：山东临沂新华印刷物流集团有限责任公司
开　　本：787×1092　1/32
印　　张：11
插　　页：12
字　　数：193千字
印　　次：2021年4月第1版　2025年3月第8次印刷
I S B N：978-7-5321-7925-1 / I.6284
定　　价：54.00元

告 读 者： 如发现本书有质量问题请与印刷厂质量科联系 T:0539-2925659